SECRETS VOILÉS

JODI VAUGHN

CHAPITRE UN

De nos jours
  Atlanta, Géorgie

Celeste Hart leva la tête vers le palace et réprima un frisson qui lui coupa presque le souffle. Une fois à l'intérieur, elle ne pourrait plus revenir en arrière.

La demeure était plus grande que toutes les maisons dans lesquelles elle s'était déjà trouvée. Des buissons proprement taillés et de vastes parterres de fleurs encadraient l'édifice en pierre et en brique, dont la double porte d'entrée était en verre et en fer forgé. La nuit était tombée depuis longtemps sur la banlieue d'Atlanta et malgré les lampadaires, il faisait plus sombre que d'ordinaire. L'obscurité était trop profonde pour être due à une simple absence d'étoiles et de lune. Les ténèbres semblaient essayer de s'accrocher à sa peau, d'entrer dans sa chair pour s'enfoncer dans son âme.

Une fois qu'elle aurait déterré un secret, plusieurs autres suivraient sans doute, comme une avalanche. Était-elle vraiment prête à affronter les conséquences de ce qu'elle découvrirait ce soir ?

— Je ne peux pas entrer habillée comme ça. J'ai l'air d'une prostituée, marmonna-t-elle.

Elle tira sur le bas de sa robe rouge très courte, en une vaine tentative pour la faire descendre. Elle n'aurait pas dû acheter la robe sans l'essayer. Elle détestait faire les boutiques et encore plus essayer les vêtements pour s'assurer qu'ils étaient à la bonne taille. Ou, dans ce cas, qu'ils ne lui donnaient pas l'apparence d'une personne travaillant au coin d'une rue sordide.

Elle n'était pas à sa place ici. Tout le monde s'en rendrait compte dès qu'elle passerait la porte.

Elle leva les yeux vers l'immense villa et frissonna de nouveau, surprise et effrayée de constater qu'elle était identique à la maison qu'elle voyait dans ses rêves, jusqu'au moindre détail.

Je dois découvrir ce que je suis. Je dois savoir la vérité.

Depuis sa plus tendre enfance, elle faisait des rêves dans lesquels elle voyait l'avenir. C'était un songe qui l'avait menée ici ce soir. Jusqu'à cette maison. Au fond de ses tripes, elle sentait que les réponses qu'elle avait cherchées toute sa vie étaient cachées derrière ces lourdes portes.

D'après son rêve, quelque part dans cette demeure se trouvait un livre qui expliquait ce qu'elle était réellement. Une bonne fois pour toutes.

Il était temps qu'elle découvre la vérité. Elle désirait savoir si elle appartenait au bien ou au mal.

— Pitié, que je ne sois pas maléfique.

Ses mots furent engloutis par la nuit noire et son cœur se serra.

La brise fraîche du mois de mars glissa sur sa peau nue. Sa robe moulante et ses talons aiguilles vertigineux ne la protégeaient en rien du vent printanier. Elle aurait pu jurer entendre un loup hurler au loin.

Elle secoua la tête et passa la lanière de son sac à main à son poignet. Alors qu'elle se frottait les bras, elle se souvint qu'aucun loup ne vivait aux alentours de la ville.

Elle regarda les BMW, les Audi et les Mercedes garées dans la pénombre. Les autres invités étaient arrivés depuis longtemps et festoyaient à l'intérieur. Elle, en revanche, était en retard.

— C'est maintenant ou jamais.

Avant qu'elle puisse changer d'avis, elle tendit la main et appuya sur la sonnette. Un carillon mélodieux résonna derrière la porte massive. Son cœur se mit à tambouriner dans sa poitrine. Elle ne pouvait plus faire demi-tour.

Les portes s'ouvrirent sans un bruit.

Elle leva lentement la tête pour rencontrer le regard furieux d'un homme chauve, massif, aux vêtements noirs, avec « Sécurité » écrit en blanc sur son t-shirt moulant. Il tenait un porte-bloc dans sa main.

— Invitation, aboya-t-il.

Elle cligna des yeux. Son corps se tétanisa, incapable de suivre cette simple instruction.

— J'ai besoin de voir votre invitation, répéta-t-il.

— Oui, bien sûr.

Elle ouvrit sa pochette, en sortit une invitation imprimée sur du vélin et la lui tendit. Il l'examina d'un air pincé avant de relever les yeux.

— Votre nom, s'il vous plaît.

Sa gorge se noua.

Il ne trouverait pas son nom dans son registre. L'invitation avait été placée par erreur dans son casier au bureau.

Elle était coincée, faite comme un rat. Si elle s'en allait maintenant, son patron apprendrait qu'elle avait essayé d'entrer à la soirée. Il la filmait probablement en ce moment même avec une espèce d'appareil satellite. Une chose était sûre : la famille Nordstrom était l'une des plus riches au monde.

— Celeste Hart, dit-elle en tirant sur sa robe.

Sa réponse sonna creux, ne véhicula pas l'assurance qu'elle aurait aimé lui donner.

L'homme parcourut sa feuille.

— Votre nom n'est pas sur la liste des invités. Cette fête est réservée aux employés de Cryptic, dit-il en faisant un pas vers elle.

— Je *suis* une employée. Je travaille dans le développement informatique, je suis spécialisée en systèmes d'exploitation.

Cette partie était vraie. Elle fouilla dans sa pochette à strass et en sortit son badge.

Il se pencha pour examiner la carte plastifiée portant son nom avant de la dévisager de nouveau.

— Cette fête est réservée aux personnes qui font partie de l'entreprise depuis au moins un an.

— Le mois dernier, ça a fait un an que je travaille dans l'entreprise. Mon manager m'a dit que j'avais été ajoutée à la liste.

Elle se força à sourire, espérant qu'il avalerait son bobard sans faire de difficultés.

Le silence s'étira pendant de longues secondes. Elle toussota, sur le point de craquer à tout instant.

L'homme finit par reculer et lui fit signe de passer. Elle avait du mal à le croire.

— Alors, vous entrez, oui ou non ?

Il pencha la tête, comme s'il envisageait de revenir sur son offre.

Elle se força à franchir la porte avant de changer d'avis.

Après deux pas à l'intérieur, elle se figea, interrompant le claquement de ses talons aiguilles rouges sur le somptueux sol en marbre.

L'angoisse lui comprima la poitrine.

Des panneaux en érable recouvraient les murs de la gigantesque salle de bal. Les plafonds à caissons blancs étaient ornés de gravures aux motifs détaillés et plusieurs grands lustres en cristal baignaient la pièce d'une lumière douce, lui conférant une ambiance féerique. Les tables étaient recouvertes de nappes blanches surmontées de bougies et de bouquets de fleurs.

C'était exactement la même salle que dans son rêve.

Elle posa la main sur son ventre noué et inspira profondément pour calmer ses nerfs.

C'était la confirmation dont elle avait besoin. Elle était censée se trouver ici.

Les notes d'un slow joué par le groupe dans le coin de la pièce résonnaient à travers l'espace. De luxueuses décorations de tons neutres ajoutaient à l'élégance du lieu. Même les couples séduisants semblaient faire partie du décor impeccable. Manifestement, personne n'avait regardé à la dépense pour organiser cette fête.

Malgré sa beauté, la scène était pourtant teintée d'une ambiance macabre sous-jacente.

Je dois trouver ce livre. Elle avait besoin de s'assurer qu'elle n'était ni un monstre ni un être maléfique. Et s'il s'avérait que c'était le cas... elle verrait bien.

Son regard se posa sur les hommes en smokings noirs et les femmes dans d'éblouissantes tenues de bal. Ils riaient, mangeaient et dansaient avec insouciance.

Étaient-ils comme elle ?

Elle frissonna et essuya discrètement ses paumes moites sur sa robe.

Elle parcourut de nouveau la salle des yeux et fronça les

sourcils. Étrange. Elle ne voyait aucun collègue parmi la foule.

Mais il s'agissait d'une grande entreprise, et elle n'était pas exactement une personne sociable. Pour une fois, avoir peu d'amis jouerait en sa faveur.

Si personne ne la reconnaissait, personne ne se rendrait compte qu'elle n'était pas censée être là.

Une grande porte à l'autre bout du hall attira son attention. Un arrangement floral massif disposé devant en bloquait l'accès, en un signe évident que la pièce n'était pas ouverte aux visiteurs.

L'endroit parfait pour cacher le livre.

— Vous êtes très belle, ma chère.

Celeste se tourna vers la voix féminine marquée par un fort accent du Sud.

Une femme d'un certain âge portant une robe de gala argentée et aux cheveux blancs coiffés avec soin lui souriait. Des diamants étincelaient à son cou, ses poignets et ses doigts.

Celeste baissa les yeux sur sa robe et serra sa pochette contre sa poitrine.

— Merci, répondit-elle. Elle était soldée.

La femme perdit son sourire. Une expression passa momentanément sur son visage. Une expression déplaisante.

— Si vous voulez bien m'excuser...

Celeste se tourna pour s'éclipser, mais elle referma sa main osseuse autour de son coude.

— Écoute-moi, et écoute-moi bien, dit-elle en plissant les yeux alors que ses doigts serraient de plus en plus fort.

— Vous me faites mal.

La peur remonta le long de sa colonne vertébrale et paralysa sa nuque.

Ça n'allait pas du tout. Rien de tout ça n'était arrivé dans son rêve.

La femme se pencha vers elle, ses lèvres ridées déformées par un rictus.

— Celeste Hart, tu connaîtras la piqûre de la trahison et tu auras le cœur brisé. Ta solitude et ta souffrance ne connaîtront ni repos ni fin. Tu verras ton sang couler en un ruisseau pourpre sur l'autel jusqu'à ce que la mort réclame ton corps.

Des images de tous les films d'horreur qu'elle avait regardés lui passèrent en tête.

— Lâchez-moi.

Elle essaya de libérer son bras, mais la femme avait une poigne de fer. Tremblante de peur, elle rencontra le regard de l'inconnue.

CHAPTER DEUX

Les yeux de la femme passèrent du gris au blanc en un éclair. Ses dents s'allongèrent et dépassèrent de sa bouche, comme celles d'un requin. Les diamants autour de son cou devinrent des fils barbelés qui percèrent sa peau ridée. Le sang coula sur sa poitrine, tachant sa robe. Elle retroussa les lèvres en un sourire prédateur qui révéla davantage ses dents répugnantes.

— Celeste Hart, tu es marquée par la mort.

Le cœur de Celeste se mit à battre la chamade. Elle chercha autour d'elles avec affolement, mais personne ne regardait dans leur direction. Personne ne semblait faire attention à elles.

Comment était-il possible que personne ne puisse voir le monstre à part elle ?

L'adrénaline inonda ses veines et se propagea dans son corps. Elle pivota et enfonça son talon dans le pied de la vieille bique.

La femme lâcha prise avec un hurlement.

Celeste se précipita vers le couloir, déterminée à s'éloigner autant que possible.

Sa poitrine se soulevant rapidement, elle regarda par-dessus son épaule pour s'assurer qu'on ne la suivait pas et rentra dans quelque chose de dur.

Elle perdit l'équilibre et leva les bras en cherchant une prise à laquelle se rattraper. Deux bras puissants se refermèrent autour d'elle. Elle se retrouva compressée contre un mur de muscles.

Elle leva la tête.

Des yeux de la même teinte que la mer Méditerranée la fixaient.

Eric Nordstrom.

Le PDG de Cryptic. Un séducteur notoire et, surtout, son patron.

Son cœur manqua un battement. Elle put sentir le rouge lui monter aux joues.

Finalement, se faire interdire l'entrée à la fête ne paraissait plus être une si mauvaise idée.

— Est-ce que ça va, Celeste ?

Ses mains tièdes glissèrent sur ses bras et déclenchèrent une vibration puissante à travers son corps.

Elle prit une petite inspiration, choquée de sa réaction à un contact si anodin. Ça ne lui était jamais arrivé. Elle s'écarta de lui en posant une main sur son ventre.

— Je vais bien. Comment vous connaissez mon prénom ?

Les gens ne la remarquaient pas. Il en avait toujours été ainsi. Jamais vue, jamais reconnue.

— J'ai demandé à mon oncle.

Il plissa ses yeux bleus.

— Vous êtes sûre que ça va ? Vos joues sont un peu rouges.

— Oui, ça va. Il fait chaud à l'intérieur, c'est tout.

Un peu impressionnée par sa carrure, elle lui fit un sourire penaud. Son expression inquiète se détendit et changea. Un petit sourire se dessina lentement sur ses lèvres.

— En effet, on dirait qu'il fait de plus en plus... chaud.

Sa séduisante voix grave fit perdre les pédales à son cœur.

Mais qu'est-ce qui lui arrivait ? Elle était ici pour trouver le livre, pas pour flirter. Elle ne savait même pas draguer.

Elle passa nerveusement la main sur son décolleté plongeant. Elle n'avait pas trouvé la robe trop sexy lorsqu'elle l'avait achetée, mais à la manière dont il dévorait ses courbes des yeux, elle regretta de ne pas avoir choisi une tenue plus modeste.

Encore une raison supplémentaire d'essayer une fichue robe avant de l'acheter.

Elle rassembla ses longues mèches blondes devant sa poitrine pour essayer de la masquer à son regard insistant. Quand celui-ci remonta vers son visage, il étincelait.

— Vous passez un bon moment ?

Elle regarda par-dessus son épaule, craignant de voir la femme réapparaître, mais elle avait disparu. Peut-être avait-elle tout imaginé ? S'incruster à la fête lui avait peut-être causé assez de stress pour avoir des hallucinations.

— Oui, merci. C'est une soirée charmante, répondit-elle.

— Plus que charmante, en effet.

Lorsque ses yeux s'attardèrent un peu trop longtemps sur sa bouche, elle se sentit rougir.

Pourquoi regardait-il sa bouche ? Avait-elle quelque chose sur la figure ?

Elle eut envie que le sol s'ouvre et l'engloutisse. Elle n'aurait jamais dû manger un cookie dans la voiture. Ça lui apprendrait à grignoter quand elle était anxieuse. Elle passa sa langue aux commissures de ses lèvres pour retirer discrètement d'éventuelles miettes, mais n'en trouva aucune.

Ses narines s'évasèrent puis il détacha son regard de sa bouche.

— Vous êtes venue seule ? demanda-t-il d'un ton un peu bourru.

— Oui.

— Vous n'êtes pas accompagnée ? J'ai du mal à le croire.

Ses poumons se comprimèrent. Avait-il compris qu'elle n'était pas invitée ? Peut-être que tout le monde devait venir accompagné.

Elle aurait dû faire plus attention aux détails de l'invitation au lieu de s'inquiéter en se demandant s'ils la laisseraient entrer.

Un serveur portant un plateau rempli de flûtes de champagne s'arrêta devant elle.

— Champagne ?

— Merci.

Elle choisit un verre et le porta à ses lèvres, reconnaissante de cette interruption. Elle ferma les yeux alors que les bulles fraîches éclataient sur sa langue et chatouillaient sa gorge sèche. Ce n'était pas un cookie, mais elle s'en contenterait pour calmer ses nerfs.

Quand elle rouvrit les yeux, il était toujours là. Elle perdit son sourire.

— Vous pensiez que je serais parti ?

Il lui fit un petit sourire, un de ces sourires qui faisaient fondre les femmes jusqu'à ce qu'elles ne soient plus que des flaques par terre. Personne ne lui avait jamais souri ainsi.

— Oui, répondit-elle avec une légère méfiance.

Sans trop savoir pourquoi, son ton moqueur l'avait poussée à répondre sincèrement.

— C'est-à-dire, je sais que vous devez parler à beaucoup de monde. Après tout, c'est votre soirée.

— Nous sommes chez mon oncle. Techniquement, c'est sa soirée, remarqua-t-il en penchant la tête de côté. C'est surtout à lui de faire la conversation aux invités.

— Oh.

Elle se tourna de nouveau vers la porte fermée. Elle n'avait aucune chance d'entrer dans cette pièce tant qu'il était là. Et plus elle restait en sa présence, plus elle se sentait déboussolée. Une émotion qu'elle n'avait pas l'habitude de ressentir.

— Je ne savais pas que vous étiez encore à Atlanta. Je pensais que vous n'étiez venu que pour assister à la réunion du conseil d'administration, dit-elle avant de boire une gorgée de champagne.

— Mon oncle m'a invité à rester quelques jours de plus avant de rentrer dans le Vermont. J'ai accepté parce qu'il est ma seule famille. Et puis, ça me donne l'occasion de voir comment se porte cette division de mon entreprise.

Il haussa les épaules et se pencha en avant. Son eau de Cologne, qui lui évoqua le bois de santal et l'océan, l'enveloppa en une étreinte sensuelle.

— Si vous avez des doléances sur Stephen, n'hésitez pas à m'en faire part.

Elle s'éclaircit la gorge et essaya de se concentrer.

— J'aime beaucoup mon travail. Vous ne m'entendrez pas me plaindre.

Les commissures de sa bouche attirante se soulevèrent.

Une vague de chaleur envahit le ventre de Celeste.

Comment un homme pouvait-il être aussi beau ?

Elle replaça une mèche de cheveux derrière son oreille et essaya de trouver quelque chose d'intelligent à dire.

— Il parait que la Nouvelle-Angleterre est superbe en automne.

Parfait. Elle lui parlait de la météo.

— En effet. Je ne sais pas comment vous faites, vous autres les Sudistes, pour supporter de ne pas avoir de neige à Noël. Ça me rendrait fou de ne pas la voir chaque année.

Il poussa un soupir, comme s'il se remémorait des souvenirs. Celeste laissa échapper un rire nerveux et vit son sourire s'élargir.

Bon, c'était officiel. Il la prenait pour une idiote.

— Vous êtes déjà allée en Nouvelle-Angleterre ?

Elle baissa les yeux sur ses talons aiguilles avant de relever la tête. Elle n'était jamais sortie de Géorgie.

— Non.

— Vous devriez m'y rendre visite à l'occasion.

Surprise par son ton sincère, elle le regarda fixement sans savoir quoi répondre.

— Vous êtes vraiment venue seule ?

Il se tourna vers l'intérieur pour parcourir la salle des yeux. Elle suivit son regard, mais ne remarqua rien de particulier.

— Oui. Et vous ?

— Je ne suis pas venu accompagné non plus

— Vraiment, le PDG n'est pas en bonne compagnie ? demanda-t-elle avec un petit rire.

— Déroutant, n'est-ce pas ?

Il inclina la tête, un sourire flottant sur ses lèvres.

Elle grimaça. Pourquoi ne la laissait-il pas tranquille ? Comment savoir ce qu'elle était encore capable de dire...

— Pardon, je n'aurais pas dû dire ça.

— Et si je vous faisais visiter la maison de mon oncle ? proposa-t-il en lui offrant son bras.

Elle resta un instant pétrifiée. L'excitation, la gêne et l'appréhension qui bataillaient en elle l'empêchaient de réfléchir.

— À moins que vous ayez peur d'être seule avec moi.

Elle sentit ses joues s'empourprer.

— Celeste, malgré les rumeurs, je vous promets que je ne mords pas. Ne croyez pas tout ce qui se raconte.

CHAPITRE TROIS

Sa respiration s'affola. Un frisson de désir la traversa avec autant de puissance qu'une décharge électrique.

— Vraiment, je ne devrais pas. Ce n'est pas convenable.

Elle était là pour trouver le livre, pas pour flirter avec l'homme le plus séduisant au monde.

Une expression blessée passa sur son visage avant qu'il ne se contrôle.

— Je comprends. Je vous souhaite une bonne fin de soirée.

Il hocha la tête avec un sourire poli et se tourna pour partir.

Et si elle recroisait la vieille folle, une fois seule ? Il connaissait mieux la maison qu'elle. Peut-être pourrait-il même la mener jusqu'au livre ?

— À la réflexion, j'aimerais beaucoup un tour du propriétaire.

Il lui offrit son bras en souriant. Elle posa la main dans le creux de son coude. Que pouvait-il arriver, au pire ?

À l'instant où elle le toucha, une chaleur bourdonnante se propagea dans son corps. Elle retint un cri. L'étrange vibration s'intensifia, comme une électricité sensuelle qui envahissait chaque cellule de son être.

Leurs regards se rencontrèrent. Ses yeux brillaient et elle se demanda s'il ressentait la même chose.

Elle inspira profondément pour essayer de calmer son cœur qui battait la chamade, mais c'était impossible. Son parfum s'enroulait autour d'elle comme un ruban de satin.

Son odeur lui donnait envie de faire des choses érotiques, des choses qu'elle n'avait encore jamais faites. Lui lécher le cou, par exemple.

Avait-il seulement conscience que son odeur était irrésistible ? Bien sûr que oui. C'était sans doute une eau de Cologne contenant des phéromones conçues pour faire perdre la tête à toute femme, même la plus intelligente. Et sa culotte.

Il prit une autre coupe de champagne sur le plateau d'un serveur qui passait et remplaça la flûte vide de Celeste.

— Merci.

Elle but une gorgée pendant qu'il l'escortait dans le hall d'entrée, et elle s'arrêta devant la porte verrouillée.

— Quelque chose ne va pas ? demanda-t-il en fronçant les sourcils.

— On ne va pas là-dedans ?

Elle fit un geste en direction de la porte close.

— Ce n'est que la bibliothèque.

L'endroit où se trouverait le plus probablement le livre.

— Je croyais que vous alliez me faire visiter toute la maison, dit-elle d'un ton léger.

— Ce sera le cas. Mais j'aimerais d'abord vous montrer autre chose.

Son regard étincela et un sourire dévastateur se dessina sur ses lèvres.

— D'accord.

Inutile d'éveiller ses soupçons en se montrant trop insistante.

Eric lui fit traverser un long couloir rempli de portraits de la famille Nordstrom. Chaque homme de cette famille aristocratique avait la même chevelure blonde et les mêmes yeux bleu glace qui semblaient la suivre et voir jusqu'aux tréfonds de son âme.

Il s'arrêta devant une large double porte menant vers l'extérieur et l'ouvrit.

— Commençons la visite par là, dit-il en la précédant dans le jardin.

Elle sortit et lutta contre un frisson en sentant la vive brise nocturne l'envelopper.

Tout l'espace du jardin, les arbres, les buissons et les statues, étaient décorés par des guirlandes de lumières et des cristaux scintillants. L'eau dans la vaste piscine en forme de haricot brillait comme des milliers de diamants grâce aux remous de la petite cascade sous les lampes colorées. Les trois salons d'extérieur étaient éclairés par des bougies blanches qui projetaient une faible lumière mystique et enchanteresse.

L'ambiance à l'intérieur de la maison était élégante, mais oppressante. En contraste, le jardin avait une atmosphère chaleureuse et accueillante.

— C'est époustouflant.

— Je pensais que ça vous plairait.

Il s'approcha dans son dos et son souffle effleura son épaule.

La chaleur qui émanait d'Eric la brûla. Sa respiration s'accéléra.

Il était beaucoup trop proche.

L'écho de pas arrivant dans leur direction le fit reculer brusquement. Elle posa la main sur sa poitrine, essayant de calmer ses émotions. Elle devait garder le contrôle et ne pas oublier ce qu'elle était venue faire.

— Monsieur, c'est de la part de la dame à l'intérieur, dit un serveur en s'arrêtant devant eux.

Une fine couche de transpiration brillait au-dessus de sa lèvre, et sa pomme d'Adam remua furieusement lorsqu'il déglutit. Un verre de whisky était placé au centre de son plateau.

Celeste laissa échapper un soupir déçu. Du coin de l'œil, elle vit Eric considérer froidement le serveur avant de prendre le verre sur le plateau. L'homme intimidé repartit vivement vers la maison comme s'il fuyait pour se mettre à l'abri.

— On dirait que quelqu'un vous cherche. Vous devriez peut-être rentrer, dit-elle d'une voix qu'elle espérait assurée.

Elle aurait dû se douter qu'une autre femme chercherait à attirer son attention. Une personne plus élégante, qui était réellement à sa place ici.

— Je suis très bien là où je suis.

Il fourra une main dans la poche de son pantalon, porta le verre à ses lèvres et but une gorgée d'alcool. Son regard ne quitta jamais le sien.

Elle fit un signe du menton vers son verre de whisky et dit, surtout pour changer de sujet :

— Je ne sais pas comment vous faites pour boire ça. Ça ne me donne pas envie.

Elle n'était pas une grande buveuse. Ces deux coupes de champagne étaient son nouveau record.

— C'est un goût qui se développe, dit-il en posant son verre sur une table non loin. Laissez-moi vous montrer le pool house. C'est l'ajout le plus récent.

Il lui offrit sa main. Elle pinça les lèvres, essayant de feindre une nonchalance qu'elle ne ressentait pas.

— Et ensuite, vous me montrerez la bibliothèque ?

— Pourquoi tenez-vous tant à voir la bibliothèque ? C'est la pièce la plus ennuyeuse de la maison.

Il lui lança un regard curieux.

Mince, elle avait fait un faux pas. Son insistance l'avait manifestement rendu soupçonneux.

— Je suis une lectrice avide. Je l'ai toujours été. La bibliothèque est ma pièce préférée dans une maison.

C'était la vérité. Les livres avaient été ses amis pendant son enfance, et c'était encore le cas à ce jour.

— D'abord le pool house, puis je vous montrerai la satanée bibliothèque, dit-il en riant.

Elle sourit et plaça sa main dans la sienne. Dès qu'ils se touchèrent, le bourdonnement fut de retour, comme une lente et sensuelle brûlure.

Il ouvrit la porte du pool house et l'invita à entrer.

Un lit à baldaquin trônait au centre de la pièce.

Consternée, elle lâcha sa main et lui décocha un regard noir.

— Je pense que vous vous trompez sur mon sujet.

— C'était l'idée de mon oncle, assura-t-il en levant les mains. Il voulait un lit au centre de la pièce pour que les invités aient vue sur la cascade au moment de s'endormir. Je n'ai aucune arrière-pensée, je le jure.

Elle se tourna vers les portes vitrées. C'était la vérité. Elle avait une vue parfaite sur la chute d'eau.

— Je voulais vous montrer les tableaux, pas le lit, Celeste. C'est promis.

Son visage était aussi sincère que sa voix.

Elle tourna sur elle-même et remarqua une œuvre célèbre dans des tons de bleu, de violet et de vert. Ce n'était manifestement pas une copie. « C'est un Monet ?

— Oui.

— C'est un vrai ? demanda-t-elle, se détournant du tableau pour le regarder.

— Oui.

Elle était stupéfaite.

— Vous devriez voir le Van Gogh dans sa chambre.

Eric fit un pas vers elle. De la chaleur émanait de son corps musclé. Elle ferma les yeux et essaya de réprimer les flammes qui léchèrent son bas-ventre.

— Vous avez l'œil. Je suis impressionné.

Le souffle créé par son murmure caressa son épaule.

— J'ai étudié l'histoire de l'art en option secondaire.

Elle devait tourner les talons et s'en aller tant qu'elle le pouvait encore.

— Je ne voulais pas être une artiste sans le sou, alors j'ai aussi passé un diplôme en programmation informatique.

— C'est judicieux.

Son regard intense la clouait au sol et lui donnait chaud.

— Vous voulez danser ?

Elle eut l'impression que des papillons voletaient dans son ventre. Danser était une bonne idée. Cette activité aurait lieu à l'intérieur, avec les autres invités. Danser n'était pas dangereux.

— Bien sûr.

Elle se tourna vers la porte, mais il la retint par le bras. Il ne la lâcha pas lorsqu'elle pivota pour lui faire face.

— Pas là-bas. Danse avec moi ici.

Chapitre quatre

Les pulsations de désir déclenchées par son contact défer-lèrent à travers son corps comme une vague torride, qui la submergea et lui donna envie de plus. Elle ne pouvait s'expli-quer l'attirance qu'elle ressentait pour lui. En voyant son regard enfiévré, elle sut qu'il ressentait la même chose.

Elle se détendit entre ses bras puissants, se sentant protégée par sa force et son assurance. Ils commencèrent lentement à se balancer au rythme de la musique qui résonnait dans le jardin.

— Tu es sublime.

Son souffle chaud recouvrit sa peau de chair de poule, tel un caillou jeté dans un lac paisible.

Il lui fit lever la tête. Quand son pouce effleura sa lèvre inférieure, son cœur cogna contre ses côtes.

Chaque seconde parut durer une éternité et l'air devint si dense qu'elle eut du mal à respirer.

Il baissa la tête. Ses lèvres caressèrent les siennes en un doux baiser. Un baiser qui éveilla tous ses sens.

Elle se sentit fondre alors qu'un plaisir intense la traversait, faisait grimper la température de son corps d'une centaine de degrés. Elle glissa ses paumes sur son torse et serra les pans de son costume.

— Eric, gémit-elle contre sa bouche.

Il grogna en l'entendant prononcer son prénom et son baiser se fit plus pressant. Il glissa sa langue dans sa bouche pour la goûter, jouer avec elle et la tenter.

Quelque part au fond de son esprit, une petite voix lui chuchotait d'arrêter, que c'était une énorme erreur. Mais ces murmures disparurent comme des volutes de fumée dans la nuit lorsqu'elle se pressa contre lui et l'enlaça.

Sans interrompre leur baiser, il la souleva et alla vers la porte. Elle entendit le claquement audible du verrou qui se mit en place, suivi de rideaux qui étaient tirés. Son cœur battait à tout rompre. Leurs respirations mêlées furent bientôt les seuls bruits dans la pièce.

Il la pressa contre son torse dur. Ses tétons se dressèrent sous la chaleur qui émanait de lui.

Il détacha sa bouche de la sienne et laissa des baisers

brûlants dans son cou, murmurant des mots doux entre chaque coup de langue sur sa peau fiévreuse.

Elle se cambra contre lui. Elle avait besoin d'être plus proche, besoin de plus.

Le bruit étouffé d'une fermeture éclair qui s'ouvrait, sa fermeture éclair à elle, parut assourdissant dans la pièce silencieuse.

Une fille bien ne fait pas ça, déclara la voix de sa mère dans sa tête.

Elle n'était peut-être pas une fille bien. Elle était peut-être une vilaine fille. Une très vilaine fille.

À cet instant, ça lui était égal.

Il prit son visage entre ses mains et appuya son front contre le sien. Son souffle caressa ses joues alors qu'il plongeait son regard ardent dans ses yeux.

— Celeste, si tu n'en as pas envie, dis-le-moi maintenant.

Sa voix rocailleuse fit manquer un battement à son cœur. Il attendit en l'observant, à la recherche de la moindre hésitation.

— Je ne fais pas ça d'habitude. Vraiment jamais, dit-elle avant de lécher ses lèvres sèches. Je ne sais pas ce qui me prend.

— Je n'ai jamais désiré une femme autant que je te désire, murmura-t-il.

L'intensité de son regard lui faisait ressentir une émotion nouvelle. Elle se sentait désirée, remarquée.

— Dis-moi ce que tu veux et je le ferai.

Le désir qui brûlait dans ses pupilles et saturait sa voix le rendait encore plus beau.

— N'arrête pas. Je ne veux pas que tu arrêtes, souffla-t-elle.

Il écrasa sa bouche contre la sienne et l'embrassa avec une ardeur renouvelée.

Le désir, rapide et percutant, envahit ses veines. Elle se frotta contre son érection.

Il grogna et posa les doigts sur ses hanches. Le bruit du tissu qui glissa sur ses jambes et se rassembla à ses pieds lui coupa le souffle. Il recula pour promener son regard sur son corps presque nu.

— Bon Dieu, que tu es belle.

Quand il la souleva dans ses bras, elle s'accrocha à son cou. Elle avait envie qu'il ne la lâche jamais. Il la porta jusqu'au lit et la posa délicatement dessus.

Elle fut incapable de détacher son regard de son corps lorsqu'il se dévêtit à la hâte. Quelques secondes plus tard, il se tenait nu devant elle.

Le désir et la peur lui serrèrent le cœur.

Elle n'avait jamais vu un homme comme lui. Avec ses épaules larges, son ventre plat et ses muscles bien définis, il avait l'air d'un mannequin. Elle baissa les yeux et cessa de respirer.

Oh là là. Tous les hommes étaient-ils si... gros ?

— Je ne te ferai pas mal.

Il posa un genou sur le lit et s'approcha lentement, tel un lion traquant sa proie, jusqu'à ce qu'il soit au-dessus d'elle.

Un puissant besoin charnel la traversa et déclencha une pulsation entre ses cuisses. Elle ne pensait pas pouvoir dompter ce qu'il éveillait en elle.

Elle ouvrit la bouche pour laisser entrer sa langue. Il avait un goût épicé et viril, dominant. Tout ce qui lui déplaisait d'habitude, mais semblait soudain l'attirer comme un aimant.

Il trouva l'attache de son soutien-gorge. Quelques instants plus tard, ce dernier tombait par terre. Il s'assit sur ses talons avant de passer les pouces sous l'élastique de sa culotte pour la baisser jusqu'à ses chevilles. Elle alla rejoindre le soutien-gorge sur le plancher.

Il fit remonter une main sur son genou, puis entre ses

cuisses, et la posa sur sa chaleur mouillée. Il lui donna de légères caresses, faisant monter son plaisir en une lente torture à chaque passage. Elle saisit son poignet pour le maintenir contre elle.

— Continue.

— C'est tellement bon, Celeste.

Ses yeux écarquillés la transpercèrent pendant qu'il la caressait de ses doigts habiles.

Elle gémit et se cambra. Son dos se décolla du lit. Le plaisir l'engloutit, aussi féroce et incontrôlable qu'un feu de forêt. Elle se tortilla sous son corps. Que lui arrivait-il ? Elle ne devrait pas avoir envie... besoin d'être si proche.

Quand elle leva la tête vers son visage, son cœur se figea en découvrant l'intensité de son expression. Il recouvrit son corps du sien et leurs lèvres se rencontrèrent en un baiser passionné. Elle griffa ses épaules tandis qu'il venait se placer entre ses cuisses.

— Je dois te dire quelque chose, murmura-t-elle au moment où sa bouche trouva son mamelon.

Elle gémit en sentant sa langue glisser sur la pointe dressée, embrouillant ses pensées.

— Tu as si bon goût.

Il lui écarta davantage les jambes sans cesser ses attentions sur son téton.

Sans prévenir, il la pénétra d'un mouvement brusque.

Elle ressentit une vive douleur. Chaque muscle de son corps se rebellait contre l'intrusion.

Il se pétrifia au-dessus d'elle et ouvrit de grands yeux.

— Tu es...

— Vierge.

Elle ravala sa souffrance, puis bougea pour apaiser son inconfort.

— Bon Dieu, non. Ne bouge pas, siffla-t-il.

Une goutte de sueur coula sur sa tempe et tomba entre ses seins.

La douleur se dissipait à mesure qu'une autre sensation prenait le dessus. Un plaisir chaud et épais débuta entre ses cuisses et se répandit dans tout son corps. Eric la regardait, ses mâchoires crispées.

— On va arrêter.

Celeste joignit ses chevilles derrière ses cuisses pour l'attirer contre elle. La friction de leurs peaux intensifia son plaisir.

— Non. N'arrête pas.

— Tu es sûre ?

Il tremblait. L'inquiétude était présente dans sa voix et dans ses yeux.

— Oh, oui. C'est incroyable.

Elle attira sa bouche contre la sienne et ils s'embrassèrent longuement, leurs langues tournoyant ensemble en une danse torride.

Il la pénétra avec une lenteur délibérée.

— Je ne te fais pas mal, au moins ?

— Non. Continue.

Il se retira puis s'enfonça plus profondément en elle. Sa langue imita le mouvement, ce qui la laissa hors d'haleine.

Il lécha et mordilla son cou jusqu'à ce qu'elle griffe son dos comme un chat sauvage.

Ses coups de reins devinrent plus rapides et plus vigoureux. Elle se cambra pour venir à sa rencontre.

Le plaisir se rassembla entre ses cuisses, une sensation exquise et puissante. Elle se déhancha contre lui, et l'extase se répandit en elle alors que son orgasme la faisait voler en éclats.

Eric frissonna, la tenant tout contre lui, et plongea une dernière fois en elle avant de jouir à son tour.

Pourquoi avait-elle attendu si longtemps avant de faire

l'amour ? Si elle avait su que ce serait si agréable, elle se serait dépucelée des années plus tôt.

Lorsqu'il roula sur le flanc, elle contempla son torse musclé. Le creux de ses reins pulsait. Elle en voulait encore. Elle laissa son regard descendre plus bas.

Son cœur lui parut soudain aussi lourd qu'une pierre. La magie du moment s'estompa comme la brume matinale, ne laissant que l'effroyable réalité.

Oh non, que venait-elle de faire ?

CHAPITRE QUATRE

Huit semaines plus tard...

— Pourquoi tu me reparles de Celeste Hart ? Je croyais qu'on aurait épuisé le sujet après les cinquante premières conversations, lâcha Eric à son oncle Stephen avec agacement.

Merde, en tout cas, lui en avait marre d'en parler.

— Tu peux avoir n'importe quelle femme, mais tu choisis de coucher avec une employée. Qu'est-ce qui t'est passé par la tête ? pesta Stephen.

Il passa le doigt dans le col de sa chemise, puis tripota sa cravate jusqu'à ce qu'elle pende mollement à son cou.

Eric se trémoussa sur le fauteuil en cuir et laissa son regard dériver dans la bibliothèque de son oncle. Il refusait de se faire accuser pour un rapport qui avait été mutuellement consenti. Il leva les yeux sur un portrait de famille accroché au mur. Ses parents le dévisageaient avec des regards lourds de reproches.

S'ils avaient survécu à l'accident de voiture, son père lui

aurait certainement rappelé qu'il était vraiment le dernier des bons à rien.

Il déglutit en se rappelant l'odeur étouffante d'essence, puis la douleur qui avait paralysé son corps avant qu'il ne parvienne à ouvrir la portière et à ramper hors de l'épave, laissant ses parents emprisonnés dans la cage de métal déformé. Désespéré de les sortir de là, il avait remis le véhicule sur ses roues à la force de ses bras.

Il se demandait encore comment il avait pu réussir une prouesse pareille.

Il avait été projeté en arrière quand la voiture avait explosé. Il se souvenait encore de la chaleur intense des flammes.

Toutes ses blessures physiques avaient guéri, mais celles qui meurtrissaient son âme le faisaient encore souffrir.

Pour la millionième fois, il souhaita que ses parents aient survécu et qu'il soit mort à leur place.

Il détourna les yeux et entendit les derniers mots de son oncle.

— Tu es en train de dire que je l'ai agressée sexuellement ?

Comment pouvait-il expliquer cette attirance addictive ? Il avait eu l'impression de pouvoir sentir et entendre le sang de Celeste battre dans ses propres veines. Son désir s'était intensifié une fois dans le jardin, comme s'il était inexorablement attiré par un aimant.

Son oncle poussa un soupir et joignit ses mains sur le bureau.

— Je n'ai pas parlé avec elle. Pas depuis que je vous ai surpris dans le pool house. Elle n'est pas revenue travailler. Elle a utilisé tous ses congés payés et elle s'est mise en maladie.

— Elle est peut-être mal à l'aise, dit-il en se passant la main dans les cheveux. Elle attend sans doute que je parte dans le Vermont avant de revenir au travail.

Il pensait monter dans son jet et rentrer chez lui le lendemain de la fête, mais l'acquisition d'une nouvelle entreprise avait réclamé sa présence à Atlanta ces huit dernières semaines.

Son oncle se frotta la nuque et détourna la tête. Eric sentit ses tripes se nouer.

— Oncle Stephen, qu'est-ce que tu ne me dis pas ?

— Ça ne va pas te plaire.

Stephen posa ses mains à plat contre le bureau gravé et s'assit au fond du fauteuil.

— Ça ne me plaît jamais. Crache le morceau.

— Le conseil a décidé de prolonger ta suspension d'un mois, soupira Stephen.

— Quoi ?

La colère se répandit dans ses veines comme de l'essence.

— Ils veulent s'assurer qu'il n'y ait plus... d'indiscrétions, ajouta Stephen en regardant sévèrement Eric.

Ce dernier se leva et abattit son poing sur le bureau en un choc assourdissant.

— C'est ma putain d'entreprise !

— C'était l'entreprise de ton père. Tu l'as mise en danger quand tu t'es acoquiné avec la fille de ce magnat du pétrole.

Le rappel fit remonter la bile dans sa gorge. Il priait pour que la situation avec Celeste ne se transforme pas en un cauchemar similaire à celui qu'il avait vécu avec Elizabeth Humpries. Après une nuit ensemble, elle l'avait accusé de viol.

Les membres du conseil l'avaient suspendu pendant que la police et eux-mêmes menaient une enquête minutieuse. Ils avaient tenté de garder la nouvelle hors des médias, mais avaient échoué. Ils l'avaient ensuite informé sans ambages que s'il était reconnu coupable, il perdrait sa place de PDG.

Après trois mois d'enfer, il avait été déclaré innocent.

Apparemment, aux yeux des membres du conseil, il représentait toujours un risque.

S'ils apprenaient ce qui s'était passé avec Celeste, si elle en parlait à des journalistes, il perdrait son entreprise pour de bon, cette fois.

Oncle Stephen toussota.

— Ce n'est pas tout.

— Bien sûr que non, grommela Eric.

— Les parents de Celeste m'ont contacté. Ils veulent te rencontrer.

* * *

Celeste suivit le majordome stoïque dans le couloir menant à la bibliothèque. Ses ballerines ne faisaient aucun bruit sur le sol en marbre. Comme elle, ses pas étaient invisibles.

Elle lança un regard d'avertissement à ses parents, qui marchaient en silence derrière elle.

La bibliothèque de Stephen Nordstrom. La pièce dans laquelle elle avait tant essayé d'entrer le soir de la fête était désormais le dernier endroit au monde où elle souhaitait se rendre.

Eric devait déjà s'y trouver, attendant ce rendez-vous. Elle aurait préféré lui parler en tête à tête, mais ses parents surprotecteurs avaient insisté pour être présents.

La vérité était qu'ils ne la pensaient pas capable de résoudre cette situation par elle-même. Et en définitive, elle avait été émotionnellement trop épuisée pour protester.

Une nausée fulgurante lui tordit le ventre lorsque son regard se posa sur Eric. Il était posté devant la fenêtre et se retourna à son arrivée. Son regard impassible rencontra le sien pendant une brève seconde avant qu'il ne se détourne.

Son attitude froide lui déchira le cœur. De vieilles blessures issues de son enfance se rouvrirent.

Encore une fois, elle était rejetée.

Elle était la fille avec qui personne ne jouait à la récré. Celle à qui l'on n'attribuait aucun surnom affectueux pendant le lycée. La fille dont personne ne se rappelait.

Elle grimaça en surprenant son reflet dans un grand miroir doré. Son maquillage ne dissimulait pas les cernes sombres sous ses yeux. Elle n'avait presque pas fermé l'œil ces dernières semaines, et rêvait d'horribles créatures quand elle y parvenait. Depuis qu'ils avaient couché ensemble, elle rêvait sans cesse.

Et dernièrement, ses songes n'étaient que des cauchemars.

— Asseyez-vous, je vous en prie, les invita Stephen Nordstrom.

Il leur indiqua trois fauteuils en cuir d'un côté d'un bureau qui paraissait coûter une fortune.

Elle s'installa dans le siège du milieu et joignit les mains sans baisser la tête.

Un silence tonitruant tomba sur la pièce. Elle était presque certaine d'entendre son cœur battre dans sa poitrine.

Elle n'aurait pas dû laisser ses parents l'accompagner. Elle aurait dû les forcer à ne pas se mêler de ses affaires, mais elle ne voulait pas leur faire de peine. Au fond, elle savait qu'ils souhaitaient seulement la protéger.

Cependant, elle ne se sentait pas protégée dans l'immédiat. Elle avait l'impression d'étouffer.

Elle dut lutter contre son instincr, qui l'implorait de s'en aller. Elle avait été stupide de penser que leur unique nuit ensemble avait signifié quelque chose pour lui.

Elle prit une inspiration et se concentra sur la tâche qu'elle devait accomplir. Elle dirait la vérité à Eric.

Ensuite, elle était sûre qu'il ne voudrait plus jamais la revoir.

CHAPITRE CINQ

*E*ric garda une expression neutre malgré son agitation pendant que Stephen lui présentait les parents de Celeste, Ben et Sarah Hart. Comme tous ses ennemis, il devait d'abord les analyser pour comprendre contre qui il se battait.

Sarah Hart était une version légèrement plus âgée de Celeste, aussi blonde et belle, avec les mêmes saisissants yeux verts que sa fille. Ben Hart était grand et possédait une élégance virile. Ses yeux et ses cheveux étaient bruns. Les deux parents le saluèrent avec des expressions offusquées et dégoûtées.

Il s'assit sur un fauteuil, leva le menton et croisa les bras. Il devait contenir sa colère et rester alerte.

S'ils étaient venus le faire chanter, ils seraient surpris. Il était absolument hors de question qu'il perde son entreprise.

Incapable de résister, il posa les yeux sur Celeste. Il sentit la désapprobation manifeste de ses parents, mais ne put détourner le regard. Pas immédiatement.

Elle n'avait pas essayé de le regarder, mis à part un bref

instant quand elle était entrée dans la pièce. Elle s'assit, les mains sur les genoux, et fixa un point droit devant elle.

Sa pâleur le surprit. Des cernes sombres marquaient sa peau délicate et ses lèvres étaient blanches. Elle avait même perdu du poids, ce qui donnait à son corps mince une apparence encore plus fragile.

Pour quelqu'un qui voulait le faire chanter, elle n'avait certainement pas l'air sûre d'elle.

Ben Hart posa un dossier brun sur le bureau et s'assit en face de lui.

Tous les muscles de son corps se crispèrent. Son esprit se mit à tourner à toute vitesse alors qu'il essayait d'imaginer le montant d'argent extravagant qu'ils allaient lui réclamer.

— Qu'est-ce que c'est ?

— Avant que vous ne regardiez ce qui se trouve dans ce dossier, monsieur Nordstrom, laissez-moi simplement dire que nous voulons ce qui est le mieux pour Celeste, dit Ben Hart en fixant sévèrement Eric.

Eric soutint son regard. Il refusait de se laisser intimider.

— Bien sûr, monsieur Hart, je comprends tout à fait. Je n'ai pas d'enfants moi-même, mais...

Son oncle Stephen, pacificateur dans l'âme, offrit un sourire d'excuse à la famille.

— On n'est pas ici pour se faire lécher le cul, grommela Ben Hart.

Celeste blêmit visiblement et baissa les yeux.

Eric contracta les mâchoires. Il en était sûr. Les Hart avaient probablement recherché le montant de sa fortune sur Internet avant de venir.

— Nordstrom. C'est un nom finlandais, c'est bien ça ?

La voix de Ben était empreinte d'une répugnance manifeste.

— Non, scandinave.

— Les Vikings. C'est approprié. Des ancêtres barbares, je vois.

Le père de Celeste lui décocha un regard habité d'une haine ardente.

Il prit une profonde inspiration pour calmer son agacement.

— Monsieur Hart, je suis sûr que vous n'avez pas demandé à me rencontrer pour parler de généalogie. Nous sommes ici pour résoudre une situation.

— Il n'y aurait pas de situation si vous n'aviez pas posé vos sales pattes sur ma fille !

Le peu de contrôle qui lui restait disparut et la colère explosa dans son torse.

— Je ne sais pas ce qu'elle vous a dit, mais votre fille était consentante. Je ne l'ai forcée à rien. D'ailleurs, vous devriez voir les griffures qu'elle a laissées dans mon dos.

— Espèce de connard !

Ben se leva d'un bond, renversant son fauteuil sur le tapis persan.

Eric se tourna abruptement vers Celeste, s'attendant à ce qu'elle le contredise, mais elle se prit le visage entre les mains.

La culpabilité lui noua la gorge. Pourquoi ne disait-elle rien ? Pourquoi n'essayait-elle pas de nier ? La détester serait plus facile.

Ben se pencha au-dessus du bureau et enfonça son index dans son torse.

— Vous regretterez ce que vous avez fait.

— Allons droit au but, vous voulez bien ? lâcha Eric en se levant. Combien est-ce que vous voulez ? C'est bien ce qui se trouve dans le dossier, n'est-ce pas ? Votre prix ?

Ben écarquilla les yeux avant de se renfrogner.

— De l'argent ? L'argent n'a aucune importance pour moi. Les types dans votre genre essaient toujours d'échapper aux conséquences de leurs actes. Navré de vous le dire, monsieur le Viking, mais il y a toujours des conséquences.

— Et si tout le monde se calmait ? demanda Stephen en posant la main sur l'épaule d'Eric.

— Arrêtez. Tous les deux.

La pièce devint silencieuse et tous les regards se posèrent sur Celeste. Elle se leva et lorsqu'elle pivota vers lui, il vit le chagrin imprimé sur ses traits.

— Je suis enceinte.

Personne ne bougea. Personne ne dit un mot.

— Et avant que tu poses la question, oui, de toi.

Sa voix tremblait, mais elle n'avait pas cessé de le regarder dans les yeux.

Il sentit le sang quitter son visage et la nausée lui retourna le ventre. Il redouta un instant que ses jambes cessent de le porter.

Enceinte ? Ça ne pouvait pas être possible.

— Mais ne t'inquiète pas. Ce n'est pas ton argent qui m'intéresse, reprit-elle.

— Que contient le dossier, alors ?

Il regarda l'enveloppe sur le bureau avec méfiance.

— Ce sont les documents légaux pour renoncer à tes droits parentaux. En signant ces formulaires, tu acceptes de ne jamais essayer de voir ni de contacter mon enfant ou moi.

Il se sentit transpercé par le poids des regards des personnes dans la bibliothèque. Tout le monde attendit qu'il parle.

— Celeste n'est ici que pour une seule raison, l'annoncer à Eric, dit Sarah en se levant. Elle a dit ce qu'elle avait à dire. La discussion est terminée.

Elle posa un bras possessif sur l'épaule de sa fille.

— Je pense qu'il est temps pour nous de partir.

Les deux femmes sortirent de la pièce, aussi silencieuses que des fantômes, le père sur leurs talons.

Arrivé à la porte, Ben se retourna et lui lança un regard plein de vitriol.

— Je compte bien vous voir signer ces papiers, foutu Viking.

* * *

UNE FOIS seul dans la bibliothèque de son oncle, Eric regarda fixement les résultats du laboratoire.

Positif.

Celeste était enceinte.

De son enfant.

Il avait couché avec beaucoup de femmes, et pas une seule n'était tombée en cloque. Bien sûr, il avait été prudent et s'était religieusement protégé au cours de chaque rapport.

Il n'avait fait qu'un seul écart.

Avec Celeste, il avait tant perdu la tête qu'il avait oublié de mettre un préservatif.

L'attirance physique, le bourdonnement qu'il avait ressenti lorsqu'il l'avait touchée n'avait rien de commun avec tout ce qu'il avait pu connaître avec d'autres partenaires.

Il avait été incapable de lui résister.

Il regarda par la fenêtre la pelouse de Stephen, tondue à la perfection. Étonnamment, tout semblait normal dans le jardin. Les fleurs printanières avaient éclos, l'herbe était vert vif après le brun de l'hiver et le vent secouait les feuilles au sommet des arbres. Mais il savait que ce n'était qu'une illusion.

À partir de cet instant, sa vie ne serait plus jamais la même.

L'ultimatum de Celeste aurait dû le soulager. Même Stephen le lui avait fait remarquer après son départ.

Elle n'attendait rien de lui. Il n'aurait pas à subir un scandale et ne serait pas obligé de leur donner la moindre somme d'argent. Il n'avait qu'à signer ces documents pour que sa vie redevienne normale.

Mais était-ce vraiment le cas ?

Dans la vie, rien n'était jamais si simple.

Il ouvrit le dossier et trouva rapidement une adresse. C'était celle de ses parents qui était listée, pas son appartement à Atlanta.

Il avait besoin de réponses et elle était la seule à pouvoir les lui donner.

Si elle pensait pouvoir se cacher derrière ses parents, elle se trompait.

CHAPITRE SIX

D'après son GPS, la famille Hart vivait à deux heures d'Atlanta, au milieu de nulle part. Lorsque le système de navigation de sa Mercedes s'était révélé incapable de localiser l'adresse, il avait été obligé de s'arrêter dans une station-service pour demander des indications.

Le trajet de deux heures s'était transformé en périple et en avait pris trois.

— Merde !

Quand son pneu glissa sur une ornière du sentier tortueux en terre, il serra le volant plus fort. Bien qu'il ait considérablement réduit sa vitesse, il ne pouvait s'empêcher de penser aux dégâts occasionnés au châssis de sa voiture.

Après cinq kilomètres sur la route étroite encadrée de grillages barbelés, les arbres s'espacèrent et il repéra une boîte à lettres rouge. Il compara l'adresse inscrite dessus avec celle dans le dossier avant de sortir de la route et d'entrer dans l'allée privée.

Il vit bientôt apparaître une grande maison de campagne blanche entièrement entourée par un porche. Un parterre de fleurs printanières autour de la maison créait une explosion de couleurs vives, et un pneu attaché à une ficelle pendait à l'une des branches du gros chêne devant la bâtisse. Une grange rouge se trouvait à l'arrière, et des chevaux passaient leurs longs mufles à l'extérieur par les fenêtres sans vitres.

— Putain, on dirait un tableau de Norman Rockwell, râla-t-il.

Il se gara au bout de l'allée, coupa le moteur et prit le dossier avant de sortir de la voiture. Son pied s'enfonça dans quelque chose de mou. Il baissa les yeux en grimaçant.

Son pied droit était fermement plongé dans une pile de merde. Ses nouveaux mocassins Prada étaient foutus.

— *Coin !*

Furieux, il se tourna vers la créature à plumes qui se dandinait dans sa direction.

— Bien sûr, il fallait que ce soit de la merde d'oie.

Il frotta sa semelle contre l'herbe en injuriant l'animal jusqu'à ce que ce dernier change de trajectoire et parte vers la grange.

Il jeta un dernier regard courroucé à l'oiseau qui s'éloignait avant de se diriger vers la maison. Il monta rapidement les marches et appuya sur la sonnette.

Sarah Hart ouvrit la porte dès la première sonnerie, un tablier jaune vif noué autour de la taille par-dessus son jean et sa blouse blanche. Son expression chaleureuse s'effaça lorsqu'elle le vit sur le porche.

— Bonjour, madame Hart, dit-il avec un sourire poli.

— Eric, je ne m'attendais pas à vous revoir si vite, répondit-elle d'un ton crispé avant de s'écarter. Je vous en prie, entrez.

— Merci.

Il sentit des effluves de gingembre et de sucre émaner de la femme quand il passa à côté d'elle.

Il resta silencieux en la suivant dans le salon. La décoration résolument moderne à l'intérieur de la maison le surprit.

Il s'était attendu à du papier peint démodé et à des meubles anciens plutôt qu'à des murs peints en teintes neutres et à des fauteuils en cuir lisse. Ça ne collait pas avec l'extérieur de la demeure.

— Asseyez-vous, dit-elle en lui montrant le canapé en cuir. Aimeriez-vous boire quelque chose ? Je viens de sortir des cookies à l'avoine du four. Voulez-vous les goûter ?

— Non merci, madame Hart. J'aimerais parler à Celeste.

Le claquement d'une porte moustiquaire lui fit contracter les mâchoires.

— Chérie, est-ce que tu as vu...

Ben Hart pila et plissa les yeux en le voyant. Eric se leva pour soutenir le regard du père de Celeste.

— Nordstrom. Ça ne vous aura pas pris longtemps pour vous débarrasser de vos responsabilités, je vois, dit sèchement Ben.

— Je n'ai encore rien signé.

Eric avait répondu d'une voix calme. Il ne comptait pas laisser Ben obtenir une autre réaction de sa part. Il valait mieux que ça. L'homme serra les poings.

— Dans ce cas, qu'est-ce que vous foutez ici ?

— Je suis ici pour parler à Celeste.

— Mais ouais, c'est ça ! rugit Ben.

Il fit un pas vers lui, mais Sarah posa une main sur son bras.

— Ben, je t'en prie. Laisse-le parler avec elle. Ça sera probablement la dernière fois qu'il la verra.

Eric se tourna vers elle.

— De quoi parlez-vous ?

— Nous déménageons, répondit-elle avec un faible sourire.

— Déménager ? Où ça ?

— En Iowa.

— Pourquoi ?

— Nous habitons dans une petite ville, Eric. Celeste a eu du mal à s'intégrer pendant son enfance, expliqua Sarah.

— La jalousie est aussi vieille que le monde. Ces gamines riches étaient jalouses de la beauté de ma fille, lâcha Ben.

— Même si c'est plus courant de nos jours, être enceinte sans être mariée fera jaser beaucoup de monde, et je ne supporterais pas de la voir endurer une telle épreuve. Pas encore une fois. Déménager lui permettra de prendre un nouveau départ.

Sarah hocha la tête, comme si elle essayait de se convaincre elle-même.

Celeste allait partir.

Sa gorge se noua. Qu'est-ce que ça pouvait bien lui faire, si elle déménageait ? Ce n'était pas comme s'il comptait être présent.

— Celeste est près du lac, si vous voulez lui parler, ajouta Sarah en faisant un signe de tête en direction de la fenêtre.

— Merci.

Il sortit de la maison avant que Ben ne puisse le retenir.

* * *

Sarah ouvrit le rideau et suivit Eric des yeux alors qu'il s'éloignait vers le lac.

— Je pense qu'il ne sait pas.

— Qu'il ne sait pas ce qu'est Celeste ? demanda Ben avec mépris. Bien sûr que non. Il est trop occupé à réfléchir avec sa bite.

— Ben, dit Sarah d'un ton de réprimande.

— Je ne l'aime pas.

— Comme n'importe quel père surprotecteur.

— Pas assez protecteur, apparemment.

Il se laissa tomber sur son fauteuil en cuir préféré avant de se frotter le visage.

— Elle est trop jeune, Sarah. Elle n'est pas prête à devenir mère. Et elle n'est certainement pas prête à découvrir ce qu'elle est.

— Je sais.

Elle ravala la peur qu'elle sentit monter en elle. Son instinct lui criait de protéger sa fille unique, et une profonde souffrance semblait grandir un peu plus chaque jour dans sa poitrine.

— La prophétie est claire. L'enfant né de la lignée de Naddoddr mourra. Et d'après tes recherches, Eric appartient à cette lignée. Le seul espoir pour cet enfant, c'est que ses parents œuvrent ensemble et trouvent un moyen de le sauver avant qu'il ne soit trop tard.

Elle se tourna vers la fenêtre avant que Ben remarque la larme qui coula sur sa joue et l'essuya discrètement.

— Il refuse de l'admettre, mais il ressent de l'attirance pour elle. Je peux le sentir.

— Il ne sait pas que son attirance signifie qu'ils sont destinés à être ensemble, dit-il d'un ton dédaigneux. Je doute même qu'il sache ce qu'il ressent.

— Les hommes le savent rarement, mon chéri. Tu ne savais sûrement pas que j'étais ta compagne, rétorqua Sarah. Ton plan pourrait mal tourner. Et s'il signe les papiers ?

— Il ne le fera pas.

— Comment peux-tu en être sûr ?

Ben se leva et lui prit la main.

— Parce qu'Eric Nordstrom n'est pas le genre d'homme qui accepte des conditions qu'il n'a pas choisies. Ne serait-ce que par fierté, il ne signera pas ces documents. Il voudra revoir Celeste. En menaçant de déménager, on s'est assurés qu'il trouvera un moyen de la faire rester. Le seul obstacle, c'est notre fille.

— Comment ça ?

— Elle ne veut rien avoir à faire avec lui. Regarde

comment elle l'évite. C'est elle qui risque de prendre la poudre d'escampette, pas lui, grommela-t-il en secouant la tête.

Sarah se blottit dans ses bras et posa la tête contre son torse.

— Elle doit savoir la vérité. Elle a besoin de savoir ce qu'elle est.

— Je sais, je sais. Mais pas aujourd'hui, d'accord ? Je doute qu'elle nous croie, de toute façon. Souviens-toi, les fées ne sont pas censées exister en dehors des contes.

CHAPITRE SEPT

Eric se hâta en direction du lac tout en surveillant où il posait les pieds. Il ne voulait surtout pas glisser sur de la merde d'oie et atterrir sur les fesses.

Celeste allait s'en aller.

Sans qu'il comprenne pourquoi, l'idée de ne jamais la revoir le dérangeait.

Quand il leva la tête, il la vit. Elle marchait au bord de l'eau, un bouquet de fleurs sauvages à la main.

Il se figea.

La brise jouait avec l'ourlet de sa robe dos nu blanche tandis qu'elle marchait. Elle souleva l'ourlet de la jupe pour enjamber un tronc d'arbre, exposant ses longues jambes fines.

Tout l'air s'échappa de ses poumons. Sa poitrine lui faisait soudain mal, comme lorsqu'il avait eu une pneumonie étant enfant.

Son regard resta rivé sur la longue jambe fine qui sortait de la robe. La même jambe qui s'était enroulée autour de sa taille pendant qu'il était enfoui dans sa chaleur serrée.

Son corps s'échauffa et le désir affola son cœur.

— Arrête de penser avec ta queue, marmonna-t-il en secouant la tête. C'est comme ça que tu t'es retrouvé dans cette galère.

Il serra les mâchoires et se força à avancer sur le sol inégal.

Les mouvements de Celeste étaient lents, délibérés, comme si elle vivait entièrement le moment présent et voulait en savourer le moindre détail. Il n'avait jamais appris à rester dans le présent. Trop de choses demandaient son attention au quotidien, trop de décisions devaient être prises.

Elle s'accroupit pour cueillir une fleur violette.

— Celeste.

Elle se redressa en sursautant. Les fleurs glissèrent de ses doigts et atterrirent sur le sol en un tas coloré. Il se pencha pour les ramasser.

— Pardon. Je ne voulais pas te faire peur.

— Tu ne m'as pas fait peur. J'ai été surprise, c'est tout.

Elle fit un pas en arrière avec un regard méfiant. Ses yeux vert profond se posèrent sur l'enveloppe dans sa main.

— Tu as signé les documents ?

Il se releva et lui tendit le bouquet.

— Non.

— Pourquoi pas ?

Elle serra ses bras autour d'elle-même, écrasant le bouquet oublié dans sa main.

— Je voulais d'abord te parler.

Il prenait soin de garder un ton léger, amical. Il voulait lui faire baisser sa garde pour obtenir la vérité. Il en avait besoin.

Elle secoua la tête et lui tourna le dos.

— On n'a rien de plus à se dire.

Eh bien, c'était une nouveauté. Une femme qui ne voulait pas parler ?

— On ne peut pas changer ce qu'on a fait ni ce qui en a résulté. Donc, on n'a rien d'autre à se dire.

— J'ai besoin de savoir, murmura-t-il en faisant un pas vers elle.

— Quoi ?

— Tu vas garder le... ton... notre bébé ?

Les mots lui parurent étranges lorsqu'il les entendit flotter entre eux.

— Oui, répondit-elle en levant le menton.

Il plissa les yeux.

— Pourquoi ? Tu ne m'apprécies même pas. Pourquoi voudrais-tu garder ce rappel de moi ? C'est à cause de tes parents ? Ils ne peuvent pas te forcer à faire quelque chose si tu n'en as pas envie.

— Ça n'a rien à voir avec mes parents, dit-elle, surprise.

— Alors, pourquoi as-tu décidé de garder le bébé ?

Ça n'avait aucun sens pour lui. Elle ne faisait preuve d'aucune logique.

— Tu ne comprends pas, hein ?

Elle secoua la tête et voulut s'éloigner, mais il la retint par le bras.

— Réponds à ma question, Celeste. Pourquoi avoir mon enfant alors que tu penses que ce qui s'est passé entre nous était une erreur ?

Elle pinça les lèvres en rencontrant son regard.

— Une erreur... C'est ce que tu penses ?

— Oui.

Elle tressaillit comme s'il l'avait frappée.

Merde.

— Eric, je peux te donner une centaine de raisons d'avorter, et une seule de ne pas le faire. Mais cette raison l'emporte sur toutes les autres, dit-elle en touchant son ventre. Ce bébé est le résultat de nos actes. Il est là à cause de nous. Il ne devait pas payer pour nos actions à notre place.

Jusqu'alors, il avait cru que ses parents la forçaient à

garder l'enfant. Il comprenait à présent que c'était le choix de Celeste.

Elle n'avait peut-être pas besoin de lui – putain, elle le haïssait sans doute. Mais le bébé avait besoin de lui. Il avait une décision à prendre, et il devait la prendre rapidement.

— Je ne signerai pas les papiers, dit-il avant de tourner les talons et de s'éloigner vers la maison.

* * *

Le temps que Celeste rentre, Eric était assis sur le canapé en cuir du salon, comme s'il était chez lui. Elle avait été si stupéfaite par ses mots qu'elle était restée pétrifiée pendant un moment.

— Comment ça, tu ne signeras pas les papiers ?

Elle le foudroya du regard, les mains sur les hanches.

— Je dois discuter de certaines choses avec ton père, dit-il froidement.

— Mon père ? Ça ne regarde que nous.

Elle rougit et dut serrer les poings pour se retenir d'effacer son sourire séduisant d'une claque.

Il haussa les épaules.

— Pourtant, tu l'as fait venir pour me dire que tu étais enceinte. Tu l'as déjà impliqué dans la situation.

— Je ne l'ai pas invité. Il a insisté pour venir !

Sa voix devenait de plus en plus aigüe à chaque mot.

Sarah sortit de la cuisine et toucha l'épaule de sa fille.

— Allons, ma chérie. Laisse Eric et ton père discuter un peu.

— Mais...

— Tout va bien, ma douce. Monte dans ta chambre, insista son père avec un sourire en entrant dans la pièce.

Il lança ensuite à Eric une œillade assassine.

— Très bien.

Si quelqu'un était capable de remettre M. Le PDG à sa place, c'était bien son père.

* * *

Après ce qui lui parut une éternité, son père l'appela au rez-de-chaussée.

Quand elle entra dans le salon, sa mère était assise sur le canapé et son père debout près de la fenêtre. Eric n'était nulle part en vue.

— Ma chérie, assieds-toi, dit son père d'une voix douce.

— Est-ce que tout va bien ?

Elle s'assit sur le fauteuil en cuir, sentant son ventre se nouer.

— Eric et moi avons trouvé un compromis, déclara-t-il.

Sa mère se leva et alla prendre la main de son mari. Celeste pressentit que ce n'était pas une bonne nouvelle.

— Un compromis ?

— Il refuse de renoncer à ses droits parentaux.

— Il veut une garde partagée ?

Elle fronça les sourcils. Elle ne s'y attendait pas. Pas venant de lui.

Son père échangea un regard avec sa mère avant de poursuivre :

— Pas exactement. Eric veut la garde exclusive.

Son sang se glaça. Elle se leva d'un bond.

— Il ne peut pas avoir mon bébé. Je ne le permettrai pas.

Son père hocha la tête.

— Je lui ai dit que tu refuserais d'être séparée de ton enfant.

Le soulagement l'envahit. Elle posa une main sur son cœur en acquiesçant. Heureusement, ses parents l'avaient défendue.

C'était une bonne chose. Une très bonne chose.

— Eric veut t'épouser.

— Pardon, qu'est-ce que tu viens de dire ?

Les mots résonnèrent dans sa tête. Ils n'avaient aucun sens. Elle avait dû mal entendre.

— Eric m'a demandé ta main, et j'ai donné mon accord.

La voix de son père était ferme, son expression stoïque.

Alors que la pièce commençait à tourner autour d'elle, elle essaya de se souvenir comment respirer. Sa vue se troubla et s'obscurcit jusqu'à ce qu'elle perde connaissance.

CHAPITRE HUIT

Celeste entendit une voix masculine l'appeler faiblement. Celle-ci, caverneuse et lointaine, lui rappela quand elle avait visité une grotte pendant son enfance.

Elle battit des cils pour chasser le voile qui alourdissait ses paupières. En ouvrant les yeux, elle découvrit Eric au-dessus d'elle.

— Qu'est-ce qui s'est passé ?

Elle essaya de se redresser, mais son corps refusait de coopérer.

Il passa ses bras derrière son dos et l'aida à s'asseoir. Des points violets dansaient devant ses yeux. Elle secoua la tête pour tenter de les faire disparaître.

— Tu t'es évanouie.

Sa voix grave déclencha des frissons sur sa peau. Il était trop proche pour qu'elle se sente à l'aise.

Elle entrouvrit un œil. Elle ne voyait plus de points colorés, mais à présent, elle avait trop chaud.

Elle ouvrit les deux yeux. Elle était assise sur les genoux d'Eric.

Pas étonnant qu'elle ait l'impression que son corps était en feu. Elle essaya de se lever, mais il serra sa taille plus fort.

— Lâche-moi, siffla-t-elle.

— Pas avant que je sois sûr que tu ne vas pas encore t'évanouir.

Elle secoua la tête et poussa contre son torse, sans le moindre effet. Ce type était plus dur que l'acier.

— Je vais très bien.

Dès qu'il écarta les bras, elle en profita pour déguerpir et s'asseoir à côté de lui sur le canapé.

— Je croyais que tu étais parti, dit-elle sèchement.

En réalité, c'étaient surtout les réactions de son corps dès qu'il était en sa présence qui l'agaçaient.

— Je suis sorti le temps que ton père t'annonce la nouvelle. Je présume que tu ne t'es pas évanouie de joie à l'idée de devenir ma femme ?

Un sourire étira lentement ses lèvres ridiculement attirantes.

— Comment est-ce que tu as pu dire ça à mes parents ? Ils croient que tu es sérieux.

Elle massa ses tempes en regardant le sol. C'était pire que leur dire qu'elle était enceinte.

Il eut l'audace de paraître vexé.

— Je suis sérieux. J'ai décidé que je veux élever mon enfant. Je n'ai pas d'héritier et je souhaite transmettre mon nom à quelqu'un.

Voilà la vérité. Il ne voulait pas réellement l'épouser.

Il voulait juste un enfant.

— Tu n'as pas besoin de m'épouser pour avoir une relation avec ton enfant.

Son expression devint dure.

— Je refuse que mon fils grandisse dans un foyer brisé. Il mérite mieux. Et de cette manière, je peux être sûr que tu ne changeras pas d'avis et que tu n'essaieras pas de me faire chanter.

— Te faire chanter ? Comment ? Je ne veux rien avoir à faire avec toi. C'est tout l'intérêt du document que je t'ai demandé de signer.

— Ce document prouve que je suis le père. Le signer te donnerait tout contrôle sur la vie de l'enfant, et je ne peux pas le permettre.

Elle serra les poings. La colère bouillonnait sous sa peau, et elle avait terriblement envie de le gifler. On ne la forcerait pas à faire quoi que ce soit contre son gré.

— Qu'est-ce qui te fait penser que j'accepterais de t'épouser ? demanda-t-elle en plissant les yeux.

— Si tu refuses, j'obtiendrai la garde exclusive du bébé après la naissance et c'est toi qui n'auras aucun droit parental. J'ai assez de pouvoir et d'argent pour y arriver. On le sait tous les deux.

Il s'assit en face d'elle sur la table basse. Merde, qu'est-ce qui lui avait pris de coucher avec un enfoiré pareil ? Elle avait perdu sa virginité avec ce pauvre type.

— Tu ne ferais pas une chose pareille. Tu ne peux pas être si cruel.

Son cœur se serra alors qu'il se penchait vers elle.

— Tu as le choix. Tu peux accepter ma proposition et contenter tout le monde, y compris tes parents, ou tu peux essayer de t'opposer à moi et tout perdre.

Elle ouvrit la bouche pour lui dire où il pouvait se mettre sa proposition quand ses parents entrèrent précipitamment dans la pièce.

— Oh, ma chérie, est-ce que tu vas bien ? Je viens d'appeler le médecin. Il voulait savoir si tu as mangé aujourd'hui.

Les mains fraîches de sa mère se posèrent sur ses joues, ses yeux inquiets scrutant son visage à la recherche du moindre symptôme. Celeste s'écarta.

— Je vais bien. J'ai juste sauté le déjeuner.

La rencontre avec Eric l'avait trop perturbée pour qu'elle pense à se nourrir.

— Je vais te préparer un casse-croûte.

Sa mère alla vers le couloir, puis se retourna et sourit à Eric.

— Elle n'a jamais beaucoup mangé, mais elle va devoir s'y mettre. Elle mange pour deux, maintenant.

— On va s'assurer qu'elle prenne bien soin d'elle, dit-il en rendant son sourire à sa mère.

Bordel, qu'est-ce qui se passait ? Sa mère détestait Eric. Pourquoi se montrait-elle cordiale avec lui ?

Son père fit les gros yeux à Eric avant de suivre Sarah dans la cuisine.

— Celeste ?

Elle était si estomaquée par la réaction de ses parents qu'elle n'avait pas remarqué qu'il s'était assis à côté d'elle. Le creux de son ventre s'échauffa. Malgré sa haine, il l'affectait toujours physiquement.

C'était sans doute à cause de sa satanée eau de Cologne.

— J'ai besoin de sortir prendre l'air, dit-elle en se levant d'un bond.

Il se leva à son tour.

— Tu veux que je t'accompagne ?

— Non, non, inutile. J'ai besoin d'être seule.

Elle ouvrit la porte et sortit à la hâte avant qu'il ne décide de la suivre. Elle courut jusqu'au jardin et s'installa dans le vieux pneu suspendu au bout d'une corde. Elle posa sa joue contre le caoutchouc usé, le trouvant étrangement réconfortant.

Après le premier test de grossesse, elle avait été dans le déni. Au bout du dixième, elle avait été désespérée.

Enceinte. Après d'une aventure d'un soir.

— Et moi qui croyais que mon plus gros problème dans la vie, c'était d'avoir des visions.

Avec tout ce qu'elle avait vécu, elle n'avait toujours pas le livre.

Lorsqu'elle entendit la porte d'entrée se fermer en claquant, elle se déplaça derrière l'arbre, craignant que ce soit Eric. Elle n'était pas encore prête à l'affronter.

La voix de sa mère résonna dans le jardin.

— Ben, où vas-tu ?

— Dans la grange. Je préfère regarder le trou du cul d'un cheval plutôt que rester avec celui dans la maison.

Elle étouffa son rire en plaquant une main sur sa bouche.

— Ben, je sais que tu ne l'apprécies pas.

Le ton de sa mère, habituellement joyeux, était teinté de fatigue.

— Sans rire ?

— Il est le père. Il a des droits. Et puis, si Celeste l'épouse, on ne sera pas obligés de déménager. Je sais à quel point tu aimes notre ferme.

Son cœur caracola dans sa poitrine.

Ils allaient déménager ? Personne ne lui en avait parlé. Cependant, elle aurait dû s'en douter. Son père avait trop de fierté pour rester dans cette petite ville, où les commères locales se déchaîneraient en apprenant qu'elle était enceinte sans être mariée. Peu importait que ce soit le vingt-et-unième siècle et qu'elle n'habite même plus sous leur toit. Ses parents feraient les frais de son erreur.

Si elle refusait d'épouser Eric, elle ne doutait pas qu'il mettrait sa menace à exécution. Il ferait tout ce qui était en son pouvoir pour obtenir la garde exclusive de leur bébé, et avait assez d'argent et d'influence pour y parvenir.

Elle posa la main sur son ventre plat.

Son bébé serait-il comme elle ? Sans le savoir, avait-elle

transmis à son enfant à naître sa malédiction, sa capacité à voir l'avenir ?

Elle frissonna.

Que ferait Eric si c'était le cas ? Voudrait-il toujours de l'enfant lorsqu'il apprendrait la vérité, ou le ferait-il enfermer dans un asile pour le cacher au public ?

Elle étouffa un cri, soudain terrifiée pour l'être qui grandissait dans son ventre. Elle ne pouvait laisser une chose pareille se produire. Elle ne le permettrait pas. Elle repartit d'un pas décidé vers la maison.

Eric se leva quand elle entra dans le salon.

— Je ne resterai pas mariée à un homme que je n'aime pas. Mais je peux accepter un mariage s'il y a une porte de sortie.

— C'est-à-dire ? demanda-t-il en plissant les yeux.

Elle déglutit.

— Je n'accepterai de t'épouser que si tu acceptes de divorcer six mois après la naissance du bébé. Et qu'on partage sa garde.

— Je t'ai dit que je ne voulais pas que mon enfant soit élevé dans un foyer brisé.

— Tu préfères qu'il ait des parents qui ne se supportent pas ?

Il la regarda fixement pendant ce qui lui parut une éternité. Elle commença à douter qu'il accepte. Finalement, il croisa les bras.

— Un divorce à l'amiable, la garde partagée, et tu acceptes de ne pas quitter l'État du Vermont.

Elle serra les dents sans répondre.

— Comme ça, l'enfant sera toujours près de nous deux. Si tu quittes l'État, notre accord sera annulé.

— J'aurai besoin de travailler et je n'ai été employée que par Cryptic.

— Je suis sûr que tu pourras vivre très bien avec la

pension alimentaire. L'argent ne sera pas un problème, lâcha-t-il d'un ton railleur.

— Je ne veux pas de pension alimentaire. Je veux travailler.

Il l'étudia avec surprise tandis qu'elle le dévisageait avec colère.

— Le siège de Cryptic est basé dans le Vermont. Je peux t'y garantir un poste, dit-il après un moment.

— Je ne pense pas que travailler pour toi soit une bonne idée.

— Si tu as peur que j'interfère dans ta vie privée, ne t'inquiète pas. Je te promets qu'après notre divorce, je n'y accorderai jamais une pensée.

Piquée dans son ego, elle ne laissa néanmoins rien paraître.

— Un divorce d'un commun accord six mois après la naissance. J'accepte de rester dans le Vermont et on partage la garde.

— Et si tu ne veux pas travailler pour Cryptic, je t'écrirai une lettre de recommandation. Qu'est-ce que tu en dis ?

Elle avait conscience d'être sur le point de faire un pacte avec le diable, mais c'était la seule manière de satisfaire à la fois ses parents et Eric. De plus, cette solution lui garantissait une porte de sortie, une issue.

— J'accepte ta proposition.

CHAPITRE NEUF

près avoir rassemblé son courage, Celeste annonça à ses parents qu'elle avait accepté d'épouser Eric. Elle ne s'attendait pas à l'explosion de joie de sa mère. Son père, lui, avait eu l'air prêt à écorcher vif son futur mari. Sa réaction lui avait remonté le moral.

— Si vous voulez bien m'excuser, je vais aller m'allonger, dit-elle.

Elle espérait qu'Eric comprendrait le message et s'en irait, mais il ne bougea pas du canapé sur lequel il était assis.

Elle sortit du salon en l'ignorant. Puisque sa mère semblait désormais l'adorer, elle pouvait lui tenir compagnie.

Elle monta l'escalier grinçant, entra dans son ancienne chambre et referma la porte. Son regard glissa sur la décoration dans des tons rose et blanc, puis sur les médailles qu'elle avait gagnées en présentant des moutons dans des concours.

Elle paraissait mieux s'entendre avec les animaux qu'avec ses camarades de classe, surtout les filles.

Elle s'allongea sur le lit recouvert d'une parure blanche à froufrous et ferma les yeux, en espérant qu'elle serait brusquement tirée de ce cauchemar lorsqu'elle les rouvrirait.

Son esprit tournait à plein régime.

Eric ne voulait sans doute pas un vrai mariage, mis à part sur le papier. Il n'oserait pas lui demander de partager son lit, si ?

La panique l'empêcha de respirer. Elle se leva, alla ouvrir la fenêtre et sortit la tête. L'air frais de la nuit lui piqua les poumons quand elle prit une profonde inspiration.

— Celeste?

Elle se redressa si vite qu'elle se cogna contre le rebord de la fenêtre.

— Je suis venu voir comment tu te sentais, dit Eric depuis le pas de la porte.

— Je vais très bien.

Elle poussa un grognement en palpant son crâne à la recherche d'une bosse.

— Attends, laisse-moi voir.

Il traversa la chambre et lui fit baisser la tête. Le mouvement lui donna l'impression de tanguer. Ou était-ce à cause de sa proximité ? Elle se déroba à son contact et s'écarta.

— Ce n'est rien. Tu es sur le point de partir ?

— Oui. Je reviendrai demain pour la cérémonie.

— Demain ? Le mariage a lieu demain ?

Ces fichus points violets étaient de retour et dansaient devant ses yeux. Elle secoua la tête. Il ne pouvait pas être sérieux.

— C'est trop rapide, murmura-t-elle d'une voix blanche.

— Je dois repartir dans le Vermont. On doit s'en occuper avant mon départ.

— Eric, et si...

— Et si quoi ?

Il la dévisagea de ses yeux bleus perçants.

— Qu'est-ce qui se passera une fois qu'on sera mariés ?

Ses joues chauffèrent. Elle était probablement rouge comme une tomate.

— Qu'est-ce que tu attends de moi, exactement ?

Un petit sourire se dessina sur ses lèvres.

— Dans quel sens ?

— Tu sais très bien dans quel sens.

Elle détourna la tête, agacée. Il aimait manifestement la mettre mal à l'aise.

— C'est vrai, mais je trouve ça très amusant que tu ne puisses même pas parler de sexe sans rougir. Exactement comme tu rougis en ce moment.

Son sourire s'élargit. Elle croisa les bras.

— Excuse-moi d'avoir des valeurs morales. Je suis sûre que je ne suis pas ton genre de femme. Je ne couche pas avec tous les types que je rencontre.

— Je l'ai bien compris quand je me suis rendu compte que tu étais vierge, dit-il sans se départir de son sourire.

Elle lui tourna le dos et regarda par la fenêtre, ses poings serrés contre ses flancs. Pourquoi fallait-il qu'il se moque d'elle ?

— Celeste, je ne suis pas un violeur, malgré ce que tu as pu entendre dire sur moi.

Il s'approcha d'elle et repoussa ses cheveux pour dégager son cou.

Elle se pétrifia.

Il parlait d'Elizabeth Humphries et du fait qu'elle l'avait accusé de viol. Cryptic avait essayé d'empêcher l'affaire de s'ébruiter, mais la nouvelle s'était répandue. Celeste avait pour principe de ne jamais prêter attention aux rumeurs. Elles étaient fausses, en général, et finissaient toujours par blesser quelqu'un. Elle le savait d'expérience : elle en avait été la cible trop souvent au cours de son enfance.

— Le sexe avec moi est toujours consenti. Quand tu auras envie que je te donne un autre orgasme... ou trois, tu n'auras qu'à me le faire savoir.

Elle se retourna avec un regard furieux.

— Tu es un vrai connard.

Son amusement se lisait toujours sur son visage.

— C'est sérieux, ajouta-t-elle en secouant la tête. Qu'est-ce qui se passera quand tu rencontreras quelqu'un ? Une personne dont tu seras amoureux et que tu voudras épouser ?

— Je ne crois pas en l'amour.

Ses mots la touchèrent en plein cœur.

— Tout le monde croit en l'amour. Ou, au moins, en la possibilité de l'amour.

— Pas tout le monde. Et putain, sûrement pas moi, lâcha-t-il.

Il s'éloigna vers la porte et lança par-dessus son épaule :

— Je te verrai demain au mariage.

Il quitta la chambre et referma la porte derrière lui, la laissant étourdie. Elle devait absolument trouver un moyen de revenir sur leur accord.

* * *

CELESTE HURLA DANS LES TÉNÈBRES. Elle était pétrifiée, chaque muscle de son corps semblait glacé. Une douleur déchirante se propagea dans son ventre. Elle se roula en boule en se tenant l'estomac et ses mains rencontrèrent quelque chose de mouillé.

Un liquide chaud et collant recouvrait ses doigts. Une autre violente vague de douleur lui transperça l'abdomen. Elle hurla, sa gorge sèche et brûlante.

L'obscurité commença à céder le pas à la lumière. Un visage monstrueux avec de longs crocs pointus flottait à quelques centimètres de son visage. De la salive gluante coula de la bouche de la créature et tomba sur sa poitrine. Celeste ouvrit la bouche pour crier, mais un autre spasme lui tordit le ventre. L'être plaqua une main ressemblant à une serre sur sa bouche et se pencha en avant.

— Tu ne peux pas te cacher, Celeste. Je te trouverai. Je te trouverai toujours, siffla-t-il.

Elle se réveilla en sursaut dans son lit, cherchant de l'air. Son cœur battait la chamade et les draps étaient trempés de sueur. Elle se redressa, embrassant les rideaux roses et les prix sur sa petite commode du regard.

Elle était chez ses parents. Elle était en sécurité. Ce n'était qu'un rêve, un parmi les nombreux qu'elle avait faits au cours de la nuit.

Elle se rallongea lentement.

Lorsqu'elle réussit enfin à se rendormir, elle fit d'horribles cauchemars peuplés de créatures malfaisantes qui griffaient, mordaient et déchiraient sa chair.

Les monstres n'existaient pas. Ils appartenaient aux contes de fées et aux légendes. Pourquoi rêvait-elle de ces créatures ? N'avait-elle pas uniquement des visions de l'avenir ?

La lumière entrait par la fenêtre. C'était un nouveau jour.

Celui de son mariage.

Son ventre se noua. Elle ne s'était éveillée d'un cauchemar que pour plonger dans un autre.

Elle repoussa la couverture et mit sa robe de chambre rose avant de descendre au rez-de-chaussée.

Elle ne pouvait pas se marier. Elle dirait à ses parents qu'elle ne pouvait pas épouser Eric. Ils comprendraient sans doute.

Elle fut accueillie en bas des marches par un éclat de rire et des arômes de nourriture. En entrant dans la cuisine, elle se sentit blêmir.

Une dizaine de tantes, d'oncles et de cousins étaient entassés dans la pièce, chacun occupé à préparer et décorer différents plats. Pour le mariage.

Son mariage.

Un intense désespoir lui serra le cœur, indélogeable et étouffant.

— Qu'est-ce que tout le monde fait ici ? demanda-t-elle d'une voix faible.

C'était une question stupide. Elle connaissait déjà la réponse.

Les membres de sa famille élargie interrompirent leurs tâches et l'entourèrent en criant des félicitations et des vœux de bonheur. Elle fit de son mieux pour avoir l'air heureuse, mais le sourire plaqué sur ses lèvres était sur le point de se fissurer.

Sa mère posa sa joue contre la sienne et la serra dans ses bras.

— Tu sais comment est notre famille dès qu'il s'agit d'une occasion importante. Ils ont conduit toute la nuit pour venir assister à ton mariage avec Eric.

Ses parents voulaient qu'elle épouse un homme qu'elle connaissait à peine, un séducteur notoire incapable d'être fidèle. Et pour couronner le tout, il ne croyait pas en l'amour.

Dans quoi s'était-elle embarquée ?

Elle essaya de déglutir, mais eut l'impression d'avoir de la cendre dans la bouche. Lorsque sa mère lui sourit, la culpabilité lui transperça le cœur comme une flèche.

La joie et l'enthousiasme évidents de sa mère lui ôtèrent toute volonté de refuser d'épouser Eric.

Elle avait fait son lit et allait devoir se coucher dedans. Avec quelqu'un dont elle n'était pas amoureuse.

Il fallait qu'elle s'occupe l'esprit avant de craquer. Elle sortit une tasse d'un placard, poussa les plateaux recouverts de hors-d'œuvre et se servit du café.

Des bouquets d'hortensias violets, de roses et de lis blancs étaient posés sur le comptoir de la cuisine. Un panier en osier contenait de minuscules sacs en toile fermés par des nœuds en soie rose.

Elle ouvrit le réfrigérateur pour sortir le lait et manqua de lâcher sa tasse.

Tous les étages avaient été enlevés pour faire de la place à une gigantesque pièce montée blanche. Elle était composée de trois gros étages recouverts d'élégantes décorations argentées et de fleurs. Un nœud celtique argenté surmontait le tout.

— Ça te plaît ?

Le ton hésitant de sa mère émut Celeste. Ses yeux s'emplirent de larmes.

— C'est superbe. C'est toi qui l'as fait ?

— Oui.

— Tu l'as préparé hier soir ? Mais tu n'as pas dû fermer l'œil.

Un autre pincement de culpabilité lui étreignit la poitrine.

— Je dormirai plus tard. Après tout, c'est un moment important. Ma fille ne se marie qu'une fois.

Elle n'en était pas si sûre, mais se força à sourire.

— C'est vraiment beau. Je ne m'y attendais pas. À rien de tout ça.

— Je sais que c'est arrivé très vite, mais je suis certaine que tout ira pour le mieux, lui assura sa mère en lui serrant la main. Rappelle-toi simplement qu'un peu de patience et de compréhension peuvent faire toute la différence dans un couple.

Elle détourna les yeux. Le chagrin la saisit à l'idée de ce qui ne serait jamais présent dans son mariage.

L'amour.

— J'aurais aimé que tu portes un smoking, Eric. Tu aurais dû y penser. Ça ne semble pas correct que tu te maries dans un simple costume, grommela Stephen.

Il se pencha pour ajuster sa cravate dans le rétroviseur

— C'est une cérémonie très simple. Un smoking n'est pas nécessaire.

Eric aurait aimé que son oncle lui fiche la paix et le laisse un peu respirer. Stephen n'avait pas arrêté de parler depuis qu'ils avaient quitté Atlanta.

— Mais ça ne fera pas bon effet si elle est en robe de mariée et toi en costume décontracté. Pense aux photos de mariage.

— Aux photos ? railla-t-il. Il n'y aura pas de photos.

Son oncle haussa les sourcils et fit tourner la Rolex à son poignet.

— Comment ça, pas de photos ? Il y a toujours des photos.

— Ce sera une courte cérémonie devant un élu, rien de plus.

Les yeux de Stephen s'agrandirent davantage, ce qu'il n'aurait pas pensé possible.

— Devant un élu ? C'est toi qui l'as contacté ?

— Non, son père. Il a dit qu'il ferait les arrangements nécessaires, étant donné que tout est si précipité. On doit partir bientôt pour que je puisse assister à la réunion du conseil ce soir.

— Je n'arrive toujours pas à croire que tu vas te marier.

Le ton morose de son oncle collait avec l'ambiance lugubre dans la voiture.

— Après toutes ces années passées à me seriner de me caser, je pensais que ça te ferait plaisir.

Il donna un coup de volant une seconde trop tard et jura quand son pneu entra dans une ornière. Il espérait ne pas revoir une route en gravier de sitôt.

— C'est une chose de se marier par amour, et une autre de le faire par obligation, dit Stephen en regardant par la fenêtre. Tu ne penses pas à l'avenir.

— À l'avenir ?

— Et si tu rencontres quelqu'un dont tu tombes amoureux ?

— Celeste m'a posé la même question.

Le muscle de sa joue tressauta. Le tour que prenait la conversation commençait à l'agacer.

— Vraiment ? Eh bien, voilà au moins quelqu'un qui réfléchit. C'est rassurant, bien que je m'inquiète un peu de ses motivations pour accepter de t'épouser si rapidement.

— Je l'ai menacée d'obtenir la garde exclusive du bébé si elle refusait.

— Tu as quoi ?

La mâchoire de Stephen se décrocha presque jusqu'à toucher le tableau de bord.

— Eric, c'est du chantage.

— Celeste et moi avons conclu un accord, dit-il en haussant les épaules. Je serai en déplacement professionnel la majeure partie du temps, ce n'est pas comme si on allait être ensemble vingt-quatre heures sur vingt-quatre. Cet accord nous profitera mutuellement. Elle aura une existence privilégiée, et moi, j'aurai un héritier à qui transmettre mon nom.

— Tu ne le fais pas pour consolider ta place de PDG, j'espère ?

Il serra le volant si fort que les articulations de ses mains blanchirent.

— Pas seulement. Je ne veux pas que mon fils grandisse en pensant que son père ne veut pas de lui, qu'il n'était pas désiré.

— Je sais que John n'était pas un très bon...

— Un très bon quoi ? Père ? Mari ? Être humain ?

Il lui était difficile de constater que des émotions puissantes étaient encore rattachées à l'homme qui l'avait négligé toute sa vie.

Stephen posa une main sur son épaule.

— Ton père était un homme sévère, mais il t'aimait.

Eric sentit son sang se glacer, des échardes de givre perforant sa peau.

— C'est ça. Il avait coutume de me dire que je ne savais rien faire correctement.

— Il se trompait. Tu es l'un des hommes d'affaires les plus talentueux et déterminés que je connaisse. Si tu veux vraiment te marier, je soutiendrai ta décision. Et pour ce que ça vaut, cet enfant à une sacrée chance de t'avoir comme père. Ne t'avise pas de l'oublier.

— Merci, oncle Stephen. Ça me touche beaucoup, dit-il après avoir ravalé la boule dans sa gorge.

— Même si tu ne te maries pas en smoking.

Il éclata de rire.

— Je ne suis même pas sûr que Celeste porte une robe de mariée. Ce sera vraiment une petite cérémonie.

— Comment ? Pas de robe de mariée non plus ? s'étrangla Stephen.

— Non. Probablement quelque chose de simple, répondit-il d'un air songeur. En fait, je suis peut-être trop habillé. Je devrais peut-être laisser ma veste dans la voiture.

— Trop habillé ?

Stephen parut sur le point de dire quelque chose, mais il se ravisa et ferma la bouche.

— Ah, nous sommes arrivés.

La ferme blanche, digne d'un décor de carte postale, apparut à l'horizon. Elle était exactement comme la veille, mais une vingtaine de véhicules étaient garés en file dans l'allée.

Des alarmes se déclenchèrent sous son crâne. Putain, que faisaient ces voitures ici ?

— Je croyais que c'était une petite cérémonie.

Il ne manqua pas l'amusement dans la voix de son oncle.

— C'est le cas. Je dois aller voir ce qui se passe.

Il coupa le moteur et sortit de voiture. Au quatrième pas, son pied s'enfonça dans une masse molle familière.

— Fait chier.

— Qu'est-ce qui se passe ? demanda Stephen.

— J'ai marché dans de la merde d'oie.

Il montra à son oncle la crotte rassemblée sous la semelle de sa chaussure. Stephen plissa le nez et commença à soulever les pieds pour les examiner.

— Ouf. Je n'en ai pas.

Lorsqu'Eric fit un pas de côté, ses mocassins hors de prix glissèrent sur une touffe d'herbe.

— Foutues oies.

— Eric, Dieu merci. Je commençais à m'inquiéter, appela Sarah Hart depuis l'autre côté du jardin.

Il cessa de nettoyer ses chaussures, s'arrêtant à mi-geste.

La mère de Celeste traversa la cour en soulevant l'ourlet

de sa longue robe scintillante pour l'empêcher de traîner par terre. Ses chaussures assorties brillaient de mille feux.

— Elle ne porte pas une tenue décontractée, Eric, marmonna Stephen.

Il avait raison. Sarah semblait tout droit sortie d'un magazine dédié aux mères des mariées.

Elle s'arrêta devant lui et le serra dans ses bras avec un grand sourire.

— Tu es charmant.

Il se raidit. On ne lui avait pas témoigné d'affection maternelle depuis si longtemps que le geste le mit mal à l'aise.

Ne voulant pas paraître impoli, il se força à lever les bras pour étreindre sa silhouette fine. L'odeur légère de son parfum lui évoqua un souvenir doux-amer de sa propre mère.

Il recula en toussotant.

— Madame Hart...

Elle le coupa en lui tapotant le bras.

— Nous serons bientôt de la même famille. Je t'en prie, appelle-moi Sarah, dit-elle avant de sourire à Stephen. Oh, monsieur Nordstrom, je suis contente que vous soyez là.

Il prit sa main entre les siennes.

— Appelez-moi Stephen. Comme vous l'avez dit, nous serons bientôt de la même famille. Et permettez-moi de dire que vous êtes ravissante, Sarah.

— Merci.

Le compliment la fit rougir, et son sourire s'agrandit.

— Je crains que nous ne soyons pas assez habillés, reprit son oncle.

Il coula un regard de reproche en direction d'Eric.

— Tout a été décidé si vite que je ne savais pas si tu porterais un smoking, Eric. Ben en a acheté un pour toi. S'il ne te va pas, tante Agatha peut le retoucher à ta taille en moins d'une heure. C'est une excellente couturière.

Il secoua la tête, un pli barrant son front. Il n'avait pas le temps. Il devait être parti dans une heure.

— Madame Hart...

— Sarah, lui rappela-t-elle.

— Sarah, je ne pense pas que nous ayons le temps pour tout ça. J'ai une réunion très importante dans le Vermont ce soir.

— Mais tu es le PDG, non ?

— Oui, bien sûr.

— C'est toi le patron. Tu n'as qu'à reporter la réunion à demain.

Il voulut protester, mais elle lui prit la main et le tira vers la maison.

— Allons t'habiller, dit-elle avant de se retourner. Je suis navrée, Stephen. Si j'avais su que vous veniez, j'aurais pris un smoking pour vous.

— Ne vous inquiétez pas, ma chère. Tant que les mariés sont convenablement vêtus pour l'occasion, c'est tout ce qui compte.

— Vous avez raison. Sinon, vous imaginez à quoi ressembleraient les photos du mariage ?

Celeste gratta la peinture écaillée sur la rambarde du porche puis tripota son bouquet de lis et de gypsophiles. Tout le monde l'avait complimentée en disant qu'elle ressemblait à une princesse.

Elle avait plutôt l'impression d'être une condamnée vivant ses derniers instants de liberté.

Elle passa sa main moite sur la robe de mariée de sa mère.

La sienne, désormais.

En brocart champagne et en shantung, la robe sans manches avait un corset intégré et était ornée de perles. Elle la moulait jusqu'aux genoux puis s'évasait jusqu'au sol.

Elle serra le bouquet entre ses doigts et se mordilla la lèvre.

Elle ne pouvait plus s'échapper.

Elle se raidit en entendant des pas approcher, mais ce n'était que son père. Il rencontra son regard et un sourire ému se dessina sur ses lèvres.

— Tu es très belle, ma chérie.

Elle lui sourit et embrassa ses joues en essayant de ravaler les larmes qui brûlaient ses yeux.

— Allons, allons, ne pleure pas.

Il essuya une larme avant qu'elle ne coule sur sa joue et sortit un mouchoir de sa poche. Elle l'accepta et se tapota les yeux. L'émotion lui nouait la gorge.

— Pardon, je pense que c'est à cause des hormones. C'est l'heure ?

— Oui, chérie. C'est l'heure.

Son père passa son bras sous le sien et ils descendirent ensemble les marches du porche. Il ralentit légèrement le pas.

— J'aurais aimé qu'on ait plus de temps pour parler, tu sais.

— Parler de quoi ?

Il secoua la tête. Lorsqu'il rencontra de nouveau son regard, il lui fit un petit sourire et lui tapota le bras.

— Je t'en parlerai une autre fois, c'est promis. Mais pas le jour de ton mariage.

CHAPITRE DOUZE

— Aïe !

Eric sursauta et recula le poignet. Tante Agatha venait de le piquer avec une aiguille. Celle-ci cessa de coudre l'ourlet de la manche du smoking et lui fit un sourire d'excuse.

— Oups. Je n'aurais peut-être pas dû boire ce dernier verre de vin de sureau.

— Je n'avais jamais fait retoucher un smoking si vite. D'habitude, ça prend des semaines.

Il espéra silencieusement ne pas avoir besoin d'une transfusion sanguine une fois qu'elle aurait terminé. C'était la troisième fois qu'elle le piquait.

— J'ai un don. En tout cas, c'est ce que les gens racontent, dit-elle en reprenant sa couture. Même si j'aurais préféré être douée dans un autre domaine.

— Lequel, par exemple ?

— Je ne sais pas.

Elle fit passer l'aiguille à travers le tissu en un geste habile tandis qu'il jetait un coup d'œil à sa Rolex et réprimait une grimace.

— Je crois qu'avoir le don d'invisibilité me plairait.

— Pardon ?

Il se retourna vers la vieille dame.

— L'invisibilité. J'aurais bien aimé naître avec le don d'invisibilité, dit tante Agatha. Et vous, quel est votre don ?

Était-elle sérieuse ?

— Gagner de l'argent, je dirais.

Il avait répondu lentement, sans quitter des yeux la main qui tenait l'aiguille. La famille de Celeste était bizarre, aucun doute là-dessus. Avec un peu de chance, son enfant n'hériterait pas de ce gène.

— Ce n'est pas un don. Vous aurez besoin du vôtre bientôt, vous feriez mieux de découvrir ce que c'est.

— Pourquoi donc ?

Elle se pencha vers lui et baissa la voix.

— Épousailles à l'éclosion des fleurs d'avril apportent joie et chagrin à la jeune famille.

— Tante Agatha, tu effraies Eric, la réprimanda Sarah en entrant dans la pièce.

Elle posa les mains sur les épaules de la vieille dame et sourit à Eric.

— Je suis navrée. Je pense qu'elle a bu trop de vin de sureau.

— Je n'en ai pas bu tant que ça, grommela Agatha sur un ton de défi. Et puis, c'est bon pour mon cœur. C'est thérapeutique.

— Peu importe. C'est presque l'heure de la cérémonie. Allons te mettre en place.

Elle le guida sous un arbre empli d'odorantes fleurs roses dans la cour arrière. La canopée surplombait les invités assis en rangs sur des chaises blanches. Eric commença à taper du pied, pressé que les conversations incessantes cesse et que la cérémonie commence.

Plus vite ils auraient terminé, plus vite il pourrait partir.

Il avait non seulement supporté d'être présenté à tous les

membres de famille éloignés de Celeste, mais de plus, il s'était fait coincer par son père. Celui-ci avait insisté pour qu'ils portent les alliances de sa famille, des anneaux incrustés de petites pierres précieuses, au lieu des bagues luxueuses qu'il avait fait livrer de New York par avion la veille.

Il commençait à perdre patience.

Alors qu'il attendait devant le prêtre, il tapota la poche de sa veste et sentit le contour dur des alliances. Il retira prestement sa main quand quelque chose de pointu le piqua. Une vilaine égratignure courait sur son doigt. La personne qui avait mis une fleur avec une tige à piquants dans une boutonnière était dingue.

Merde, toute la famille était peut-être tarée. Tante Agatha correspondait certainement à cette description.

Des accords de harpe interrompirent les discussions. Tout le monde se leva. Il tourna la tête en direction de l'allée, vers la tonnelle décorée de verdure, et vit Celeste apparaître.

Il eut soudain du mal à respirer et se força à prendre une profonde inspiration.

Ses longs cheveux blonds retombaient en vagues soyeuses sur ses épaules, encadrant son beau visage. Elle posa ses yeux verts sur les rangées de convives et offrit un sourire à chacun.

La robe moulait son corps élancé, accentuait la finesse de sa taille et mettait ses longues jambes en valeur. Le léger renflement de sa poitrine soulevait le corset à chacune de ses respirations.

Elle était absolument sublime.

Il ne la quitta pas des yeux alors qu'elle avançait. Le temps paraissait s'être suspendu.

Elle finit par s'arrêter devant lui. La musique laissa progressivement place au silence et il n'entendit plus que les battements de son propre cœur.

Il accepta sa main, que lui tendit son père avec un regard froid avant d'aller prendre place sur une chaise.

En sentant sa main fraîche trembler dans la sienne, il referma ses doigts autour des siens et regarda son visage. Il attendit qu'elle lève la tête pour rencontrer son regard, mais elle garda le nez vers le sol.

— Prions.

Le prêtre en soutane noire baissa la tête et se lança dans une longue prière dont Eric n'entendit pas un mot, noyée par les battements de son cœur.

Puis vint le moment d'échanger leurs vœux.

Il prononça les formules d'une voix sonore et assurée.

Lorsque ce fut le tour de Celeste, elle le surprit en répétant les vœux d'une voix qui ne tremblait pas, malgré sa main toujours agitée de tressautements.

Ses épaules se détendirent légèrement. La fin de la cérémonie approchait.

— Et maintenant, l'échange des vœux celtes traditionnels, reprit le prêtre.

Il sortit un parchemin de sa soutane en souriant.

— Qu'est-ce que c'est ? Personne ne m'a parlé de vœux celtes.

Méfiant, Eric ne fit pas un geste pour prendre le manuscrit que l'homme lui tendait. Il en avait assez qu'on le force à accepter des conditions supplémentaires.

— C'est une tradition irlandaise, elle fait partie de notre patrimoine, insista le prêtre.

— Eric, tu n'es pas obligé de lire ça, murmura Celeste.

Elle leva de grands yeux apeurés vers lui. Le prêtre les regarda avec nervosité.

— On ne peut pas arrêter maintenant. La cérémonie n'est pas terminée.

— Ce n'est pas juste de lui demander de lire des mots qu'il ne pense pas, dit lentement Celeste.

Le prêtre décocha un regard sévère à Eric.

— Qu'il ne pense pas ? Vous vous mariez. Bien sûr qu'il pense chacun de ces mots.

Sans quitter Celeste des yeux, il prit le parchemin des mains du prêtre et le déroula. Il se demandait ce qu'il contenait pour la rendre si nerveuse. Il le parcourut et comprit. Ce n'était pas de la peur.

C'était de la gêne.

Il leva la tête vers le parterre d'invités. S'il refusait de réciter ces mots, la validité de leur union serait sans aucun doute remise en question.

— Alors, vous êtes prêt ? murmura le prêtre.

— Oui.

Il se râcla la gorge et lut :

— *J'entre dans ce mariage librement et de mon plein gré.*

Je promets de t'être fidèle, de n'appartenir qu'à toi et nulle autre.

Je promets de ne partager mon corps qu'avec toi et nulle autre.

Il rencontra son regard et sourit.

— *Je promets de ne donner mon amour qu'à toi et nulle autre.*

Je promets de te protéger des dangers, visibles comme invisibles, et d'être ton bouclier dans les moments difficiles.

Je serai ton compagnon, à tes côtés aussi longtemps que je respire.

Les joues de Celeste étaient rouges. Le prêtre lui tendit le parchemin et, après quelques secondes gênantes, elle répéta les formules en le regardant.

— Maintenant, prions.

L'homme d'église inclina la tête et commença ce qui, espérait Eric, était la dernière prière de la cérémonie. Il conclut par un « amen » et hocha la tête.

— Vous pouvez embrasser la mariée.

Eric captura le visage de Celeste entre ses mains et rencontra son regard surpris. Il voulait s'assurer que l'étrange attirance qu'il ressentait pour elle avait disparu, qu'il n'avait plus cette femme dans la peau et gardait le contrôle. Il avait besoin de ce baiser.

Il effleura ses lèvres douces. Un plaisir ardent le traversa de part en part, l'embrasant comme un feu de forêt.

Encore une fois, il se retrouva prisonnier de son charme troublant et fut incapable de mettre fin au baiser.

Lorsqu'il fit entrer sa langue dans sa bouche tiède, ses mains posées sur son torse se crispèrent. D'une seconde à l'autre, elle allait le repousser. D'une seconde à l'autre...

Le prêtre toussa.

Eric recula, déçu de son manque de discipline et de self-control.

Il n'avait pas prévu de l'embrasser si longtemps ni si passionnément, mais dès qu'il avait goûté ses lèvres, il avait été incapable de s'arrêter.

— Je suis heureux de vous présenter pour la première fois monsieur et madame Eric Nordstrom, annonça le prêtre.

Eric prit la main de Celeste et ils se tournèrent vers les invités qui applaudissaient. Stephen s'approcha d'eux avec un large sourire.

— Celeste, je n'ai jamais vu plus belle mariée, dit-il en prenant ses mains dans les siennes.

Elle écarquilla les yeux et une ravissante teinte de rose colora ses joues.

— Merci, monsieur Nordstrom.

— Appelle-moi Stephen, ma chère. Ou oncle Stephen, comme le fait Eric.

Il aurait peut-être dû lui parler de leur petit accord. Puisque ce mariage serait terminé peu après la naissance du bébé, il était inutile qu'elle tisse des liens avec sa famille.

— Et tu n'es pas trop mal non plus, ajouta son oncle en lui donnant une claque dans le dos. Avec une mère et un père aussi séduisants que vous deux, cet enfant va être magnifique.

— Merci.

En voyant Sarah venir dans leur direction, il eut soudain le pressentiment qu'il aurait mieux fait de rejoindre directement sa voiture au lieu de s'attarder. Elle serra sa fille dans ses bras.

— Le photographe aimerait prendre quelques photos avant que vous coupiez la pièce montée.

Un photographe et une pièce montée. Il avait oublié le photographe, mais personne ne lui avait parlé de gâteau. Il se frotta la nuque et essaya de tenir sa langue.

Les minutes suivantes s'étirèrent interminablement pendant qu'ils prenaient diverses poses avec et sans la famille. Après d'innombrables clichés, on les ramena devant la maison.

Sous le grand chêne, une grande table de banquet recouverte d'une nappe blanche était chargée de plats et une pièce montée élaborée trônait au milieu. De plus petites tables, également surmontées de nappes blanches et entourées de chaises, étaient disposées autour. Un bouquet de fleurs et de petites bougies décoraient chaque table.

La panique le gagna.

Comment avait-il perdu le contrôle sur sa vie si rapidement ?

Et surtout, comment avait-il laissé une femme bouleverser son existence pour toujours ?

CHAPITRE TREIZE

— Ça te tuerait de sourire ?

Celeste se força à courber les lèvres pour le photographe. Sa main était posée sur celle d'Eric, qui tenait un couteau devant la pièce montée.

Il n'avait fait aucun effort pour être poli avec sa famille. Il avait clairement fait comprendre que cette journée était un désagrément dans son précieux emploi du temps.

Avait-il seulement conscience que ses parents avaient tout organisé, veillé tard pour décorer la maison et intégralement payé les frais ? Il ne pensait qu'à lui-même.

— Tu peux parler, marmonna-t-il à voix basse.

Elle tourna la tête pour rencontrer son regard.

— Moi ? Au moins, je fais semblant que c'est le plus beau jour de ma vie.

— Et pas moi ?

— Tu as l'air plus constipé qu'heureux, répondit-elle en un murmure.

— Pardon ?

Il resta stupéfait tandis qu'elle se mordait la joue pour ne pas sourire. Elle pariait que personne ne lui avait jamais parlé ainsi.

Il posa le couteau. Avant qu'elle comprenne ce qu'il faisait, il passa un bras autour de sa taille et la serra contre lui, pressant son bas-ventre contre le sien. Malgré le tissu épais de sa robe, elle put sentir sa passion.

— Qu'est-ce que tu fais ?

Elle s'empourpra et son cœur se mit à cogner violemment contre ses côtes. Un sourire flottait sur les lèvres d'Eric. Il avait voulu la mettre mal à l'aise, et il avait réussi.

— J'essaie de faire comme si c'était le plus beau jour de ma vie.

— Allez, vous deux, il est temps de couper le gâteau, dit sa mère par-dessus le brouhaha.

Il lâcha Celeste et reprit le couteau. Elle posa sa main sur la sienne et ils enfoncèrent la lame dans la pièce montée sous les applaudissements.

Lorsqu'il lui tendit une fine tranche de gâteau, elle se pencha avec prudence, craignant à moitié qu'il l'écrase dans sa figure. Elle en mordit une petite bouchée pendant que le photographe prenait quelques clichés.

Elle prit ensuite une part de gâteau et l'approcha de la bouche d'Eric.

Il referma ses doigts autour de son poignet et engloutit toute la part. Elle essaya de reculer la main, mais il la tenait fermement.

Sa langue apparut et il lécha le glaçage sur ses doigts.

Elle se libéra d'un geste brusque.

Il sourit.

À cet instant, elle comprit qu'elle était dans la mouise jusqu'au cou.

* * *

Le soleil était bas à l'horizon, laissant des traînées obstinées de violet et d'orangé dans le ciel qui commençait à s'assombrir. Celeste contemplait le paysage à travers les rideaux roses à franges de son ancienne chambre.

Elle s'était éclipsée pour se changer pendant que les réjouissances battaient leur plein.

Elle s'écarta de la fenêtre et embrassa la pièce du regard. En remarquant la photo de sa remise de diplôme, les souvenirs l'envahirent et sa gorge se noua.

À l'époque, elle rêvait de partir de chez elle, de travailler et de devenir indépendante. Des rêves qui n'étaient désormais plus une possibilité.

— Tout ça à cause de mes mauvaises décisions.

Des larmes de frustration roulèrent sur ses joues. Elle avait troqué une prison créée par ses parents surprotecteurs contre la cage dorée d'un mariage sans amour. Elle n'était pas plus proche de découvrir sa véritable nature, ni si elle était seulement humaine.

— Celeste.

Elle se crispa en entendant Eric l'appeler. Sans se retourner, elle sortit un mouchoir d'un tiroir et se tapota les yeux.

— Il est temps de partir.

À son ton détaché, elle comprit qu'il n'accepterait plus de reporter leur départ.

— Tout de suite ?

Son cœur s'emballa. Tout allait beaucoup trop vite.

— Oui, répondit-il en fronçant ses sourcils. Tu ne t'attendais tout de même pas à ce que je manque encore un jour de travail ?

— Je ne m'attends à rien, venant de toi.

Elle voulait juste rester seule. Elle méritait une occasion de faire le deuil de la vie qu'elle n'aurait jamais.

— Bien. Dans ce cas, allons-y.

— Je ne peux pas partir maintenant, dit-elle doucement. Je dois régler certaines choses.

Il croisa les bras.

— Quelles choses ?

— Je dois prévenir mon propriétaire que je déménage et vider mon appartement. Je n'ai même pas emballé mes affaires.

Sans un mot, il traversa la chambre en deux grands pas. Elle se raidit.

Il lui fit lever le menton du bout des doigts, la forçant à rencontrer son regard glacé. Elle ne détourna pas les yeux. Elle refusait de montrer la moindre peur face à lui. Elle ne pouvait pas se le permettre.

— Je préviendrai ton propriétaire. Je peux faire déplacer tes affaires dans un garde-meubles. Ta mère m'a dit qu'elle avait préparé une valise pour toi. On pourra acheter ce qui te manque dans le Vermont.

Elle battit des cils et ses épaules s'affaissèrent. Elle n'avait plus d'excuse pour rester.

— Je pense que tout le monde nous attend en bas. Ils sortaient des sachets de riz quand je suis monté.

Malgré son expression impassible, le mépris était évident dans sa voix. Il avait déjà prouvé qu'il n'appréciait pas beaucoup sa famille.

— Des graines, marmonna-t-elle en se dirigeant vers l'escalier.

— Pardon ?

— Ils lancent des graines, pas du riz. Les grains de riz font exploser l'estomac des oiseaux.

Elle descendit lentement les marches à ses côtés, l'une après l'autre. Il lui lança un regard en coin. Une fois de plus, elle se sentait comme une idiote en sa présence. Elle essaya de ne pas y prêter attention.

— Du moins, c'est ce qu'on m'a toujours dit.

— Je ne pense pas qu'ils explosent. À mon avis, c'est une légende urbaine. Mais peu importe. Ce sera plus difficile d'enlever des graines de ma voiture que du riz, grommela-t-il.

— Eric ?

Elle s'arrêta au bas de l'escalier et joignit ses mains moites. De l'autre côté de la porte se trouvait la nouvelle existence dans laquelle elle allait être plongée. Une existence dont elle n'avait pas envie.

Elle avait encore des choses à faire ici. Elle avait besoin de ce livre.

Il s'immobilisa, la main sur la poignée de la porte, et se tourna pour la regarder.

— On va dormir à Atlanta ce soir ?

Ça lui donnerait une autre occasion de trouver l'ouvrage. Plus que jamais, elle avait besoin de réponses. Elle avait besoin de savoir qui elle était. Elle tira le rideau et regarda l'agitation à l'extérieur.

— Non, nous allons directement à l'aéroport.

— À l'aéroport ? répéta-t-elle en laissant le rideau glisser entre ses doigts.

Il lui sourit.

— Tu vas découvrir le Vermont plus vite que tu ne le pensais.

* * *

Deux heures plus tard, leur voiture s'arrêta à quelques mètres d'un luxueux jet privé à l'aéroport DeKalb-Peachtree.

Les hommes qui entouraient l'appareil se hâtèrent de venir à leur rencontre. L'un ouvrit la portière de Celeste tandis que l'autre déchargeait le coffre.

— Merci.

Elle dut crier pour couvrir le vrombissement des avions autour d'eux.

Dès l'instant où elle sortit de la voiture, l'odeur accablante de kérosène lui retourna les tripes. Elle plaqua une main sur sa bouche et se força à respirer profondément et lentement.

Elle refusait de vomir.

Pas en public, et encore moins devant Eric.

Les hommes chargèrent leurs bagages dans l'avion. Quand ils eurent disparu, un homme vêtu d'un élégant uniforme de pilote descendit du jet.

— Eric, on me dit que c'est une occasion particulière.

— James, j'aimerais te présenter Celeste.

Eric serra la main de l'homme brun et posa l'autre dans le bas du dos de Celeste. Elle serra à son tour la main de James en souriant.

— Heureuse de faire votre connaissance.

— Tout le plaisir est pour moi, madame Nordstrom, répondit-il avec un hochement de tête. Je suis James, le pilote personnel d'Eric... je veux dire, de monsieur Nordstrom. Si vous avez besoin de vous rendre quelque part en avion un jour, c'est moi qui vous y emmènerai.

Ses dents blanches étincelaient au centre de son bouc sombre.

— Je ne pense pas qu'elle ait besoin d'aller où que ce soit avec toi, dit Eric en lui donnant une claque dans le dos. On doit rentrer dans le Vermont. J'ai déjà manqué la réunion du conseil ce soir. Je ne peux pas me permettre de louper celle qui aura lieu demain matin.

— Aucun problème. Avec le vent arrière qu'il y a ce soir, on y sera en un temps record.

Il fit un clin d'œil à Celeste avant d'ajouter :

— Vous êtes sûrs que vous ne voulez pas plutôt que je vous emmène ailleurs, les amoureux ? Aux Bahamas, ou à

Tahiti ? Une lune de miel dans le Vermont, ce n'est pas très romantique.

Eric se plaça devant Celeste pour la cacher à James.

— Contente-toi de nous emmener dans le Vermont. Tu penses pouvoir le faire ?

— Bien sûr, si c'est vraiment là que vous voulez aller.

James se tordait le cou pour la regarder derrière le dos d'Eric. Ce dernier lança un regard d'avertissement à son pilote.

— C'est vraiment là que j'ai envie d'aller, James, dit-il sèchement.

Il reposa sa main dans le creux du dos de Celeste pour gravir les marches jusqu'à la porte de l'avion. Arrivé en haut de l'escalier, Eric s'arrêta.

— Je reviens tout de suite. J'ai oublié mon porte-documents dans la voiture.

Il repartit, la laissant seule. Impatiente de s'éloigner des odeurs sur le tarmac, elle entra dans l'avion,

Elle fut impressionnée par l'élégance à l'intérieur de l'appareil. Elle vit une table entourée de sièges et un grand canapé en cuir crème. Quelques fauteuils confortables étaient placés autour du canapé. Un bar occupait une partie de l'espace près de la salle de bains, et il y avait deux télévisions, l'une sur un mur à côté du comptoir et l'autre entre les fauteuils.

Elle s'assit sur un siège et poussa un soupir en laissant ses doigts courir sur le cuir doux des accoudoirs. Ses paupières se fermèrent.

— On devrait être dans le Vermont d'ici deux heures. Tu pourras t'allonger sur le canapé quand on aura décollé, si tu veux.

— Je serai bien ici.

Elle ne prit pas la peine d'ouvrir les yeux. Ses paupières étaient trop lourdes.

Quelques secondes plus tard, bercée par le ballotement de l'avion qui roulait sur la piste de décollage, elle s'endormit.

* * *

Celeste bâilla en regardant autour d'elle. Au lieu d'être sur le siège, elle était étendue sur le canapé.

Elle s'assit alors qu'Eric sortait du cockpit.

— Tu m'as déplacée ? demanda-t-elle timidement.

Il haussa les épaules.

— J'ai pensé que tu te reposerais mieux sur le canapé.

Elle hocha la tête en faisant tourner l'alliance à son doigt, étrangement touchée par sa prévenance. Il s'assit sur le fauteuil à côté d'elle.

— J'étais sur le point de te réveiller. Nous allons bientôt atterrir.

Elle passa la main dans sa chevelure et défit un nœud avec ses doigts. Elle avait probablement une tête à faire peur.

— J'ai le temps de passer à la salle de bains ?

— Si tu te dépêches.

Elle prit son sac et alla s'enfermer dans les toilettes à l'arrière de l'avion.

Observant son reflet dans le miroir au-dessus du lavabo, elle grimaça. Des cernes sombres marquaient le dessous de ses yeux et elle était décoiffée. Elle dormait mal depuis qu'elle avait appris qu'elle était enceinte. Et lorsqu'elle parvenait à dormir, elle faisait des rêves intenses qui l'épuisaient.

— Je ne ressemble pas à l'épouse de quelqu'un d'aussi influent qu'Eric Nordstrom.

Mais ça n'avait plus aucune importance. Ce qui était fait était fait, et elle ne pouvait plus revenir en arrière.

CHAPITRE QUATORZE

Le jet atterrit peu de temps après. Alors qu'elle suivait Eric hors de l'avion, les odeurs écœurantes d'essence et de caoutchouc lui agressèrent de nouveau le nez. Bien qu'il soit plus de minuit, l'aéroport grouillait toujours d'activité ; des avions atterrissaient et décollaient, des bagages étaient chargés ou débarqués et des employés se pressaient sur le tarmac.

— Celeste, j'aimerais te présenter Salomon, mon chauffeur.

Elle leva la tête pour observer l'homme de grande taille qui s'approchait d'eux. Il était grand et musclé, sa peau avait la couleur du ciel nocturne et de la bienveillance brillait dans ses yeux noirs.

— Heureuse de vous rencontrer, Salomon, dit-elle en lui tendant la main.

Il la prit dans la sienne et la serra délicatement, comme s'il craignait qu'elle se brise.

— C'est un plaisir de vous rencontrer, madame Nordstrom.

— Je...

Elle pinça les lèvres et s'éclaircit la gorge.

— Merci.

Elle avait failli le reprendre, mais elle ne s'appelait plus Celeste Hart. Elle était désormais Mme Nordstrom.

Salomon ouvrit la portière de la limousine et elle monta dans le véhicule, soulagée de l'éloigner du vacarme et des odeurs de l'aéroport.

L'intérieur de la limousine était tout aussi élégant que le jet, avec un mini-réfrigérateur, une télévision suspendue et un bar.

Eric s'assit à côté d'elle sur la banquette et consulta sa Rolex.

— Tes employés sont très gentils.

La gentillesse était une qualité qu'elle appréciait chez les gens. Elle n'était pas donnée à tout le monde.

— Ils sont gentils parce que je les paie bien, lança-t-il d'un ton moqueur.

— Ce n'est pas vraiment ce que tu penses, si ?

Il renifla dédaigneusement et leva les yeux de son téléphone avec une expression agacée. Elle était trop épuisée pour s'en formaliser. Malgré sa richesse, son pouvoir et son prestige, elle ne pouvait s'empêcher de le plaindre.

— Je suis désolée, dit-elle d'une voix douce.

— Pourquoi ?

— Parce que tu as du mal à faire confiance aux gens.

Du coin de l'œil, elle le vit croiser les bras et détourner la tête.

— Je ne vois vraiment pas de quoi tu parles.

— À mon avis, c'est parce que tu as été blessé par le passé. Qui t'a trahi ? Quelqu'un qui comptait beaucoup pour toi ?

Elle n'avait pu se retenir de poser ces questions, ce qu'elle attribua à un mélange de fatigue et d'hormones.

Un sourire en coin se dessina sur les lèvres d'Eric.

— Je t'assure qu'aucune femme ne m'a brisé le cœur.

Un homme ne pouvait être blessé si profondément que

par une femme ou par ses parents. À Cryptic, il était de noto-
riété publique que ses parents étaient décédés quelques
années plus tôt. Elle se demanda si c'était leur mort qui l'avait
rendu si distant. Elle s'efforça de tenir sa langue, mais s'entendit demander :

— Tu étais proche de tes parents ?

— Nous avons été élevés de façons très différentes, toi
et moi.

Son sourire disparut, remplacé par une expression dure.

— C'est vrai. Tu as eu une enfance privilégiée, alors que
mes parents ont dû travailler pour s'offrir tout ce qu'ils
possèdent.

Il laissa échapper un rire sec.

— Tu es très proche de tes parents. J'ai pu voir combien
ils t'aiment.

— Tous les parents aiment leurs enfants, Eric.

— Non, pas tous.

Elle vit un muscle tressauter sur sa joue, puis sa lèvre se
retroussa en un rictus.

— Ma mère était une femme douce et bienveillante, qui
essayait toujours d'apaiser les tensions entre mon père et
moi. D'aussi loin que je me souvienne, mon père passait son
temps à me répéter que j'étais une déception pour lui sur
toute la ligne.

— Il t'a vraiment dit ça ?

Il tourna la tête vers la fenêtre sans répondre. Son cœur
se serra. Comment un parent pouvait-il dire une chose
pareille ?

Sans réfléchir, elle lui prit la main. Il redressa brusquement la tête. La méfiance faisait étinceler ses yeux bleus.

— Ton père se trompait. Tu aurais dû lui dire d'aller se
faire voir.

Un silence gênant s'installa dans la voiture. Elle aurait

mieux fait de se taire, mais il était désormais trop tard pour retirer ses paroles.

— Je lui ai dit d'aller se faire voir, dit-il en éclatant de rire. Plus d'une fois.

Elle lâcha sa main, en se demandant si l'enfance qu'il avait vécue affecterait celle de son enfant à venir. Serait-il un père investi, attentionné ? Ou verrait-il son fils comme quelqu'un qui ne répondait pas à ses attentes et celles de la société ?

Elle avait neuf mois pour le découvrir.

— Tu es vraiment une femme... unique, Celeste.

Il pencha la tête comme s'il essayait de lire dans ses pensées.

Ses mots avaient touché un point un peu trop sensible. Elle le regarda droit dans les yeux, son cœur battant la chamade.

— Tu n'as pas idée.

* * *

Celeste était au-delà de l'épuisement. Lorsque la limousine entra dans l'allée de la propriété d'Eric, elle eut envie de verser des larmes de reconnaissance.

Salomon lui ouvrit la portière et elle sortit de la limousine, soulagée d'être enfin arrivée à destination. Peut-être pourrait-elle enfin dormir.

— Bienvenue chez vous, dit le chauffeur en souriant.

Il alla ouvrir le coffre pour sortir les bagages.

Elle fut stupéfaite par l'immensité de la demeure devant elle. Elle savait qu'Eric était riche, mais pas à ce point.

— Ouah.

— J'en déduis qu'elle te plaît, dit Eric.

Elle ouvrit la bouche pour répondre, mais bâilla à la place.

— Allez, viens, allons te mettre au lit. Tu auras tout le temps de visiter demain.

Il lui prit le coude et l'entraîna à l'intérieur.

Si elle n'avait pas été sur le point de tomber de sommeil, elle aurait tenté de ne pas s'appuyer contre lui alors qu'ils montaient l'escalier massif menant au premier étage de la villa.

Après s'être brossé les dents et avoir passé le pyjama que sa mère avait mis dans son sac de voyage, elle se glissa dans le grand lit et remonta l'épaisse couverture jusqu'à son menton.

Elle entendit Eric se déplacer dans la chambre et, pendant un bref instant, elle se demanda si elle aurait dû trouver une autre chambre.

Mais elle était trop fatiguée pour s'en soucier. Elle s'endormit avant que sa tête ne touche l'oreiller.

Chapitre quinze

— Pouah, d'où vient toute cette lumière ?

Celeste protégea ses yeux du soleil qui entrait par la fenêtre et s'assit dans le lit.

Elle se tourna vers le réveil sur la table de chevet. Il était déjà onze heures du matin.

Elle ne se réveillait jamais si tard. Pour la première fois depuis des semaines, elle avait réussi à dormir toute la nuit d'une traite sans faire de cauchemars.

— Merde.

Elle était dans le lit d'Eric. Ses mains glissèrent sur la luxueuse couverture beige alors qu'elle regardait autour de la pièce.

Les murs étaient recouverts d'un papier peint damassé d'une couleur crème et des tableaux décoraient divers endroits dans la pièce. Une grande cheminée en pierre occupait un pan de mur, avec un gros fauteuil placé devant. Un grand chandelier en cristal était suspendu au plafond. L'ameublement de la chambre coûtait probablement plus que ce qu'elle gagnait en un an. Un petit coin salon se déployait devant la baie vitrée incurvée, avec deux fauteuils rembourrés et une ottomane. Les rideaux épais encadraient chaque fenêtre et retombaient sur le parquet.

Cet endroit ressemblait davantage à un hôtel cinq étoiles qu'à une chambre.

Bien qu'elle en ait terriblement envie, elle ne pouvait pas passer la journée au lit.

Elle repoussa la couverture et alla dans la salle de bains. Elle était tout aussi luxueuse que la chambre. La douche était assez vaste pour accueillir six personnes entre ses panneaux de verre. Le sol était en carrelage et des lustres éclairaient la pièce.

Une fois douchée et habillée, elle descendit le large escalier en se tenant à la rambarde, prenant son temps pour examiner les portraits au mur. Les yeux bleu glace typiques des Nordstrom, ainsi que les cheveux blonds, se retrouvaient dans chaque tableau. Ils lui évoquèrent un rassemblement de Vikings.

Lorsqu'elle posa le pied sur le sol en marbre de l'entrée, elle leva les yeux vers les hauts plafonds coffrés. Elle ne s'était jamais sentie aussi peu à sa place de toute sa vie.

Après quelques tentatives, elle trouva enfin la cuisine. Elle frotta son ventre vide. Si elle ne mangeait pas bientôt, sa faim allait se transformer en une sévère nausée matinale.

Une femme bien en chair avec de courts cheveux grisonnants s'activait devant la cuisinière et secouait des poêles.

Elle se figea. Elle aurait dû se douter qu'elle ne serait pas seule dans la maison. Une demeure aussi grande nécessitait forcément des employés.

Elle ne voulait pas déranger la femme. Si elle pouvait

simplement lui indiquer où trouver de quoi confectionner un sandwich, elle se débrouillerait toute seule.

— Madame Nordstrom.

Un saladier en inox atterrit bruyamment sur le comptoir en quartz. Elle faillit regarder par-dessus son épaule, se demandant à qui s'adressait la femme, avant de se souvenir qu'il s'agissait d'elle.

— Je vous en prie, appelez-moi Celeste, dit-elle en tendant la main par-dessus l'îlot de cuisine.

La femme sourit, ce qui fit apparaître des rides de sourire autour de sa bouche et de ses yeux. Elle contourna rapidement le comptoir et serra Celeste dans ses bras.

Celle-ci se raidit, surprise par la chaleureuse étreinte.

— Je suis si heureuse de vous rencontrer. Je suis madame Gambil. Je suis la gouvernante et la cuisinière de Monsieur Eric, dit la femme en s'écartant avec un sourire bienveillant

— Enchantée, madame Gambil.

— Madame Celeste, vous n'imaginez pas à quel point j'étais ravie d'apprendre la bonne nouvelle. Cette maison était bien vide sans une présence féminine. Mais c'est terminé. Vous êtes là, maintenant.

Ses yeux gris brillaient et son visage était rayonnant. La gorge de Celeste se noua. Elle se sentit comme un véritable imposteur.

— Oh, pendant un temps, j'avais peur qu'Eric ne trouve jamais chaussure à son pied, continua Mme Gambil en ponctuant ses mots de gestes des bras. Surtout après le scandale avec cette Mlle Humphries. Mais au fond de mon cœur, j'ai toujours su qu'il trouverait l'amour.

Le sourire de Celeste vacilla. Manifestement, Eric n'avait pas révélé à Mme Gambil la véritable raison de leur mariage.

— Mais je papote, alors que vous devez mourir de faim, s'exclama celle-ci en tapant dans ses mains.

— Vous lisez dans mes pensées, madame Gambil.

Elle lui indiqua un tabouret autour de l'îlot.

— Asseyez-vous pendant que je prépare votre repas.

— Je ne veux pas vous déranger. Je peux me cuisiner quelque chose.

Mme Gambil pinça les lèvres.

— Absolument pas. Installez-vous, je vais vous préparer à manger. J'insiste.

— Merci. C'est vraiment gentil de votre part.

Avec un sourire reconnaissant, Celeste prit place sur le tabouret.

Moins de cinq minutes plus tard, Mme Gambil déposa devant elle un plateau contenant de la salade de poulet, du yaourt, des fruits et une part de tarte aux pommes maison.

Celeste prit une bouchée de salade et poussa un soupir de plaisir.

— C'est délicieux.

— C'est la recette de ma mère. Il est presque midi, alors j'ai pensé que vous aimeriez quelque chose d'un peu plus consistant que des œufs, dit Mme Gambil en mesurant du sucre dans un verre doseur avant de le verser dans un saladier. Monsieur Eric m'a demandé de vous prévenir qu'il rentrera tard ce soir. Il a dit qu'il avait beaucoup de travail en retard.

— Il a dit à quelle heure il sera là ?

— Non, ma chère, mais le connaissant, ce sera après minuit, répondit la gouvernante d'un ton désapprobateur. Parfois, il ne rentre même pas du tout.

Une sensation désagréable lui serra la poitrine. Il ne voulait peut-être pas rentrer parce qu'il était agacé après leur conversation sur ses parents ?

Elle regrettait de lui avoir posé la question, mais sa curiosité semblait l'avoir emporté sur son bon sens.

Elle devait rester prudente et ne pas le contrarier. Il fallait qu'ils réussissent à s'entendre tant qu'elle serait ici. Elle ne devait pas seulement penser à elle-même. Avant tout, elle devait se préoccuper de son enfant.

* * *

Il commença à pleuvoir après son repas, aussi Celeste décida que c'était le moment idéal pour explorer la maison.

Elle essaya de créer une carte mentale à mesure qu'elle progressait, espérant se souvenir de l'emplacement de chaque pièce.

Le salon formel, la cuisine, la salle à manger, la bibliothèque et la salle de jeux étaient situés au rez-de-chaussée. Une piscine intérieure, un sauna ainsi qu'une gym entièrement équipée se trouvaient au sous-sol.

Ce niveau donnait sur un beau jardin de topiaires et de fleurs. Le deuxième étage comportait six chambres, chacune possédant sa propre salle de bains avec baignoire et un vaste salon.

Elle décida de s'arrêter dans la bibliothèque pour choisir un livre avant de regagner sa chambre.

Lorsqu'elle poussa la grande double porte en bois, l'odeur de vieux papier et de reliures en cuir l'enveloppa en une agréable étreinte. La pluie martelait les vitres ; c'était un après-midi idéal pour se blottir dans un fauteuil avec un bon livre et une tasse de thé. Dommage qu'il ne fasse pas assez froid pour allumer un feu.

Depuis sa plus tendre enfance, les livres avaient toujours été une échappatoire, une façon de s'évader de son quotidien. Elle avait commencé à lire très jeune et elle adorait se rendre à la bibliothèque avec sa mère le samedi matin. En revanche, elle n'en avait jamais vu une aussi grandiose que celle-là.

Des étagères pleines de livres occupaient toute la hauteur des murs recouverts de panneaux en bois massif. Des chandeliers encadraient la grosse cheminée. Au-dessus trônait le portrait d'un homme qui, supposa-t-elle, était le père d'Eric.

Elle repoussa l'échelle sur rails pour parcourir les ouvrages en caressant les reliures du doigt, découvrant des titres qu'elle ne connaissait pas mêlés aux classiques.

Elle aurait pu rester là pour toujours. Peut-être pourrait-elle s'enfermer dans la bibliothèque jusqu'à ce qu'Eric et elle aient divorcé ?

Lorsqu'elle contourna le bureau en acajou décoré, plusieurs feuilles de papier s'envolèrent et tombèrent sur le parquet. Elle se pencha pour les ramasser.

Maureen a téléphoné. Elle demande que vous la rappeliez quand vous revenez en ville.

Lisa a téléphoné. Vous lui manquez et elle aimerait que vous la rappeliez dès que possible.

Leslie a téléphoné. Elle souhaite savoir si vous dînez toujours avec elle vendredi.

Elle eut l'impression que la température dans la pièce grimpait de plusieurs degrés. Elle essaya de détourner la tête, mais son regard était aimanté aux messages personnels. Elle eut soudain envie d'être n'importe où plutôt qu'à cet endroit. Elle n'était pas à sa place.

Elle rassembla les messages et les replaça sur le bureau.

Saisissant le premier livre qui lui tomba sous la main, elle sortit à pas pressés de la bibliothèque.

Elle passa le reste de la journée dans sa chambre à essayer de ne pas penser à Eric ni aux messages. À la tombée de la nuit, il n'était pas encore rentré. Elle dîna seule ce soir-là.

Au moment d'aller se coucher, il n'avait toujours pas appelé. Incapable de trouver le sommeil, elle passa une robe de chambre qu'elle trouva dans le placard et retourna dans la bibliothèque, où elle alluma l'ordinateur. Elle essaya d'ignorer les morceaux de papier sur le bureau, les messages de toutes ces femmes, mais c'était impossible.

Elle posa un livre sur la pile de messages pour les recouvrir, puis elle tapa le nom d'Eric dans la barre de recherche et appuya sur entrée. Elle avait entendu les rumeurs qui circulaient sur lui au travail, mais elle voulait en apprendre davantage pour se faire sa propre opinion.

En moins d'une seconde, des articles à propos d'Eric et d'Elizabeth Humphries apparurent dans les résultats. Elizabeth affirmait qu'Eric l'avait agressée sexuellement.

— Il ne ferait pas une chose pareille.

Elle repensa à leur nuit ensemble dans le pool house. Il lui avait clairement laissé le choix et ne l'avait forcée à rien.

Elle plissa les yeux en découvrant une photo d'Elizabeth Humphries. Elle portait un costume de designer et sa coiffure comme son maquillage étaient impeccables.

Celeste parcourut l'article. Apparemment, l'affaire avait été classée sans suite faute de preuves. Elle s'assit au fond du fauteuil et contempla la photo sur l'écran.

Pas étonnant qu'il ne fasse confiance à personne. Pas étonnant qu'il ne lui fasse pas confiance, à elle.

Il la prenait pour une femme supplémentaire qui en avait après son argent.

Elle n'avait pas le choix ; elle devrait lui prouver qu'il se trompait.

CHAPITRE SEIZE

La nausée tordit le ventre de Celeste et remonta dans sa gorge. Elle bondit hors du lit et se précipita à la salle de bains, juste à temps.

Lorsqu'elle parvint à sortir la tête de la cuvette, elle s'adossa au mur et ferma les yeux pour essayer de calmer le martèlement sous son crâne et les remous de son estomac.

— Je donnerais n'importe quoi pour un soda au gingembre.

La simple idée de descendre à la cuisine lui retourna le ventre. Mais elle n'avait pas le choix. Elle était seule et devait se débrouiller.

Elle se leva avec prudence. Son ventre protesta désagréablement, mais elle serra les dents pour se retenir de vomir de nouveau.

Elle marcha lentement jusqu'à la porte de la chambre et l'ouvrit.

En baissant la tête, elle découvrit un plateau en argent contenant un petit seau de glace et une canette de soda au gingembre. Sur une petite assiette à côté se trouvaient deux tranches de pain grillé.

Ses yeux s'emplirent de larmes. Si elle en avait eu l'énergie, elle aurait pleuré de soulagement.

Elle emporta le plateau jusqu'au coin salon et le plaça sur l'ottomane, puis ouvrit la canette et but une gorgée. La pétillante boisson fraîche descendit dans sa gorge et calma aussitôt son ventre barbouillé. La nausée se dissipa enfin assez pour que sa faim se réveille. Elle tendit la main vers le toast.

En constatant qu'elle ne vomissait ni le pain grillé ni le soda, elle alla se doucher puis descendit à la cuisine.

Mme Gambil, qui pétrissait de la pâte sur le comptoir, leva la tête quand elle entra dans la pièce.

— Bonjour, Madame Celeste. Vous êtes ravissante ce matin.

— Merci.

Elle baissa les yeux sur son pantalon beige et sa chemise rose pâle, décidant de ne pas préciser à la gouvernante que c'était l'une des rares tenues qu'elle avait emportées avec elle.

— Merci beaucoup pour le pain grillé et le soda au gingembre. C'était exactement ce dont j'avais envie.

Désormais, elle devrait penser à garder une canette dans sa chambre pour l'avoir au réveil. Elle avait entendu dire que les nausées matinales étaient difficiles, mais elle ne s'était pas attendue à ce qu'elles soient terribles à cde point.

— Monsieur Eric m'a demandé de le faire quand il a téléphoné hier soir.

— Vraiment ?

Elle avait du mal à le croire. Mme Gambil hocha la tête.

— Oui, ma chère. Il a aussi dit que la réunion du conseil se terminerait tard et qu'il resterait dormir en ville dans son appartement.

— Il a un appartement en ville ?

— Oui. Je suis surprise qu'il ne vous en ait pas parlé.

Voyant Mme Gambil froncer les sourcils, Celeste haussa les épaules.

— Je suis sûr qu'il comptait le faire.

En réalité, elle ne pensait qu'il voudrait dire à sa nouvelle épouse qu'il avait une garçonnière en ville, même si leur mariage n'était qu'une mascarade.

— Madame Celeste, je peux vous poser une question ?

— Bien sûr.

— Vos maux de ventre... est-ce que ça signifie que vous attendez un heureux évènement ?

Elle sentit la chaleur monter dans son cou et se répandre sur ses joues.

— Oui.

Elle pensait recevoir une leçon de morale, mais Mme Gambil poussa un cri aigu et accourut pour la serrer dans ses bras.

— Mon Dieu, que le ciel soit loué. Monsieur Eric va fonder une famille. Il veut un garçon, j'imagine ?

La joie évidente de la gouvernante détendit Celeste. Les rares fois qu'ils avaient discuté du bébé, Eric en avait parlé comme si c'était un garçon. Elle acquiesça d'un signe de tête.

Mme Gambil gloussa et tapota la joue de Celeste.

— J'en étais sûre. Monsieur Eric obtient toujours ce qu'il veut, n'est-ce pas ?

— Pas toujours, marmonna-t-elle.

Elle avait peut-être accepté de l'épouser, mais elle avait posé ses propres conditions. Et après la naissance du bébé, elle retrouverait sa liberté.

— Venez, je vais vous préparer un en-cas plus consistant. Vous êtes beaucoup trop mince. Vous devez prendre des forces, vous mangez pour deux maintenant.

Mme Gambil se pencha pour ouvrir le four et en sortit une assiette de pancakes et de bacon encore tiède, qu'elle fit glisser sur le comptoir vers Celeste.

Les arômes emplirent sa bouche de salive. Elle s'assit et commença à manger.

Après un autre fantastique repas, elle sortit dans le jardin.

— C'est tellement beau. Un paysage de contes de fées.

La bruine maussade de la veille avait cessé, remplacée par un beau soleil et un grand ciel bleu.

Elle adorait être en plein air. C'était son environnement naturel. Son humeur s'améliora à chaque pas.

De nombreuses topiaires décoraient le jardin, variant entre des spirales et des sphères parfaitement formées. Quelques-unes avaient des formes animales. Des roses de toutes les teintes imaginables bordaient chaque côté de l'allée en dalles.

— C'est presque trop parfait pour être réel, murmura-t-elle en caressant les pétales soyeux d'une rose.

Un délicat parfum floral l'enveloppa alors qu'elle prenait le temps d'admirer chaque couleur.

Elle traversa entièrement la pelouse et s'arrêta vers le fond du jardin. Une grande arche décorative menait vers le bois. Un chemin en terre s'enfonçait dans la forêt dense. Elle baissa les yeux sur ses ballerines. Si elle continuait, elle détruirait probablement ses chaussures.

Mais ce n'était pas comme si elle avait d'autres endroits où aller. Haussant ses épaules, elle entra sur le sentier. La canopée l'avait protégé de la pluie de la veille, et il était presque sec.

Des feuilles molles et des fougères recouvraient le sol de la forêt, emplissant l'air de de parfums terreux. La lumière dansa sur les frondes lorsqu'un tamia leva la queue depuis un tas de pierres. Les cris des oiseaux et les bruits des écureuils se mélangeaient au coassement occasionnel d'une grenouille non loin, en une douce cacophonie comme seule la nature savait en créer.

Elle avança sur le chemin, perdant la notion du temps. La forêt semblait l'attirer et l'inviter à continuer.

La lumière du soleil qui passait à travers les arbres projetait ses rayons sur le sol. Celeste sortit du sentier pour entrer dans le cercle de lumière et leva le visage pour laisser la chaleur le réchauffer.

— Bonjour.

Elle poussa un cri et trébucha en arrière.

À quelques mètres d'elle, une petite fille était assise par terre. Quand elle éclata de rire, le mouvement fit rebondir ses boucles brunes.

— Je voulais pas te faire peur.

— Je ne savais pas qu'il y avait quelqu'un, dit-elle, posant la main sur son cœur qui s'était emballé. Tu habites par ici ?

L'enfant hocha la tête et gloussa derrière sa main.

— Je m'appelle Celeste. Et toi ?

— Anastasia, répondit la petite fille en se levant.

— C'est un très joli prénom.

Elle l'ajouta mentalement à sa liste de prénoms féminins pour le bébé.

— Tu devrais penser à des prénoms de garçon, pas à des prénoms de fille. C'est ce que tu vas avoir.

Celeste posa d'instinct la main sur son ventre et réprima un frisson.

— Comment est-ce que tu sais que je suis enceinte ?

Et surtout, comment savait-elle ce qu'elle pensait ?

— Ça a été prédit.

La petite fille s'exprimait d'une voix chantante qui crispa chaque muscle de Celeste. La peur remonta le long de sa colonne vertébrale comme de minuscules araignées.

— Qu'est-ce qui a été prédit ?

— La prophétie. Ton enfant porte la malédiction de la mort.

Anastasia se pencha et ramassa un caillou coloré. Celeste

n'arrivait plus à parler et tremblait de tout son corps. Avait-elle condamné son enfant à cause de ce qu'elle était ?

Maudit soit Eric Nordstrom. S'il n'avait pas été à la fête ce soir-là, elle ne se serait pas laissé distraire. Elle aurait trouvé ce livre et saurait ce qu'elle était. Mais non, il avait fallu qu'il lui fasse tourner la tête avec son charme et ses mots doux.

Cependant, elle ne se leurrait pas. Elle se retrouvait dans cette situation par sa propre faute. Même si elle avait envie de faire des reproches à Eric, elle ne pouvait s'en prendre qu'à elle-même.

La fillette lâcha le caillou et la regarda dans les yeux.

— C'est ton destin. Tes parents ont essayé de te cacher, mais la reine sait où tu es, Celeste.

— Quelle reine ? De quoi est-ce que tu parles ?

— La reine veut ce que tu possèdes. Elle veut le sang de ton enfant.

Un papillon orange atterrit sur le doigt minuscule de la petite fille, qui parut fascinée pendant un instant.

— Le sang de mon enfant ?

Effarée par ces mots, elle fit un pas en arrière. Anastasia leva la tête. Ses yeux brun chocolat clouèrent ses pieds au sol moussu.

La petite fille se pencha pour ramasser une fleur flétrie, momentanément distraite.

Elle devait s'en aller, s'enfuir. Elle essaya en vain de bouger, mais la terreur avait tétanisé ses muscles.

Lorsque la fillette souffla doucement sur la fleur dans sa main, celle-ci tressauta puis commença à se soulever en tournant sur elle-même. Elle flotta à quelques centimètres au-dessus de sa paume et changea progressivement de couleur jusqu'à ce qu'elle se transforme en une jolie marguerite.

— Comment est-ce que tu as fait ça ? murmura Celeste, stupéfaite.

L'enfant perdit son sourire. Elle pencha la tête sur le côté.

— Tu ne sais vraiment pas ce que tu es, hein ?

— Qu'est-ce que je suis ?

Elle déglutit. Après avoir vu de quoi la petite fille était capable, elle n'était pas certaine d'avoir envie d'entendre la réponse.

Anastasia s'esclaffa derrière sa petite main.

— Tu es comme moi.

— Non, tu te trompes.

Le rire de la petite fille mourut sur ses lèvres. Elle baissa les bras, paumes face au sol. La terre commença à trembler en dessous d'elle et des mottes volèrent à ses pieds, comme une tornade de poussière miniature. Lentement, Anastasia se souleva du sol et lévita bientôt dans les airs.

Les genoux de Celeste se dérobèrent. Elle s'effondra.

— Tes ennemis viennent te chercher. Fuis, Celeste, dit l'enfant avant de disparaître.

Des milliers de petites étincelles scintillaient là où elle se trouvait une seconde plus tôt.

— Je deviens folle, murmura Celeste.

Peut-être que le stress de ces derniers jours lui causait des hallucinations ou que ses hormones lui faisaient perdre la tête ?

Un millier de pensées traversèrent son esprit.

Elle devait déguerpir. Elle se releva et se mit à courir.

CHAPITRE DIX-SEPT

Des branches s'accrochaient dans ses cheveux et griffaient sa peau, mais Celeste ne ralentit pas. Ses poumons brûlaient, la suppliant de s'arrêter, mais la peur lui donnait des ailes.

Une source de lumière brillait à travers la prison de feuillage, une promesse de sécurité tentante. Elle devait continuer.

Son cœur sur le point d'éclater, elle sortit de la ligne d'arbres et se retrouva dans le jardin. Elle se cogna contre une surface dure alors qu'elle regardait par-dessus son épaule, et des bras l'enveloppèrent fermement. Elle se débattit en hurlant pour se libérer.

— Celeste, arrête. C'est moi.

La tête lui tourna en entendant la voix d'Eric. Il la rattrapa avant qu'elle ne s'effondre au sol.

— Qu'est-ce qui ne va pas ?

Il la tint à bout de bras pour plonger son regard dans le sien. L'inquiétude et la préoccupation faisaient scintiller ses yeux bleu glace.

— Il y a quelqu'un...

Elle se retourna vers la lisière de la forêt, s'attendant à

voir l'effrayante petite fille flotter dans les airs et se moquer d'elle.

Personne.

— Quelqu'un était dans les bois ? demanda Eric.

Incapable de parler, elle hocha la tête. Elle enfonça ses ongles dans son bras musclé et refusa de le lâcher.

Il était hors de question qu'il parte dans la forêt et la laisse toute seule. Si ce qu'avait dit la fillette était vrai, si Celeste était vraiment comme elle, une curiosité de la nature, elle était foutue. Et c'était une information qu'Eric n'avait pas besoin de savoir.

Il cria et fit signe au jardinier, qui s'occupait des parterres de fleurs autour de la maison. Celeste se força à se détacher de lui et fit quelques pas en arrière pendant qu'il questionnait l'homme.

L'employé lui assura qu'il avait passé la matinée à jardiner devant la maison et n'avait vu personne. Après qu'Eric le remercia et le congédia, il se remit au travail.

— Je suis désolée. Je n'aurais pas dû aller dans la forêt.

Elle essuya ses larmes et secoua la tête. Elle commençait à se demander si elle avait tout imaginé.

— Ne t'excuse pas. Tu as entièrement le droit d'être dans les bois. Ces terres m'appartiennent et personne n'est autorisé à y entrer, dit-il avec colère. Ils ne t'ont pas fait de mal, au moins ?

— Non, j'ai été surprise, c'est tout.

— À quoi est-ce qu'ils ressemblaient ?

— Je n'ai pas bien vu.

Elle n'allait pas lui dire qu'une fillette de sept ans lui avait fichu la trouille de sa vie.

— Je ne peux rien faire si je ne sais pas ce qui s'est passé, insista-t-il à voix basse.

Il fit un pas vers elle, et elle recula instinctivement avec un sourire crispé.

— Je vais bien, vraiment. Je crois juste qu'avec tout ce qui s'est passé récemment, je suis un peu stressée.

Elle cherchait à rassurer Eric autant qu'elle-même. Elle ne voulait surtout pas lui donner une raison de penser qu'elle était folle ou qu'elle ne serait pas une bonne mère. Si ça arrivait, il n'aurait aucune raison de remplir sa part du marché.

— Je n'ai pas beaucoup dormi hier soir. Je suis sûre que c'est pour ça.

— Et si tu allais t'allonger ? Je vais demander à Mme Gambil de t'apporter une tisane pour te détendre.

— Merci. C'est une bonne idée.

Passer un peu de temps seule lui donnerait l'occasion de réfléchir à ce qui venait de se passer, de rationaliser les évènements qui s'étaient déroulés dans la forêt.

Si elle ne pouvait trouver d'explication logique à ce qu'elle avait vu, elle avait de plus gros problèmes qu'elle ne le craignait.

* * *

Celeste ouvrit les yeux et tourna la tête vers la table de chevet. À en croire l'heure sur le réveil, elle avait dormi deux heures. Deux heures au cours desquelles elle n'avait pas fait le moindre rêve. Peut-être la fatigue lui avait-elle fait imaginer toute la scène avec Anastasia dans la forêt ?

Elle se redressa et se figea en découvrant Eric dans le lit à côté d'elle.

Il était adossé contre la tête de lit, un livre à la main. Il ferma l'ouvrage en souriant et tendit la main pour repousser les mèches de cheveux sur son visage.

— Tu te sens mieux ?

Il effleura sa joue du bout des doigts et son cœur battit un peu plus fort, un peu plus vite. Elle dut se rappeler de respirer, soudain envahie par la chaleur.

— Oui, répondit-elle après s'être raclé la gorge. Tu ne travailles pas ce soir ?

— La réunion s'est prolongée hier parce que personne n'arrivait à se mettre d'accord sur quoi que ce soit. C'est pour ça que j'ai passé la nuit en ville.

Il caressait toujours ses cheveux. Elle repoussa les draps, regrettant de ne pas avoir un verre d'eau pour se rafraîchir. Être enceinte causait peut-être des hallucinations et des bouffées de chaleur ? Eric scruta son visage de ses intenses yeux bleus.

— Tu veux parler de ce qui s'est passé ?

— Non, ça va. Je vais bien, vraiment. Pas besoin s'en reparler.

Le silence s'installa entre eux. Il finit par toussoter.

— Nous dînons avec certains de mes associés ce soir. Tenue formelle exigée.

Il se leva alors qu'elle tournait brusquement la tête vers lui. Juste quand elle pensait que ça ne pouvait pas être pire...

— Je n'ai pas de robe de soirée.

— Je t'ai fait apporter une tenue pour ce soir. Dès demain matin, demande à Salomon de t'emmener faire du shopping.

Elle masqua une grimace. Elle n'avait pas les moyens de se payer les tenues griffées qu'Eric souhaitait sans doute qu'elle porte.

— Je ne peux pas.

— Tu as déjà quelque chose de prévu ?

— Non. Mais je n'ai pas assez d'argent pour aller faire les boutiques. Je recevrai mon dernier salaire vendredi prochain. Je ferai du shopping à ce moment-là.

Il ouvrit des yeux ronds, une expression incrédule passant sur son visage.

— Je ne te demandais pas de payer.

— Mais...

Il la coupa et lui fit lever le menton pour rencontrer son regard.

— J'ai laissé des cartes de crédit sur mon bureau. Utilise-les pour tes achats.

— Je te rembourserai.

Elle détestait avoir des dettes envers quiconque. Et encore plus envers lui.

— Je ne veux pas que tu me rembourses. Tu es ma femme. Je suis parfaitement capable de prendre soin de mon épouse.

Sa voix grave déclencha des frissons sur sa peau, le genre de frissons qui survenaient lorsqu'on se tenait trop près d'un feu.

— Merci.

Il hocha la tête puis lui prit la main.

— Viens, je veux que tu voies ta robe. J'espère qu'elle te va. J'ai dû deviner ta taille.

Il l'entraîna jusqu'au grand dressing, qui ressemblait plutôt à une boutique de vêtements avec toutes ses étagères et ses placards. Il ouvrit lentement la fermeture éclair d'une housse blanche pour révéler une robe de soirée noire.

Elle laissait une épaule dénudée, avec un corset moulant incrusté de petits cristaux et une fente sexy jusqu'en haut de la cuisse.

La robe était magnifique. Celeste n'osait pas imaginer la somme qu'il avait déboursée pour cette pièce de créateur. Il se frotta la nuque et lui lança un regard en coin.

— Si elle ne te plaît pas, tu peux la rapporter.

— Non, elle est splendide.

Elle caressa le tissu soyeux.

— Elle te plaît ?

— Tu plaisantes ? Je l'adore, assura-t-elle.

Il parut soulagé. Elle regarda l'étiquette avant de sourire.

— Et c'est la bonne taille, en plus. Du moins, encore pour quelques semaines.

Elle toucha son ventre avec un petit rire. Sa prévenance la touchait. Elle se mit sur la pointe des pieds et voulut embrasser sa joue pour le remercier, mais il tourna la tête et leurs bouches se rencontrèrent. La pulsation familière traversa le corps de Celeste de part en part, éveillant chaque terminaison nerveuse.

Alors qu'il la serrait contre lui, elle se sentit fondre contre son torse.

Sa langue glissa entre ses lèvres entrouvertes, chaude et insistante. Elle lui rendit son baiser en enlaçant fermement sa nuque, incapable de s'éloigner de lui.

Son baiser devint plus pressant, échauffant son bas-ventre. Elle gémit lorsque ses mains se posèrent sur ses fesses et l'attirèrent plus près.

Les messages sur le bureau de la bibliothèque apparurent dans son esprit. Railleurs, ils lui rappelèrent qu'Eric ne tenait pas à elle.

Une boule grossit dans sa gorge. Merde, qu'était-elle sur le point de faire ?

— Arrête.

Elle le repoussa. Elle n'avait pas le choix. Si elle ne protégeait pas son cœur, elle allait se perdre. Il la dévisagea avec une confusion évidente, puis ses traits se durcirent comme ceux d'une statue.

— Sois prête dans une heure, lâcha-t-il avant de tourner les talons et de sortir de la chambre.

Ses mots flottant dans l'air, elle regarda fixement la porte en regrettant d'avoir mis fin à leur baiser.

Mais elle n'aurait pas dû le laisser l'embrasser. Cependant, des problèmes plus pressants demandaient son attention, dans l'immédiat.

Elle courut chercher son portable dans son sac et composa le numéro de ses parents. Le téléphone sonna, sonna, puis le répondeur se déclencha.

— Merde.

Elle raccrocha sans laisser de message et appela le portable de sa mère.

— Réponds, réponds.

Après quelques sonneries, l'appel fut transféré sur la messagerie.

Elle essaya le téléphone de son père, mais obtint le même résultat.

Elle regarda le réveil. Constatant qu'il ne lui restait plus beaucoup de temps pour se préparer, elle courut à la salle de bains et fit couler l'eau de la douche.

Qu'avait voulu dire Anastasia quand elle avait mentionné que ses parents l'avaient cachée ?

Savaient-ils ce qu'elle était ? L'avaient-ils toujours su ?

Elle recomposa le numéro du fixe de ses parents et, cette fois, elle laissa un message. Plus que jamais, elle avait besoin de leur parler.

Elle voulait des réponses et ne renoncerait pas tant qu'elles ne les aurait pas obtenues.

CHAPITRE DIX-HUIT

— J'ai réservé pour vingt heures, dit Eric à l'hôtesse du restaurant.

Il laissa sa main descendre dans le bas du dos de Celeste. Depuis qu'ils étaient entrés dans l'établissement, elle avait déjà attiré les regards de plusieurs hommes. Il voulait leur montrer clairement à qui elle appartenait.

La blonde platine avec du rouge à lèvres rouge sang ignora complètement Celeste et lui fit un sourire sensuel.

— C'est un plaisir de vous revoir, monsieur Nordstrom. Votre table habituelle est prête. Si vous voulez bien me suivre.

— Parfait.

Il n'accorda pas un regard à l'hôtesse et se pencha vers son épouse, absorbée dans la contemplation de la décoration moderne du restaurant. La robe qu'il lui avait achetée lui allait comme un gant, mettant en valeur sa silhouette mince et sa beauté.

— Tu es prête, mon cœur ? demanda-t-il en souriant.

Elle écarquilla très légèrement les yeux, et regarda l'hôtesse et lui tour à tour avant de plaquer un sourire mielleux sur ses lèvres.

— Oui, mon chou.

Les yeux de l'hôtesse se réduisirent à deux fentes pendant un instant, mais elle se reprit et leur sourit poliment. Même s'il n'avait pas été marié, il n'aurait pas été intéressé. Elle n'était pas son style.

Il suivit Celeste pendant que la femme les menait jusqu'à leur table. Il posa les mains sur sa taille et se pencha pour lui murmurer à l'oreille :

— Mon chou ?

Merde, elle sentait bon.

— J'ai cru comprendre que tu m'appelais « mon cœur » pour lui faire passer un message, répondit-elle en montrant l'hôtesse du menton. C'est le premier sobriquet qui m'est venu à l'esprit. C'était soit ça, soit « mon sucre d'orge ».

— Mon sucre d'orge ?

Il haussa les sourcils. Elle s'arrêta si brusquement qu'il rentra dans ses fesses fermes. Son cœur se mit à cogner contre ses côtes.

— Je n'y peux rien, dit-elle en se remettant à marcher. Quand je suis nerveuse, je ne pense qu'à manger.

Lui aussi se sentait désormais affamé. Il avait faim d'elle.

Ils passèrent à côté d'une table occupée par un couple. L'homme se retourna sur le passage de Celeste en se tordant le cou.

La colère lui monta au nez. Il se plaça dans le champ de vision du malotru et attendit qu'il lève la tête pour lui lancer un regard d'avertissement. *Ouais, c'est ça, mon gars. Si tu veux garder tes yeux, ôte-les de ma femme, putain.*

L'homme pâlit et baissa rapidement la tête sur sa salade.

Eric secoua la sienne, enfermant sa possessivité à double tour dans son cœur.

— Tu n'as aucune raison d'être nerveuse, dit-il à voix

basse. Les membres du conseil que tu vas rencontrer ce soir sont plutôt agréables.

— Et les autres ne le sont pas ?

— Ça dépend de leur humeur.

Il savait depuis longtemps que les gens se montraient adorables avec lui quand ils voulaient quelque chose.

— Ne t'inquiète pas, reprit-il. Tu t'en tireras à merveille.

Elle hocha la tête, et parut se détendre en voyant oncle Stephen assis à leur table. Celui-ci se leva et déposa un baiser sur sa joue.

— Je commençais à me demander si j'allais dîner seul. Ma chère, tu es radieuse.

— Merci. C'est Eric qui a choisi la robe.

Elle rougit en lissant la soie noire.

— C'est vrai ?

Stephen parut surpris. Eric serra la main de son oncle sans prêter attention à son air médusé.

— Il n'est même pas encore vingt heures. À t'entendre, on dirait que tu nous attends depuis des plombes.

Stephen balaya son commentaire d'un geste de la main.

— Si j'ai réussi ma vie, c'est parce que je suis toujours en avance.

— Je croyais que c'était parce que tu avais hérité de la fortune de grand-père.

— Peut-être, mais j'ai réussi à la garder, non ? grommela son oncle avant de se tourner vers Celeste. Raconte-moi comment tu te sens, Celeste.

Eric lui tira sa chaise pour l'inviter à s'asseoir.

— J'ai encore des nausées matinales, mais à part ça, je vais très bien, répondit-elle avec un sourire en plaçant sa serviette sur ses genoux.

Stephen hocha la tête d'un air songeur.

— J'ai lu quelque part que le premier trimestre est le pire, dit-il. Ensuite, tes nausées devraient s'apaiser, tu auras un regain d'énergie et tu voudras préparer un nid pour ton petit.

Eric rit doucement.

— Merci, docteur. J'espère que tu ne comptes pas accoucher mon fils, en plus de distribuer tes sages conseils.

— Bien sûr que non. Cela dit, vous devriez déjà chercher un bon gynécologue.

— C'est déjà fait. Celeste a rendez-vous dans deux jours avec le Dr Sevalus.

— Dans deux jours ? Quand est-ce que tu comptais me le dire ? demanda-t-elle avec surprise.

Il haussa les épaules sans répondre. Elle pinça les lèvres, et il comprit qu'elle faisait de son mieux pour ne pas montrer son agacement. Même énervée, elle restait magnifique.

— Et si j'avais déjà prévu quelque chose ?

— Est-ce que c'est le cas ?

Il pivota pour la regarder en face.

— Hum, non. Mais j'aurais préféré le savoir à l'avance.

— Je comptais t'en parler ce soir en rentrant à la maison.

— Ah, voilà le reste de nos invités, dit Stephen en hochant la tête.

Loren Jamison s'approchait d'eux en souriant, une parfaite Jackie Kennedy aux cheveux argentés avec sa robe grise cintrée et son collier de perles. Son mari Conrad, habillé d'un costume noir, salua Eric d'un signe de tête.

— J'ai cru qu'on serait en retard. La circulation était bloquée sur l'autoroute, à cause d'un accident, je crois, dit Loren.

Les hommes se serrèrent la main.

— Je suis content que vous ayez pu venir. Loren, tu es ravissante.

Eric lui embrassa la joue. Elle sourit et tapota son torse.

— Et toi, tu sais exactement quoi dire pour illuminer la journée d'une vieille femme.

Loren posa les yeux sur Celeste et eut l'air étonnée.

— Je ne crois pas que l'on ait été présentées, dit-elle avant de se tourner vers Eric avec un regard interrogateur.

— Celeste, je te présente Conrad et Loren Jamison. Conrad fait partie du conseil d'administration. Ce sont tous les deux de vieux amis de la famille.

— C'est un plaisir de vous rencontrer.

Avec un grand sourire, elle leur serra la main tour à tour.

— Tout le plaisir est pour nous, dit Loren. Eric, où cachais-tu cette adorable jeune femme ?

— Dans mon donjon, fit-il d'un ton pince-sans-rire.

— Ceci explique cela, alors.

Loren s'esclaffa avant de se retourner vers Celeste.

— Vous êtes arrivée récemment dans la région, ma chère ?

— En fait...

— Pardon pour notre retard. Sloan a failli être appelé à l'hôpital alors que nous étions sur le point de partir.

Andrea Leigh sautilla jusqu'à leur table. Elle portait une robe sans manches noir et blanc et ses cheveux blond sombre étaient relevés en torsade.

— Mais tu n'es pas de garde ce soir, mon fils.

Loren tapota la joue de Sloan. En les observant, Eric se demanda s'il se rendait compte de sa chance d'avoir deux parents aussi merveilleux que Loren et Conrad.

— Je sais, mais le service des urgences m'a téléphoné quand ils n'ont pas réussi à joindre le Dr Henry, censé être de garde. Ils m'ont rappelé dix minutes plus tard pour me dire qu'ils l'avaient trouvé.

Sloan s'interrompit et secoua les sourcils.

— Dans le vestiaire des femmes. Avec une infirmière de l'unité des soins intensifs.

— Mon Dieu. Je croyais que les médecins étaient trop occupés pour penser à ce genre de choses sur leur lieu de travail, dit Loren d'un ton de reproche.

— Nous sommes des hommes, mère. On n'est jamais trop occupés pour penser à ce genre de choses.

— Je te préviens, si je t'attrape à fricoter avec une jeune infirmière, ce sera la dernière fois que tu feras quoi que ce soit. Avec qui que ce soit.

Tout le monde éclata de rire à la menace d'Andrea Leigh prononcée avec un sourire assassin. Cette dernière posa un regard curieux sur Celeste.

— Eric, tu ne comptes pas nous présenter ton amie ?

— Celeste, voici Andrea Leigh Jones et son fiancé, Sloan Jamison. Sloan fait également partie du conseil d'administration.

Celeste se leva et ils échangèrent tous une poignée de main.

— Heureuse de faire votre connaissance à tous les deux.

— Pareillement.

Andrea Leigh s'assit à côté de Celeste et Sloan prit place près de sa fiancée.

Eric lutta contre le sourire qu'il sentait courber ses lèvres. Il attendit que tout le monde soit installé avant de parler.

— Je vous présente Celeste Nordstrom. Mon épouse.

Chapitre dix-neuf

La bouche d'Andrea Leigh forma un O de surprise et Sloan s'étouffa sur sa gorgée d'eau. Sa fiancée lui tendit une serviette sans détacher son regard ébahi de Celeste.

Exactement la réaction à laquelle Eric s'attendait.

— Son épouse ? répéta Loren. C'est une plaisanterie ?

— Non. Nous nous sommes mariés la semaine dernière.

Il leur fit signe de se rasseoir et but une gorgée du whisky qu'une serveuse venait de déposer à leur table. Dieu merci, oncle Stephen commandait toujours un verre pour lui dès son arrivée.

— En effet, c'est un choc, dit Conrad.

Il regarda Eric, puis Celeste. La ride sur son front disparut et il leur sourit.

— Mais qu'est-ce que je raconte ? C'est merveilleux.

Il contourna la table pour embrasser la joue de Celeste. Loren poussa son mari d'un coup de coude et prit Celeste dans ses bras, la joie éclairant son visage.

— Vous ne savez pas à quel point je suis heureuse pour vous deux.

Eric regarda Andrea Leigh. Elle n'avait jamais apprécié ses petites amies. Elle disait toujours qu'elles étaient belles, mais vides à l'intérieur. Il se crispa, prêt à défendre Celeste.

Mais elle gloussa et l'étreignit chaleureusement.

— Félicitations, Celeste. Je vois qu'Eric a enfin choisi quelqu'un qui a bon goût, dit-elle en lui lançant un regard en coin. Dis-moi, j'entends bien un accent sudiste ?

Celeste lui fit un large sourire.

— Oui, je viens de Géorgie.

— Alors, nous sommes pratiquement voisines, ma chérie. Je viens de Caroline du Sud, dit Andrea Leigh avec un accent traînant.

Elle ajouta à l'adresse d'Eric :

— Contente de voir que tu as enfin choisi une femme de qualité.

Il sourit. Il n'aurait pas dû être surpris. Andrea Leigh disait toujours ce qu'elle pensait.

— Je suis vexée que tu ne nous aies pas invités au mariage, Eric, reprit-elle avant de demander à Stephen : Tu étais au mariage, toi ?

— Oui. C'était charmant.

Stephen porta son verre de whisky à ses lèvres en évitant le regard d'Andrea Leigh.

— Et pourquoi n'étions-nous pas invités ? demanda-t-elle, bras croisés.

— Notre intention n'était certainement pas de vous faire de la peine, dit Eric aux personnes autour de la table. C'était une petite cérémonie, et tout s'est décidé très vite.

Il s'interrompit et fronça les sourcils en fixant un point au-dessus de l'épaule de Conrad. Tout le monde suivit son regard. Une brune avec de longues jambes vêtue d'une robe rose vif venait dans leur direction en roulant des hanches.

Merde.

— J'espère que je ne suis pas trop en retard, dit Leslie en arrivant à la table.

Elle le regarda et lui fit un sourire chaleureux.

— Leslie. Tu arrives pile à temps.

— Parfait.

Il sentit sa paupière tressauter et croisa les doigt pour que Leslie reste polie. Ce soir, il n'était pas d'humeur à supporter ses conneries. Elle se détourna d'Eric et détailla Celeste de la tête aux pieds avec un regard glacial.

— Tu dois être nouvelle. Sinon, tu saurais que tu es assise à ma place.

Celeste se raidit sous son ton hargneux, mais ne bougea pas. L'agacement le gagna. Il passa son bras autour des épaules de Celeste pour l'attirer contre lui.

— C'est là qu'Eric m'a demandé de m'asseoir. À moins qu'il me demande de bouger, vous devrez trouver une autre place, je le crains.

Malgré son sourire poli, la colère brillait dans ses yeux émeraude.

Eric sourit. Apparemment, Leslie avait trouvé quelqu'un capable de lui tenir tête. Il vit ses sourcils se hausser de surprise.

— Celeste est exactement là où elle devrait être, dit-il calmement. Celeste, je te présente Leslie Andrews, une autre membre du conseil. Je te prie d'excuser son manque de politesse. Elle n'a pas reçu la même éducation que toi.

Il fut satisfait de voir une expression choquée passer sur le visage de Leslie. Il savait qu'il avait tapé là où ça lui ferait mal. Ses parents l'avaient envoyée dans la meilleure école de bonnes manières de Suisse.

— C'est un plaisir de vous rencontrer, Leslie, dit Celeste.

— Leslie, voici Celeste Nordstrom. Ma superbe épouse.

Il déposa un baiser sur le dos de sa main. Elle leva les yeux vers lui en rosissant.

— Ta quoi ?

Leslie était abasourdie. Ses yeux s'agrandirent et son visage perdit ses couleurs.

— N'est-ce pas la meilleure nouvelle de l'année ? Ils sont mariés !

Le ton d'Andrea Leigh était un peu trop enthousiaste. Clairement, elle se délectait de l'embarras de Leslie. Les deux femmes se détestaient, ce n'était pas un secret.

— Oh, et devine quoi ? Elle vient du Sud. Comme moi, ajouta-t-elle avant de boire une gorgée de vin.

— Eric, mon chéri, quand est-ce que c'est arrivé ? demanda Leslie.

— La semaine dernière.

Il fit tourner le liquide ambré dans son verre. Si les membres du conseil apprenaient la véritable raison de son mariage, ils lui feraient vivre un enfer. Leslie était vindicative, et elle avait la langue assez bien pendue pour mener l'enquête et découvrir la vérité.

— Eh bien, félicitations, bien sûr.

Ses lèvres fines se courbèrent en une faible imitation de sourire.

— Je suis simplement surprise, c'est tout. Tu disais que tu ne te marierais jamais.

— J'imagine que quand le destin s'en mêle, on ne peut pas lutter.

Il plongea son regard dans les yeux verts de Celeste, en se demandant une fois de plus ce qui l'avait tant attiré chez elle.

Garder ses distances pendant un an allait être une véritable torture. Il espérait qu'il en aurait la force.

* * *

— Je travaillais à Cryptic, c'est comme ça que j'ai rencontré Eric.

Celeste souriait poliment tandis que Leslie la bombardait de questions. Elle but une gorgée d'eau en faisant de son mieux pour ne pas montrer son irritation. D'habitude, elle ne laissait pas les gens l'atteindre, mais Leslie était une exception.

Elle était prête à parier que c'était cette même Leslie qui avait laissé certains des messages dans la bibliothèque. L'une des petites amies d'Eric.

Son ventre se noua et elle eut soudain envie de se trouver n'importe où ailleurs. Elle n'était pas à sa place ici. Elle n'était pas comme ces personnes.

— Pourquoi vous être mariés si vite ? Qu'est-ce qui pressait ? J'ai l'impression qu'il y a anguille sous roche, Celeste.

Chaque fois que Leslie lui souriait avec un air satisfait, elle avait envie d'arracher sa belle chevelure brune.

Peut-être même de la scalper. Ouais, la scalper, ce serait mieux.

— Je devais rentrer dans le Vermont et je ne voulais pas attendre, répondit Eric sans hésiter.

— Tu ne pouvais pas au moins attendre..., commença Leslie en battant des cils.

Il l'interrompit avec un regard mauvais.

— Ça suffit. C'est un dîner professionnel, pas un interrogatoire.

Celeste eut terriblement envie de l'embrasser.

Pendant que les membres du conseil parlaient affaires, Celeste en profita pour discuter avec Andrea Leigh et Loren tout en mangeant son faux-filet.

— Andrea Leigh, est-ce que tu travailles ?

— Je travaillais quand je vivais à Charleston. J'étais représentante en produits pharmaceutiques. C'est comme ça que j'ai rencontré Sloan. Je ne cherchais même pas l'amour.

La belle blonde sourit.

— C'est généralement comme ça que ça arrive.

Elle lui rendit son sourire malgré un pincement d'envie. À la manière dont ils se regardaient, ils étaient follement amoureux.

— Exactement. Regarde Eric et toi. Vous ne cherchiez probablement pas l'amour, et pourtant en moins de temps qu'il n'en faut pour le dire, vous vous êtes mariés.

Elle réprima une grimace. Elle était une menteuse, un imposteur. Leur mariage n'était rien de plus qu'un arrangement.

Depuis leur nuit ensemble, Eric ne lui avait manifesté aucun intérêt à l'exception d'un baiser. Elle commençait à penser qu'il avait trouvé une autre femme pour réchauffer son lit. C'était une possibilité ; ce n'était pas comme s'il dormait à la maison.

— Si tu ne fais rien demain, j'aimerais beaucoup t'inviter à prendre le thé, dit Andrea Leigh avec des yeux brillants.

— Demain ? Navrée, j'ai prévu une journée shopping.

— Ah, voilà des mots que j'aime entendre.

Son regard pétilla de plus belle.

— Tu voudrais m'accompagner ? proposa Celeste.

— Avec plaisir.

— Ce serait super. Je ne connais pas les magasins de la ville et je ne sais pas encore exactement ce dont j'ai besoin.

À l'idée de ne pas faire ses achats seule, elle sentit un poids s'ôter de sa poitrine.

— Le shopping, c'est comme une deuxième langue pour moi. Je serais ravie de t'aider à faire tes emplettes. Et si je passais te chercher vers neuf heures ? Comme ça, on ira déjeuner ensuite.

— Merci. Ce serait parfait.

Celeste sourit. Elle venait de se faire sa première amie dans le Vermont. Pour la première fois depuis son arrivée, elle ne se sentait pas totalement seule.

CHAPITRE VINGT

— Merci d'avoir accepté de déplacer mon rendez-vous, dit Celeste à la réceptionniste.

Eric lui avait pris rendez-vous dans la matinée, mais à cause de ses nausées, elle avait appelé pour le décaler vers midi. Elle passa son sac à son bras et se dirigea vers l'ascenseur.

Son premier examen prénatal avec le Dr Sevalus s'était bien passé. C'était un homme d'un certain âge, à la voix douce et au regard bienveillant, qui avait patiemment répondu à ses questions. Et surtout, il ne lui avait pas demandé pourquoi son mari n'était pas venu avec elle.

Elle ne s'était pas attendue à ce qu'Eric l'accompagne. Cependant, elle s'était sentie gênée dans la salle d'attente, entourée d'autres femmes enceintes et de leurs maris aux petits soins alors qu'elle était seule, avec un magazine pour toute compagnie.

Elle commençait à s'habituer à la solitude.

Elle avait à peine vu Eric depuis leur mariage. Il partait travailler avant qu'elle se réveille et rentrait tard le soir quand elle dormait déjà. Elle ne savait s'il était rentré qu'en parlant avec Mme Gambil au petit-déjeuner.

— Madame Celeste.

Salomon lui fit un sourire aimable en lui ouvrant la portière de la limousine. Elle entra dans le véhicule et s'assit sur le siège en cuir.

Ses tripes se nouèrent et elle fut saisie d'un brusque haut-le-cœur. Elle respira lentement par la bouche pendant que Salomon démarrait la voiture.

Elle avait déjà été malade avant de quitter la maison, et n'avait pas prévu de recommencer pendant le trajet retour. Elle appuya la main sur son ventre en une futile tentative de garder le contrôle sur son corps. En vain.

Elle grogna et plaqua la main sur sa bouche avant de rencontrer le regard inquiet de Salomon dans le rétroviseur central. Il hocha la tête et s'arrêta devant une station-service.

Elle ouvrit la portière et courut jusqu'aux toilettes en priant pour arriver à temps.

Lorsqu'elle revint vers la voiture, elle fit un sourire reconnaissant au chauffeur.

— Merci, Salomon.

— Je pensais que vous auriez peut-être besoin de ça, dit-il en lui tendant un sac en papier.

— Qu'est-ce que c'est ?

À l'intérieur, elle trouva une canette de soda au gingembre et des gaufrettes à la vanille.

— Comment est-ce que vous saviez que c'est exactement ce qu'il me faut ? demanda-t-elle alors qu'elle remontait dans la voiture.

Il haussa les épaules, referma la portière et s'assit derrière le volant.

— C'est ce que me donnait ma mère quand j'étais malade. Je me suis dit que ça pourrait vous faire du bien.

— Que Dieu vous bénisse, Salomon.

Elle ouvrit la canette et en but une gorgée. Les bulles sucrées apaisèrent immédiatement son ventre barbouillé.

— Il m'a déjà béni quand il m'a envoyé veiller sur vous, Madame Celeste.

Elle se figea. Le visage d'Anastasia apparut dans son esprit. Salomon démarra la limousine et s'inséra dans la circulation. Elle chercha son regard dans le rétroviseur.

— Je peux vous poser une question ?

— Vous pouvez tout me demander.

— Vous avez déjà vu quelque chose que vous ne pouviez pas expliquer ?

— C'est une question étrange.

Il rencontra son regard dans le rétroviseur avant de reposer les yeux sur la route.

Que devait-elle dire, que pouvait-elle dire ? Après tout, il travaillait pour Eric. Il lui était avant tout loyal.

Elle décida de tenter une autre approche.

— Vous ne savez rien à propos d'une reine, par hasard ?

Ses yeux s'écarquillèrent légèrement. Si elle n'avait pas été en train de le regarder dans le rétroviseur, elle aurait manqué sa réaction.

— Salomon ?

— La reine de quel pays, l'Angleterre, Monaco ?

La déception l'envahit. Encore une fois, elle s'imaginait des choses.

Elle posa la tête contre le dossier du siège et laissa son regard dériver vers la fenêtre.

— Ce n'est pas grave. Ce n'est pas important.

* * *

Les semaines qui suivirent, les nausées de Celeste empirèrent à tel point qu'elle avait l'impression de mourir. Parfois, elle se sentait si mal qu'elle n'avait pas la force de sortir du lit.

Épuisée et misérable, elle ne quittait presque pas la maison. Eric passait son temps à travailler, aussi elle s'occupait en lisant, en se promenant dans le jardin ou en aidant Mme Gambil à la cuisine quand elle en avait l'énergie. Sa maison et ses parents lui manquaient terriblement.

Même si elle n'en avait pas l'impression, elle était désormais chez elle. Elle devait s'accommoder au mieux de la situation jusqu'à la naissance du bébé.

Elle trouvait de nombreux moyens de passer le temps, mais évitait en revanche un lieu : les bois. L'effrayante rencontre avec Anastasia n'était jamais bien loin de ses pensées, surtout la nuit.

Elle s'asseyait parfois devant la fenêtre de sa chambre en regardant le petit sentier qui s'enfonçait dans les bois, et se demandait... Avait-elle tout imaginé ?

Certaines nuits, elle se sentait attirée vers le sentier, comme si la vérité exerçait une attraction magnétique sur elle. Mais elle avait trop peur pour son bébé pour s'y abandonner. Les cauchemars continuaient de hanter ses nuits.

Dans ses rêves, des animaux aux crocs acérés déchiraient sa peau pendant qu'elle entendait son bébé pleurer dans le noir. Chaque soir, elle priait pour que les songe cessent.

Mais cette fois, ses prières ne furent pas exaucées.

— Des cookies.

Celeste descendit l'escalier aussi vite qu'elle le put et suivit l'arôme des gâteaux qui venaient de sortir du four jusqu'à la cuisine. Elle ne vomissait plus et avait meilleur appétit depuis qu'elle avait débuté son deuxième trimestre de grossesse, au grand soulagement de son médecin.

Le Dr Sevalus était inquiet de voir qu'elle ne prenait pas

assez de poids. Il avait même menacé de la faire admettre à l'hôpital si elle ne se nourrissait pas davantage.

Elle comptait remédier au problème de ce pas. Elle s'assit sur un tabouret devant le comptoir et prit un cookie aux flocons d'avoine encore tiède. Lorsqu'elle mordit dedans, elle poussa un gémissement en sentant la pâtisserie sucrée fondre sur sa langue.

— Est-ce que ça veut dire que tu n'es plus malade le matin ?

Eric arriva derrière elle et prit un cookie sur le plateau. Elle fronça les sourcils, mais se retint de tirer le plat vers elle.

— Je n'ai plus de nausées depuis environ une semaine.

Un véritable mari le saurait, pensa-t-elle, avant d'ajouter :

— Je croyais que tu étais déjà parti travailler. Il y a un problème ?

— Je n'ai rien de prévu avant cet après-midi.

— Tu te sens mal ?

Elle se pencha pour presser sa main contre son front, mais il s'écarta et leva les yeux au ciel.

— Je vais très bien. À t'entendre, on dirait que je ne fais que travailler.

— Tu ne fais que travailler. Je ne suis même pas sûre que tu dormes.

Elle rapprocha le plateau et prit un cookie. Alors qu'elle le portait à sa bouche, elle s'arrêta à mi-geste.

— Pour ce que j'en sais, tu pourrais être un vampire qui prétend aller travailler, mais qui attend en réalité ses victimes dans des ruelles sombres.

Il éclata de rire et secoua la tête.

— Tu regardes trop de films sur les vampires.

— Je ne regarde pas de films sur les vampires, je lis des livres sur les vampires. Les livres sont toujours mieux que les films.

Elle mordit dans le biscuit et ferma les yeux.

— J'adore Mme Gambil, dit-elle d'un air rêveur.

Il éloigna le plateau d'elle.

— Hé ! J'en ai besoin.

Elle essaya de le récupérer, mais il le tenait hors de sa portée.

— Ce dont tu as besoin, c'est d'aliments sains. Un vrai petit-déjeuner avec des œufs, du pain grillé et des fruits, par exemple. Où est Mme Gambil, d'ailleurs ?

— Elle est allée à l'épicerie. Et ce dont j'ai besoin, c'est d'un cookie aux flocons d'avoine.

Elle chipa un biscuit et mordit dedans avant qu'Eric puisse l'en empêcher. Ses yeux se posèrent sur sa bouche et son regard s'assombrit. Il reposa le plateau sur le comptoir, fit un pas vers elle et caressa sa lèvre inférieure du pouce.

— Oh, je crois que je sais ce dont tu as besoin, murmura-t-il.

Elle eut le souffle coupé. Il baissa la main, mais continua à la dévisager intensément. De la chaleur se répandit dans tout son corps. Il allait l'embrasser. Et elle ne l'arrêterait pas.

— J'aimerais organiser un cocktail vendredi soir. Il est temps d'annoncer que nous allons avoir un enfant.

— Un cocktail ?

Ses épaules s'affaissèrent. Soudain abattue, elle grimaça en pensant à toute la préparation nécessaire pour organiser une fête réussie.

— Je sais qu'Andrea Leigh t'a proposé plusieurs fois d'aller boire des martinis. Comme ça, elle saura pourquoi tu refuses.

— Comment est-ce que tu es au courant de ça ?

Elle ne lui avait jamais parlé de l'invitation hebdomadaire d'Andrea Leigh.

— Elle a chargé Sloan de me demander si tu étais fâchée contre elle.

— C'est la première amie que je me fais ici, et elle pense que je suis fâchée. Je dois l'appeler.

Elle se leva en essayant de se souvenir où elle avait vu son portable pour la dernière fois, mais il posa une main sur sa taille.

— Attends un peu. Tu lui annonceras à la fête. Je suis sûr qu'Andrea Leigh insistera pour t'emmener acheter plein de choses pour le bébé.

— Mais je n'ai pas envie d'attendre.

— Tiens.

Avec un sourire en coin, il lui donna deux cookies pour la distraire. Elle les accepta joyeusement.

— J'aimerais te parler de quelque chose, reprit-il.

— Quoi donc ?

Elle avait terminé le premier biscuit et attaquait déjà le second.

— Il faut redécorer une des chambres pour le bébé. Il y a l'embarras du choix au deuxième étage.

— Au deuxième étage ?

C'était trop loin de leur chambre. Et si le bébé avait besoin d'elle ? S'il arrivait quelque chose ? Si ses cauchemars se réalisaient ?

— Quel est le problème avec le deuxième étage ?

— Je n'aime pas l'idée que le bébé soit loin de notre chambre. Il sera tout petit. Et s'il a besoin de moi au milieu de la nuit ?

Elle ne céderait pas. Pas cette fois. La panique lui noua la gorge lorsqu'elle se remémora ses cauchemars... suivis par l'avertissement d'Anastasia.

— Il y a un petit salon qui n'est pas utilisé à notre étage. Tu préférerais qu'on y installe la chambre d'enfant ?

— Tu veux bien ? demanda-t-elle en lui saisissant le bras.

Il esquissa un sourire.

— Si ça te fait plaisir, bien sûr.

— Merci.

Elle l'enlaça et enfouit son visage contre son torse. Quand

il se raidit entre ses bras, elle fit quelques pas en arrière, gênée de l'avoir étreint, mais il la rapprocha de lui en posant le bras sur son dos.

Il caressa sa joue et la regarda droit dans les yeux.

— Il n'y a pas de mal, Celeste.

— Comment ça ?

Elle avait soudain du mal à respirer. Elle savait qu'elle aurait dû l'arrêter, que ça ne ferait que compliquer les choses. Se rapprocher était dangereux.

— Il n'y a pas de mal à vouloir être touchée. Nous sommes mariés, tu sais.

— Hmmm.

Elle ferma les yeux et s'appuya contre lui. Elle ne put s'en empêcher.

Il colla ses lèvres contre les siennes en un baiser possessif. Un raz-de-marée d'émotions l'emplit, tout aussi intense que lors de leur première nuit ensemble. Il mordilla sa lèvre, et elle sentit sa détermination faiblir. Elle lui rendit son baiser.

Sa bouche chaude descendit dans son cou. Ses lèvres brûlaient sa peau, créant de petites étincelles de plaisir sur leur passage. Il fit remonter sa main sur sa cuisse, affolant sa respiration.

Le téléphone d'Eric se mit à sonner. Il poussa un juron et le sortit de sa poche.

— Allô ?

Elle croisa les bras et alla se poster devant la fenêtre pour essayer de reprendre son souffle.

Elle avait déjà assez d'ennuis comme ça sans s'attacher à Eric.

Elle devait comprendre ce que signifiaient ses rêves et ce qu'elle était réellement. Pour y parvenir, elle avait besoin du livre qui se trouvait dans la bibliothèque de Stephen Nordstrom, à Atlanta. Alors qu'ils étaient dans le Vermont.

James. Un petit sourire se dessina sur ses lèvres. Elle avait oublié le pilote d'Eric.

Elle pouvait se rendre à Atlanta avec le jet privé et être de retour avant le dîner. Eric apprendrait sans doute qu'elle avait fait le voyage, mais elle lui dirait qu'elle avait besoin d'aller chercher des affaires avant la naissance du bébé. Il ne se mettrait pas en colère pour ça.

Lorsqu'elle se tourna vers lui, il la regardait intensément. Il ne la quitta pas des yeux alors qu'il continuait sa conversation téléphonique.

Elle baissa la tête, craignant qu'il puisse lire son secret dans ses yeux.

— Je suis désolé. Je dois repartir au bureau, dit-il après avoir raccroché.

— Tout va bien ?

— Il y a eu un problème avec un contrat.

Il lui embrassa la joue et commença à s'éloigner vers la porte.

— Ah oui. Je pense que Leslie proposera de choisir l'ameublement de la chambre d'enfant quand elle apprendra la nouvelle. Elle est diplômée en design d'intérieur. Certains membres du conseil l'ont chargée de redécorer leurs maisons de vacances, dit-il par-dessus son épaule. Si tu ne veux pas qu'elle s'en occupe, demande à Andrea Leigh de te recommander quelqu'un. Elle refait constamment la déco chez elle.

Celeste sentit son cœur se glacer. De toute évidence, Leslie s'intéressait à Eric. Peu importait qu'il réponde à ses avances ou non. Les femmes comme Leslie n'abandonnaient pas avant d'avoir eu ce qu'elles voulaient.

Leslie mettrait peut-être la main sur Eric un jour, mais Celeste ne la laisserait jamais s'approcher de son fils.

CHAPITRE VINGT-ET-UN

— Je n'y arriverai pas, murmura Celeste.

Elle essuya ses mains moites sur ses cuisses avant de respirer profondément. Dans quelques minutes, la fête commencerait et tout le monde la jugerait en tant que Mme Eric Nordstrom.

Elle baissa les yeux sur sa robe dos nu, dont la taille empire masquait son ventre, qui s'était arrondi. Elle avait remonté ses cheveux, ne laissant que quelques mèches encadrer son visage.

Elle n'aurait jamais pensé regretter sa petite poitrine. Elle soupesa ses seins lourds avec accablement. Ils étaient douloureux et la gênaient. Elle avait hâte qu'ils retrouvent leur taille normale.

Son cœur se serra lorsqu'elle regarda l'heure sur l'horloge.

Elle devait s'assurer que tout était prêt auprès des traiteurs. Elle ne voulait pas que sa première fête soit un fiasco.

En descendant l'escalier, de délicieux arômes parvinrent à ses narines. La grossesse avait affûté son odorat. Parfois, elle sentait le pain chaud que Mme Gambil sortait du four dans la cuisine alors qu'elle se trouvait dans sa chambre, à l'étage.

Elle entra dans la somptueuse salle à manger. La table couverte d'apéritifs et de desserts appétissants lui mit l'eau à la bouche.

Un bar avait été installé contre un mur de la pièce, proposant différents vins raffinés. Des serveurs en uniformes noir et blanc s'activaient pour empiler des assiettes, essuyer des verres et aligner des bouteilles de champagne.

Mme Gambil sortit de la cuisine avec un bouquet de roses et d'hortensias qu'elle plaça sur la table.

— Vous êtes superbe, Madame Celeste. Que pensez-vous de ces fleurs ? C'est ce que vous vouliez ?

— Elles sont parfaites. Tout est magnifique. Merci pour votre aide.

Elle voulait donner congé à Mme Gambil le soir de la fête, mais cette dernière avait insisté pour être là. Elle n'aimait pas que d'autres personnes mettent la pagaille sa cuisine. Son visage s'illumina en entendant le compliment.

— Il n'y a vraiment pas de quoi, ma chère.

Un grand fracas provint de la cuisine.

— Je ferais mieux d'aller voir ce que c'était.

La gouvernante s'éloigna avec une expression inquiète.

— C'était très gentil de ta part, dit Eric dans le dos de Celeste.

Elle eut le souffle coupé lorsqu'elle se retourna. Il se tenait dans l'encadrement de la porte. Avec son costume noir et ses cheveux blonds coiffés en arrière avec du gel, il donnait l'impression de sortir des pages d'un magazine.

Ses yeux bleu glace paraissaient plus sombres, plus intenses. Même le pli de ses lèvres semblait plus attirant, comme s'il avait mille et une idées coquines et comptait toutes les réaliser avec elle. Il détailla son apparence avec des yeux avides, puis sourit. Elle toussa pour éclaircir sa gorge sèche avant de parler.

— Je n'aurais jamais pu organiser cette soirée sans l'aide de Mme Gambil.

Elle fit mine d'arranger le bouquet de fleurs déjà parfait sur la table pour éviter son regard.

— Tu es trop modeste. Tu as passé la semaine pendue au téléphone avec le traiteur et les décorateurs pour convenir du moindre détail.

Elle rougit. La plupart de ces appels n'avaient pas été au traiteur. Elle essayait de contacter ses parents.

Elle était sur le point d'abandonner quand sa mère avait enfin répondu. Dès qu'elle lui avait demandé ce qu'elle savait à propos de la reine, sa mère lui avait raccroché au nez en prétendant qu'elle était en retard pour un rendez-vous. Celeste avait rappelé chaque jour depuis, mais elle tombait immanquablement sur le répondeur.

— J'espère que tout se passera bien. Je n'ai encore jamais été l'hôtesse d'une soirée comme celle-là.

Lorsqu'elle se retourna, elle fut surprise de découvrir Eric juste derrière elle. Elle était coincée entre la table et lui.

Il la prit dans ses bras et l'attira contre lui en posant une main sur sa hanche. Le cœur de Celeste s'affola.

— Tu es renversante. Je sais déjà que je vais avoir du boulot pour garder les hommes à distance de toi ce soir.

Sa voix grave et sensuelle la fit frissonner avec autant d'efficacité qu'une brise fraîche.

— Les hommes ne reluquent pas les femmes enceintes. Et ils ne me reluquent certainement pas.

Le désir apparut dans les yeux d'Eric quand il posa la main sur sa joue. Il se pencha si près qu'elle put sentir la chaleur qui émanait de son corps.

Son cœur tambourina de plus belle à son contact. Elle

retint son souffle, attendant que ses lèvres viennent se poser sur les siennes.

La sonnette carillonna dans l'entrée.

— Merde, grommela-t-il en laissant retomber sa main.

Elle se tourna vers la porte et respira profondément pour retrouver une attitude composée. Elle devait accueillir ses premiers invités.

Eric captura sa main et la leva à ses lèvres avec un petit sourire en coin.

— On terminera ce qu'on a commencé, Celeste. Je te le promets.

* * *

— La dernière fois qu'il y avait tant de monde dans cette maison, c'étaient mes parents qui recevaient.

Eric s'était penché pour murmurer à l'oreille de Celeste. Son odeur suave lui donnait envie de l'embrasser dans le cou et de descendre de plus en plus bas, mais il se retint.

Elle leva la tête vers lui. Ses yeux scintillaient.

— Comment je m'en sors ?

— Très bien.

Son sourire lui fit l'effet d'un coup de batte dans le ventre. Qu'elle soit à ses côtés, dans sa demeure, lui paraissait naturel, une évidence.

Elle échangea quelques mots avec l'épouse d'un membre du conseil. Il avait été émerveillé de la voir tous les charmer sans effort, avec ses sourires sincères et sa conversation polie.

Ressentant le besoin de la toucher, il posa sa main dans le bas de son dos. Elle rencontra son regard. Ses yeux émeraude plongés dans les siens remuèrent quelque chose dans sa poitrine, une émotion qu'il ne parvenait pas à identifier.

— Tu vas bien ? demanda-t-elle à voix basse.

— Très bien. Pourquoi cette question ?

Il détourna la tête avec un sourire, espérant qu'elle n'avait pas remarqué qu'il la dévorait des yeux comme un idiot.

Heureusement, il fut sauvé par la porte qui s'ouvrit. Il salua Andrea Leigh et Sloan.

— Andrea Leigh, tu es très élégante, dit Celeste.

Elle étreignit sa nouvelle amie tandis qu'Eric serrait la main de son fiancé.

— Sloan adore le rouge. Je porte cette robe pour lui.

Andrea Leigh mit les mains sur les hanches et prit la pose pour lui montrer sa courte robe rouge. Eric attira Celeste contre son torse.

— Il me semble que Celeste portait du rouge, le soir de notre rencontre. C'est une bonne couleur.

— Tiens, tiens. Si ce n'est pas une jolie scène romantique ? lança Leslie d'un ton railleur.

Elle joua des coudes pour se mettre entre Sloan et Andrea Leigh.

— Eric nous disait que Celeste portait du rouge quand il est tombé amoureux d'elle, dit Andrea Leigh.

Ce n'étaient pas exactement ses mots, mais il ne prit pas la peine de la corriger. Leslie battit des cils dans sa direction.

— Quel dommage qu'elle porte ce gris terne ce soir, susurra-t-elle.

— C'est argenté, et c'est tendance, rétorqua Andrea Leigh. Si tu prenais la peine de t'intéresser à la mode, tu le saurais. Et tu n'aurais jamais porté cette affreuse robe rose au restaurant l'autre fois.

Celeste essaya de faire passer son éclat de rire pour une quinte de toux. Leslie plissa les yeux.

— Allez viens, Sloan, allons chercher à boire.

Après avoir embrassé la joue de Celeste, Andrea Leigh entraîna son fiancé vers le bar. D'autres invités arrivèrent, forçant Leslie à s'écarter.

Une fois seul avec sa femme, Eric se détendit et se tourna vers les nouveaux venus pour les accueillir.

* * *

— Pas si mal, pour une fille du fin fond de la Géorgie, songea tout haut Celeste.

Elle s'autorisa un sourire satisfait. Tout le monde mangeait, riait et s'amusait. Elle devait même admettre qu'elle passait un bon moment.

Sa première fête se déroulait sans le moindre accroc.

— Tu as fait de l'excellent travail, dit Eric en enlaçant sa taille.

Il avait passé la soirée à la toucher. Pendant quelques heures, ils avaient vraiment donné l'air d'être un vrai couple. Elle lui sourit.

— Il est temps, ajouta-t-il.

— Temps pour quoi ?

— De faire notre annonce.

Il lui prit la main et l'escorta jusqu'au milieu de la pièce.

— Puis-je avoir l'attention de tout le monde un instant ?

Sa voix sonore porta à travers le salon. Celeste sentit sa gorge se nouer tandis que le silence se faisait dans la pièce et que les serveurs s'immobilisaient.

— J'ai une annonce à faire, continua Eric.

Tous les invités la regardaient, elle. Le rouge lui monta aux joues et elle serra la main d'Eric plus fort.

— Comme vous le savez, c'est la première fête organisée par ma belle épouse. Elle s'est bien débrouillée, vous ne trouvez pas ?

Il baissa la tête pour lui lancer un sourire, le genre de sourire qui la faisait fondre.

— Ce soir est une occasion importante pour une autre raison, celle pour laquelle nous vous avons réunis. Nous sommes ravis d'annoncer que Celeste attend notre premier enfant.

Des cris de joie, des applaudissements et des sifflements éclatèrent dans la salle. Il la serra plus fort contre lui et embrassa le dos de sa main. Elle sourit à toutes les personnes qui les entourèrent pour les féliciter, les embrasser et leur serrer la main. Des bouteilles de champagne furent débouchées, les convives trinquèrent et l'ambiance devint festive.

Le cœur de Celeste s'emplit de joie. Tout le monde semblait content pour eux. Elle ne vit pas un seul regard accusateur ni le moindre jugement. Elle redressa les épaules, sentant un poids s'en soulever. Elle s'était inquiétée pour rien.

— Oh, je suis tellement heureuse pour vous, s'écria Andrea Leigh en la serrant dans ses bras. Ça va être tellement amusant. Il faut absolument qu'on aille acheter des vêtements pour le bébé.

Elle s'interrompit et se tourna vers Eric.

— Attendez, vous connaissez déjà le sexe du bébé ?

— Non. Je veux avoir la surprise.

Elle avait prévenu le médecin qu'elle ne voulait pas savoir, et il s'en était assuré.

— Dans ce cas, on devra acheter des affaires pour garçon et pour fille.

Le regard d'Andrea Leigh pétillait.

— Et si tu commençais par nous conseiller un décorateur ? s'esclaffa Eric.

— Je connais exactement la personne qu'il vous faut. Vous voulez que je passe demain matin pour en discuter ?

Elle applaudit avec enthousiasme.

— J'aimerais beaucoup. J'ai l'impression qu'il reste encore énormément à faire.

— Tiens, tiens.

Leslie poussa Andrea Leigh et se posta devant Eric et

Celeste. Sa lèvre supérieure était retroussée en un rictus, et ses yeux flamboyaient.

Celeste déglutit. À l'expression sur son visage, elle comprit que Leslie s'apprêtait à faire une scène.

Elle sentit le sang quitter son visage et craignit de s'évanouir. À cet instant, deux choix s'offraient à elle. Elle pouvait s'éclipser avant que Leslie la mette dans l'embarras, ou elle pouvait l'affronter en gardant la tête haute. Si elle se laissait faire maintenant, Leslie ne cesserait pas de la tourmenter tant qu'elle serait avec Eric.

Elle sut ce qu'il lui restait à faire.

CHAPITRE VINGT-DEUX

— Je comprends tout, maintenant. Tu es enceinte de combien de mois ?

L'amertume déformait la voix de Leslie.

— Ça ne te regarde pas, siffla Andrea Leigh.

— Ce n'est pas à toi que je parle. Je m'adresse à la séductrice du Sud, dit Leslie en gardant son regard braqué sur Celeste.

Le silence s'abattit sur la pièce. Tout le monde les regardait. Tous les moments gênants qu'elle avait vécus au lycée lui revinrent en tête. Être choisie en dernier pendant le cours de sport. Subir les moqueries des filles populaires. Être la cible de la méchanceté de ses camarades.

Elle ouvrit la bouche pour répondre, mais Eric fut plus rapide.

— Tu as bu et tu nous manques de respect, à ma femme et moi. Tu dois partir.

Son ton était froid, assez tranchant pour couper un cheveu en deux dans la longueur.

Leslie éclata de rire.

— Ta femme ? Maintenant, je sais pourquoi tu l'as

épousée si vite. Tu sais, Eric, des filles tombent en cloque tout le temps. Ce n'est pas une raison pour épouser une péquenaude venue du trou du cul de la Géorgie. Tu es sûr que c'est le tien, au moins ?

Celeste eut l'impression que ses poumons se comprimaient. Elle n'arriva plus à respirer. Ne voulut plus respirer.

Des larmes brûlèrent ses yeux, demandant à être libérées. Elle battit des cils pour les retenir. Elle refusait de se laisser intimider.

Elle se força à rester de marbre et attendit que les autres invités joignent leurs critiques à celles de Leslie.

* * *

Un torrent de rage bouillonnait dans les veines d'Eric.

— Je ne tolérerai pas qu'une ivrogne agresse ma femme.

Il tira Leslie par le bras jusqu'à la porte d'entrée. Elle écarquilla les yeux et porta sa main à sa gorge avec une expression incrédule.

Il s'en fichait. Ces conneries avaient assez duré. Il allait y mettre un terme une bonne fois pour toutes.

— Ça ne te regarde pas, dit-il à voix basse, mais je sais que le bébé est de moi parce qu'elle était vierge avant qu'on couche ensemble. Personne ne l'avait touchée avant moi, et personne d'autre ne la touchera jamais.

Il ouvrit la porte d'entrée et fit signe à Salomon.

— S'il vous plaît, ramenez Mlle Andrews chez elle. Demandez à un autre employé de vous suivre avec sa voiture. Je ne veux lui donner aucune raison de revenir ici.

— C'est compris.

Salomon hocha la tête et accompagna Leslie, qui bafouillait, jusqu'à la limousine.

Eric claqua la porte avant de se retourner avec un regard terrifiant, mettant quiconque au défi de faire un commentaire. Si quelqu'un s'y risquait, il lui arracherait la langue.

La musique redémarra et les invités reprirent lentement leurs conversations en ignorant la scène qui venait d'avoir lieu.

Il chercha Celeste des yeux dans la pièce sans la trouver. Il avait remarqué son expression, la souffrance aussi évidente sur ses traits que si on l'avait frappée.

Foutue Leslie. Il avait envie d'étrangler cette connasse.

Dès le lendemain matin, il réclamerait une réunion du conseil et ferait le nécessaire pour la faire virer.

* * *

Celeste courut se réfugier dans la cuisine, où elle essuya ses larmes. Elle souleva un plateau en argent pour regarder son reflet et attendit que sa respiration se calme alors qu'elle tentait de retoucher son maquillage.

— Ne laisse pas cette salope te faire pleurer. C'est ce qu'elle veut, dit Andrea Leigh en lui touchant le bras. Leslie s'intéresse à Eric depuis un certain temps. Elle enrage parce que c'est toi qui l'as eu.

— Ils sont sortis ensemble ?

Elle ravala la boule qui s'était formée dans sa gorge et posa le plateau.

— Je n'emploierais pas ce terme. Je dirais plutôt qu'Eric se l'est tapée une fois, quand ils étaient au Canada.

Elle ne l'aurait pas cru possible, mais elle se sentit encore plus mal.

Une aventure d'un soir. Exactement comme elle, à la différence que Celeste était tombée enceinte.

— Sloan s'y était rendu avec Eric pour affaires. Leslie a débarqué dans le restaurant où ils dînaient et a commencé à le draguer. Il n'arrêtait pas de lui répéter qu'il n'était pas intéressé. Le lendemain matin, Eric a dit à Sloan qu'il avait dû trop boire parce qu'il s'était réveillé avec Leslie dans son lit. Il jure qu'il ne se souvient de rien.

— Leslie a dû lui en vouloir s'il ne s'en rappelle pas.

Celeste baissa la tête de peur, qu'Andrea Leigh puisse lire la vérité dans ses yeux. Au moins, Eric n'avait jamais nié qu'ils avaient couché ensemble. Mais il n'avait bu qu'un verre ce soir-là. Il n'était pas ivre.

— Il a culpabilisé. Leslie l'a manipulé et s'en est servi à son avantage.

— Comment ça ?

Elle se pencha en avant, curieuse d'en savoir plus.

— Elle venait pleurer sur l'épaule d'Eric chaque fois qu'elle avait besoin d'argent, pour rembourser son prêt ou le paiement de sa voiture. Et il lui en donnait.

Andrea Leigh pinça les lèvres.

— Mais elle fait partie du conseil d'administration de Cryptic. Elle ne gagne pas bien sa vie ?

— Ha ! D'après la rumeur, elle a dilapidé son héritage et elle a tellement de dettes que son salaire lui évite à peine que la banque saisisse son appartement. Eric lui a dit qu'elle devait apprendre à gérer son argent, mais elle continue à vivre au-dessus de ses moyens.

— Tu plaisantes.

— Non, pas du tout. Elle lui a rendu la vie impossible, tu n'imagines pas. Elle a même commencé à raconter à qui voulait l'entendre qu'ils étaient sur le point de se fiancer.

— Elle l'utilisait pour son argent.

Ce n'était sans doute pas la première fois que des gens essayaient de se servir de lui. Pas étonnant que Leslie la déteste, ni qu'Eric tienne tout le monde à distance.

— Quand il est revenu avec toi, elle a perdu le peu de contrôle qu'elle avait sur lui. Il ne lui a pas donné un centime depuis qu'il s'est marié. J'en suis sûre, Sloan me l'a dit. Eric lui raconte tout. Tu l'as sauvé de plus d'une manière.

Andrea Leigh lui serra la main.

— J'en doute, marmonna Celeste.

— Ah, te voilà.

Sloan entra dans la cuisine et toucha l'épaule de sa fiancée.

— Celeste, je peux t'emprunter Andrea Leigh un instant ? J'aimerais lui présenter des amis.

— Bien sûr.

Alors que le couple s'éloignait, elle ressentit un pincement de jalousie. Elle aussi désirait une relation construite sur l'amour et la confiance, et non sur une montagne de mensonges.

— Je suis désolé pour Leslie, dit Eric derrière elle.

Elle hocha la tête, incapable de le regarder. Les mots de Leslie résonnaient toujours dans son esprit. Ce qu'elle avait dit était vrai.

Eric lui prit la main en cherchant son regard.

— Est-ce que ça va ?

— Oui, répondit-elle avec un faible sourire. Tu ne l'as pas laissée conduire, j'espère ?

— Après la façon dont elle s'est comportée, tu t'inquiètes pour elle ?

Il secoua la tête avec incrédulité.

— Non, pas vraiment. Mais je n'ai pas envie qu'elle ait un accident et qu'elle te poursuive en justice. Elle a l'air d'avoir l'habitude de chercher des coupables au lieu d'assumer ses actes.

— Salomon l'a raccompagnée chez elle, dit-il avec un petit sourire.

— Ah.

Il prit son visage entre ses mains.

— Je m'excuse pour les horreurs qu'elle a dites.

— Pourquoi ? Ce n'est pas toi qui les as dites.

— Je ne l'avais encore jamais vue comme ça. Ce qu'elle a dit est inexcusable. Je vais la faire exclure du conseil.

S'il y parvenait, elle n'aurait plus aucune raison de revoir Leslie. Les révélations d'Andrea Leigh lui revinrent en tête malgré ses tentatives pour les ignorer. Elle détestait l'idée de faire renvoyer quiconque – même Leslie.

— Ce n'est pas nécessaire.

— Après ses propos ? Je pense que si.

La colère fit vibrer sa voix.

— Penses-y. Elle te causera encore plus de problèmes si tu essaies de la renvoyer du conseil. Et si j'en crois ce que disait Andrea Leigh, elle n'a pas d'autres sources de revenus.

Elle détestait se l'avouer, mais au fond, elle savait qu'elle aurait pu être à la place de Leslie. Elle aurait pu être désespérée et ruinée, elle aussi. Sa capacité à se mettre à la place des autres la retenait de se venger, peu importe à quel point on l'attaquait.

— Salut ma belle.

Elle se figea. Pendant une seconde, elle crut avoir imaginé cette voix grave. Une voix qu'elle connaissait depuis l'enfance.

— Donovan ?

Elle se retourna. Son cousin préféré était bien là. Il portait un smoking et dégageait une élégance incroyable, comme toujours. Il lui sourit et la fit tourner dans ses bras.

— Comment va ma beauté ?

Elle le serra dans ses bras en éclatant de rire. Il la reposa par terre et elle sourit en plongeant son regard dans ses yeux bleus, dont les angles étaient marqués de rides de sourire.

— Qu'est-ce que tu fais ici ?

Ses cheveux brun sombre avaient poussé, mais il avait toujours fière allure dans son smoking. À vrai dire, il n'avait jamais été aussi séduisant. Son cousin semblait toujours être là quand elle avait besoin d'un ami. Comme toujours, son timing était parfait.

— Tu es surprise de me voir ? demanda-t-il, ses yeux pétillant de malice.

— Bien sûr.

— Super.

Elle laissa échapper un rire joyeux. Il était exactement la personne dont elle avait besoin à ses côtés.

Le regard de Donovan dériva vers Eric, et il perdit son hilarité.

— On dirait que cette fois, je suis resté absent trop longtemps. J'ai eu vent de quelques changements dans notre *famille*.

— Je te présente mon cousin, Donovan Finley, dit-elle en touchant le bras d'Eric.

— Eric Nordstrom. Le mari de Celeste.

Les deux hommes échangèrent une poignée de main.

— Je ne suis pas invité au mariage, et c'est tante Agatha qui m'apprend que ma chérie s'est mariée ?

Donovan croisa les bras. Au ton de sa voix, elle comprit qu'il était blessé.

— Tout s'est passé très vite. Je pensais que quelqu'un t'avait prévenu, dit-elle après s'être éclairci la gorge.

— Tu sais bien que j'aurais été là si j'avais été au courant. Je pense qu'ils ont eu peur que je crée des ennuis.

Il regarda Eric en coin, et elle vit une ombre passer sur son visage avant qu'il ne reporte son attention sur elle.

— Comment tu as su où on habite ?

Donovan déposa un baiser sur le dos de sa main.

— J'ai mes sources, ma chérie. Maintenant, si tu permets, je vais aller me chercher un verre.

Il hésita, puis demanda à Eric en haussant un sourcil :

— C'est pas un bar payant, au moins ?

— Bien sûr que non.

— Tant mieux.

Un muscle tressauta sur la joue d'Eric. Donovan lui assena une claque sur l'épaule avec un large sourire et s'éloigna d'un pas nonchalant.

— C'est ton *cousin* ?

— Oui. On a grandi ensemble, répondit-elle avec un haussement d'épaules. En général, ses parents l'envoyaient chez nous l'été pour éviter qu'il fasse des bêtises.

— On dirait que je vais devoir le garder à l'œil, grommela-t-il.

Elle suivit le regard d'Eric vers le bar, où Donovan charmait un groupe de femmes. Elle pouffa.

— En tout cas, les filles lui mangent toutes dans la main.

— J'espère que tu n'en fais pas partie.

En comprenant qu'Eric était sérieux, elle ouvrit des yeux ronds.

— Je n'arrive pas à croire que tu viens de dire ça. C'est mon cousin, Eric. Ce n'est pas parce que j'ai grandi dans le Sud que ma vie ressemblait à *Délivrance*.

Il cligna des yeux, surpris, puis aboya un rire. Elle contracta les mâchoires, sa bonne humeur soudain envolée.

— Tu peux vraiment être nul, parfois.

Il lui prit le bras pour l'empêcher de s'éloigner.

— Tu as raison. Je n'aurais pas dû dire ça. Je suis désolé.

Elle put voir qu'il était sincère. Gêné, il ajouta :

— Je n'aime pas voir des hommes te dévorer des yeux.

Elle resta muette de stupéfaction.

— Si tu crois que des types me reluquent, tu es dingue. Surtout avec ce ventre.

Il caressa sa joue du bout du doigt, ce qui fit piquer un sprint à son cœur.

— Tu ne te rends pas compte que tu es sublime ?

Son regard s'assombrit. Elle laissa échapper un rire tremblant.

— Eric, je suis une baleine.

— Tu portes mon enfant. Notre enfant. Et tu es de plus en plus belle chaque jour.

Elle déglutit sans savoir quoi dire. Il ne s'était jamais montré si transparent avec elle. À cet instant, elle vit Eric tel qu'il était réellement : un homme qui n'avait jamais eu la chance d'être aimé pour lui-même et non pour sa fortune.

Elle ne savait pas s'il se laisserait suffisamment approcher pour connaître l'amour un jour, mais elle se surprit à envisager de donner une vraie chance à leur mariage.

CHAPITRE VINGT-TROIS

— Ça ne peut pas déjà être le matin. Je viens de m'endormir.

Un rai de lumière venait frapper avec insistance contre les paupières de Celeste. La fête s'était prolongée jusqu'à l'aube, et elle s'était couchée vers quatre heures du matin.

Elle essaya d'ignorer la lumière vive en fermant les yeux de toutes ses forces. Lorsqu'elle enfonça sa tête dans l'oreiller, le sommet de son crâne rencontra quelque chose de mou. Elle tâtonna et effleura de la fourrure.

Elle retira vivement la main et se redressa d'un bond.

Un chat au brillant pelage noir et aux yeux bleus était couché sur son oreiller et la regardait droit dans les yeux.

— D'où est-ce que tu viens ?

Elle caressa sa fourrure soyeuse, sentant les ronronnements du chat vibrer sous sa paume.

Eric ne lui avait pas dit qu'il avait un chat. Elle aurait pensé qu'il préférait les chiens.

Elle se leva et passa sa robe de chambre.

— Allez viens, mon grand. Voyons ce qu'on peut trouver à manger.

Elle descendit l'escalier, le chat sur ses talons.

Mme Gambil était penchée au-dessus du comptoir et écrivait une liste. Elle leva la tête quand Celeste entra dans la cuisine.

— Bonjour, Madame Celeste. Je ne m'attendais pas à vous voir debout si tôt ce matin.

— Moi non plus, mais un invité surprise en a décidé autrement.

Elle souleva un couvre-plat pour prendre un muffin encore tiède et montra le félin.

— Je l'ai trouvé couché sur mon oreiller en me réveillant. Je ne savais pas qu'on avait un chat.

Celui-ci se frotta contre ses jambes en ronronnant tandis qu'elle grignotait le muffin. Mme Gambil se pencha pour le gratter derrière les oreilles.

— Nous n'avons pas de chat, dit-elle. Il arrive qu'un animal errant vienne chasser des oiseaux dans le jardin, mais c'est la première fois qu'un chat entre dans la maison. Je me renseignerai au marché tout à l'heure pour savoir si quelqu'un a perdu son chat. Vous avez envie de manger quelque chose de particulier cette semaine, ma chère ?

— Tout ce que vous préparez est délicieux, madame Gambil. Mais j'adorerais regoûter vos cookies.

— Bien sûr. J'ai une tonne de recettes. Je vous surprendrai.

Après avoir pris le petit-déjeuner et s'être habillée, Celeste passa la matinée à regarder des photos de chambres de bébé sur Internet. Elle nota les idées qui lui plaisaient et imprima des images pour en discuter avec Andrea Leigh.

Elle leva les yeux vers la grosse horloge au mur. Il lui restait un peu de temps avant l'arrivée de son amie. Elle prit son portable et composa le numéro de ses parents en tambourinant ses doigts contre le bureau en bois massif. Son appel fut immédiatement envoyé sur la messagerie.

Puisque ses parents refusaient de répondre au téléphone,

elle décida de leur envoyer un email. Elle demanderait à James de l'emmener à Atlanta cette semaine. Elle essaierait de mettre la main sur ce fichu livre et rendrait visite à ses parents.

En ouvrant sa boîte de réception, elle découvrit un email sans objet provenant d'une adresse inconnue.

Elle se mordit la lèvre. Si elle ouvrait le message et qu'un virus infectait l'appareil d'Eric, il serait furieux.

Mais il avait les moyens de se racheter un ordinateur. Et le connaissant, il avait certainement effectué des sauvegardes de ses données. Elle cliqua sur le message avant de risquer de changer d'avis.

Tu ne peux pas te cacher, Celeste. Je viens te chercher !

Des frissons descendirent le long de sa colonne vertébrale et lui glacèrent les sangs. Le message menaçant résonna jusqu'aux tréfonds de son cœur.

Anastasia. La forêt. Les monstres. Les images s'entrechoquèrent sous son crâne à une vitesse effrayante.

Elle sursauta sur la chaise et posa la main sur sa poitrine en entendant frapper à la fenêtre. Elle se tourna vers le bruit, s'attendant à voir des yeux la regarder.

Rien.

Quelque chose clochait. Quelque chose clochait terriblement.

Sa peau toujours parcourue de frissons, elle parcourut frénétiquement la pièce du regard à l'affût d'un danger invisible.

Tap, tap, tap.

Comme des doigts contre la vitre.

Elle courut jusqu'à la cuisine, mais n'y trouva personne. Elle avait oublié que Mme Gambil devait aller faire des courses.

Elle était seule.

Alors que la panique l'empêchait de respirer, elle observa

la pièce en de rapides coups d'œil, craignant que quelque chose apparaisse et l'attaque à tout instant.

Elle était prise au piège dans sa propre demeure. Elle devait sortir d'ici. Elle ouvrit la porte et se précipita dans le jardin.

La peur la faisait trembler de la tête aux pieds, mais elle se força à courir malgré ses jambes flageolantes. Elle devait se cacher. Elle devait se rendre invisible.

Lorsqu'elle atteignit la forêt, elle s'appuya contre un tronc d'arbre pour reprendre son souffle.

— Miaou.

Le chat noir se frotta contre ses jambes, lui tirant un cri de surprise perçant.

— Tu m'as fichu la trouille.

Elle parcourut la zone du regard, à la recherche du moindre mouvement.

Un silence effrayant enveloppa la forêt.

Tout était devenu silencieux. Aucun criquet. Aucun oiseau. Pas le moindre bruit de feuilles.

Elle n'entendait que sa respiration laborieuse.

Son regard se posa sur une marguerite jaune vif sur le sol de la forêt. La même fleur que la mystérieuse petite fille avait ramené à la vie.

Elle se colla contre le tronc rugueux et regretta de ne pouvoir s'enfoncer dans l'écorce protectrice. Elle se sentait exposée, à nu, vulnérable.

Un rire désagréable retentit à travers les arbres, lacérant le silence comme des lames de rasoir.

La terreur lui coupa les jambes ; elle glissa par terre. L'humidité de la mousse imprégna son pantalon et mouilla sa peau, faisant redoubler d'intensité ses frissons.

Désespérée, elle chercha quelque chose pour se défendre, n'importe quoi. Elle se saisit d'une branche épaisse. Avec un effort de volonté, elle se leva et serra la main autour de son arme.

Malgré la dense verdure, les bois ne semblaient pas être l'endroit propice pour se cacher.

— Où est-ce que tu crois aller, Celeste ?

Lorsqu'elle entendit la voix masculine grave et rocailleuse, les poils de sa nuque se dressèrent.

L'horreur se lova dans la moelle de ses os. Elle se remémora ses cauchemars au cours desquels on lui arrachait la peau.

Une odeur nauséabonde lui piqua les yeux et lui donna un haut-le-cœur. Des yeux d'une couleur métallique, cerclés de jaune, apparurent tout à coup en flottant dans les airs à seulement quelques mètres de là où elle se trouvait.

Merde, qu'est-ce qui se passait ?

— Viens à moi, Celeste.

— Non, murmura-t-elle.

— Viens à moi !

Elle pressa ses mains contre ses oreilles. La voix était si puissante que son cri était douloureux, et elle s'attendit à sentir du sang sur ses doigts.

Quand l'horrible bruit cessa, le silence s'abattit de nouveau sur la forêt.

Elle baissa lentement les mains en se demandant ce qui allait se passer ensuite. La terreur lui nouait la gorge.

Le regard était toujours là, il flottait en la regardant d'un air mauvais. La scène commença à changer. Les yeux malveillants clignèrent et se transformèrent.

Un visage et un torse apparurent peu à peu. Des jambes poussèrent du torse, puis des bras, et un homme se dressa bientôt devant elle.

Il était grand et avait la peau sombre, avec une barbe noire et des cheveux assortis. Mais c'étaient ses yeux qui l'effrayaient. Ils étaient à présent d'un noir d'encre, cerclés de jaune, et étincelaient de rage.

— Ce n'est pas réel, ce n'est pas vrai.

Elle secoua la tête. Elle se pinça, mais la douleur ne la réveilla pas du cauchemar dans lequel elle était plongée.

— Oh, c'est bien réel. C'est plus réel que ce misérable simulacre d'existence que tu as vécu. Ta vie n'a été qu'un mensonge, une tentative pitoyable de te dissimuler. Mais je t'ai trouvée.

Tout l'air s'échappa de ses poumons. Elle pouvait rester et mourir, ou fuir et avoir une mince chance de survivre. Son corps décida à sa place. Elle détala.

L'homme la plaqua violemment au sol. Elle atterrit lourdement par terre. Lorsqu'il la chevaucha en grognant, son haleine rance retomba sur sa joue. Ses dents, pointues comme celles d'un requin, n'avaient rien d'humain.

Elle hurla et le frappa au visage. Les petites pierres de son alliance griffèrent sa joue. Alors qu'une substance noire s'écoulait de la plaie, l'odeur de chair en décomposition satura l'air.

— Qu'est-ce que tu es ?

— Je suis Colère.

À cet instant, toutes les choses atroces qu'il comptait lui faire se reflétèrent dans son regard sans âme.

Elle tenta de se débattre sous son poids écrasant, mais il lui fit lever les bras au-dessus de la tête. Il rassembla ses poignets dans une main tandis qu'il faisait descendre l'autre sur sa poitrine et lui pinçait le téton.

Elle laissa échapper un cri quand les serres qui prolongeaient sa main s'enfoncèrent dans son sein. L'être inspira profondément. Ses yeux se révulsèrent et ses lèvres se tordirent en un sourire sadique.

— Je vais adorer te faire crier.

Surgi de nulle part, le chat noir se jeta sur la créature en feulant et griffa ses joues. L'être hurla alors que du sang noir ruisselait sur son visage. Il lâcha Celeste pour prendre son visage entre ses mains.

Elle saisit sa chance.

Elle se releva et se mit à courir, trébuchant sur le sol inégal à chaque pas. Elle s'obligea à ne pas regarder en arrière, effarée à l'idée de voir l'être sur ses talons, prêt à la capturer.

Elle continua à courir une fois sortie de la forêt. Elle ne s'arrêta pas avant d'être à l'intérieur de la maison et d'avoir verrouillé la porte.

Toujours agitée de tremblements incontrôlables, elle fit le tour de chaque pièce pour vérifier que les portes et fenêtres du rez-de-chaussée étaient fermées. Lorsqu'elle s'en fut assuré, elle s'allongea en position fœtale sur le canapé, les mains posées sur son ventre.

Merde, qu'est-ce qui se passait ? Plus rien n'avait de sens.

La sonnette résonna dans la maison et la fit sursauter. Elle s'approcha lentement de la porte et regarda par la vitre. Le soulagement l'envahit quand elle vit le visage souriant d'Andrea Leigh.

Elle ouvrit à son amie.

— Bonjour, ma chérie. J'espère que tu as noté des idées pour la chambre du bébé.

Le sourire d'Andrea Leigh s'effaça en voyant l'expression Celeste.

— Hé, ça va ?

— À l'aide, murmura-t-elle.

La pièce se mit à tourner autour d'elle, puis tout devint noir.

CHAPITRE VINGT-QUATRE

— Celeste, tu m'entends ?

Elle essaya de se protéger contre la lumière intense qui brûlait ses rétines. Lorsqu'elle ouvrit les yeux, elle comprit que le Dr Sevalus examinait ses pupilles avec une lampe de diagnostic.

Elle regarda autour d'elle, confuse. Ils n'étaient pas seuls : Eric, Andrea Leigh et Mme Gambil étaient rassemblés autour du lit, leurs visages figés par l'inquiétude.

— Buvez ça.

Le médecin lui tendit un verre d'eau. Eric passa un bras dans son dos pour l'aider à se redresser. Elle but une gorgée et grimaça en sentant l'eau fraîche glisser dans sa gorge irritée. Eric s'assit sur le lit à côté d'elle.

— Comment vous sentez-vous ?

Le Dr Sevalus appuya son stéthoscope sur sa poitrine, puis son ventre.

— Ça va.

— Vous vous souvenez de quelque chose ?

L'homme posa deux doigts sur son poignet pour sentir son pouls tout en regardant sa montre. Andrea Leigh se tenait au pied du lit. Ses larmes avaient laissé des traces de mascara sur ses joues. Mme Gambil tordait nerveusement un mouchoir entre ses mains.

Un être maléfique était apparu comme par magie dans les bois et l'avait attaquée. Merde, elle ne pourrait *jamais* dire ça à voix haute.

Elle secoua la tête.

— Vous avez terminé ? demanda Eric au médecin.

— Oui. Cependant, j'aimerais faire une prise de sang pour effectuer quelques examens.

Le Dr Sevalus rangea son stéthoscope dans son sac.

— Andrea Leigh, réexplique-nous ce qui s'est passé, dit Eric.

— Quand elle a ouvert la porte, elle était blanche comme un linge. Elle a dit « à l'aide » et elle s'est évanouie. C'est là que j'ai vu les marques sur ses bras.

La voix de son amie se brisa et elle détourna la tête.

Quelles marques ?

Elle rendit le verre au vieil homme avant de regarder ses bras. Des bleus de la forme de doigts s'étalaient sur ses poignets là où la créature l'avait agrippée.

— Tout le monde dehors, tonna Eric. Maintenant.

La pièce se vida, la laissant seule avec lui. Il prit son visage entre ses mains. Son regard était empreint d'inquiétude.

Des points violets apparurent devant les yeux de Celeste. Elle essaya d'apaiser sa respiration en posant les mains sur son ventre.

— C'est le bébé. Il y a un problème, c'est ça ?

— Le bébé va bien. Le docteur nous l'a assuré.

Elle poussa un soupir rassuré et se laissa retomber contre les oreillers derrière elle.

— Alors, pourquoi tu as l'air si inquiet ?

— Quand j'ai vu ces marques sur tes bras, je ne savais pas quoi penser. Comment sont-elles apparues ?

Il leva son poignet et effleura les hématomes du pouce.

Un poids lui écrasa la poitrine. Elle avait envie de lui dire la vérité, mais la croirait-il ? Ou la ferait-il enfermer avant de demander la garde exclusive de leur enfant ?

Elle ne pouvait pas prendre ce risque.

— Je ne me rappelle pas.

— Je ne peux pas t'aider si je ne sais pas ce qui t'a fait du mal.

Il braqua son regard dans le sien, et elle eut du mal à respirer. Elle voulait lui faire confiance, plus que tout, mais...

— Tu ne peux pas la protéger, Nordstrom. Tu n'as aucune idée de ce à quoi elle a affaire.

Donovan apparut dans l'encadrement de la porte. Il croisa les bras.

— Putain, comment tu es entré chez moi ?

Donovan l'ignora et fit un sourire chaleureux à Celeste.

— J'ai appelé tante Sarah et oncle Ben. Ils sont en route. J'ai dit à Mme Gambil et à Andrea Leigh de rentrer chez elles, ainsi que le médecin. Ça ne les concerne pas. C'est une affaire de famille.

— Dans ce cas, qu'est-ce que *tu* fous ici ? gronda Eric.

— Que ça te plaise ou non, je fais partie de la famille, rétorqua Donovan.

— Tu ne fais certainement pas partie de la mienne.

Eric fit un pas vers son cousin en une attitude menaçante. Celeste se frappa le front. Elle n'avait pas de patience pour ces bêtises dans l'immédiat.

— Arrêtez ça, tous les deux. Donovan, qu'est-ce que tu fais ici ? Je croyais que tu étais rentré chez toi après la fête.

— J'avais un... rencard, dit-il en souriant.

— Je ne comprends pas. Pourquoi avoir demandé à mes parents de venir ?

Donovan perdit son sourire.

— Parce qu'ils peuvent répondre à tes questions. Ils vont tout t'expliquer.

* * *

— Maman, papa.

Les yeux de Celeste s'emplirent de larmes en voyant ses parents passer la porte d'entrée. Elle était épuisée et effrayée, et ses hormones perdaient les pédales. Elle ne put s'empêcher de fondre en sanglots quand ils la prirent dans leurs bras.

— Je veux savoir ce qui se passe, demanda-t-elle en s'essuyant les joues lorsqu'elle s'écarta.

— Et si on commençait par s'asseoir ?

Le sourire forcé de sa mère et la tristesse dans ses yeux alarmèrent Celeste. Eric guida tout le monde jusqu'à la bibliothèque. La tension était palpable dans la pièce, à l'instar de l'humidité par une chaude journée dans le Sud.

— D'après Donovan, vous savez ce qui arrive à Celeste, dit Eric à ses parents.

Sa mère s'assit à côté d'elle sur le canapé en cuir.

— C'est possible. Mais nous devons d'abord poser quelques questions à Celeste, répondit-elle. Donovan nous a dit qu'il s'est passé quelque chose dans les bois. Ma chérie, tu dois nous raconter exactement ce que tu as vu.

— Vous ne me croirez pas, murmura-t-elle avant de rire faiblement. Moi-même, je n'arrive pas à y croire.

— C'est pour ça que tu n'en as pas parlé à Eric ? Parce que tu as peur qu'il ne te croie pas ?

Sa mère lui fit un sourire encourageant et lui serra la main. Après avoir jeté un coup d'œil à Eric, elle hocha la tête.

— Tu sais que tu peux tout nous dire, n'est-ce pas ?

Elle regarda sa mère, hésitante. Pouvait-elle réellement tout leur dire ? Pouvait-elle raconter ce qui s'était passé à qui que ce soit ?

— C'est la première fois que quelque chose te fait peur ? reprit sa mère.

Elle secoua la tête.

— Il y a environ un mois, elle est revenue de la forêt en courant, très effrayée. Elle a dit qu'elle avait vu quelqu'un, mais elle n'a pas donné de précisions. Je n'ai pas insisté parce qu'elle n'était pas blessée, expliqua Eric, qui s'était assis sur le fauteuil en face d'elle.

— Qu'est-ce que tu avais vu ? demanda sa mère.

Elle ferma les yeux et prit son souffle avant de leur raconter sa rencontre la petite fille. Une fois qu'elle commença à parler, elle fut incapable d'arrêter. Elle mentionna même qu'Anastasia avait lévité et redonné vie à la fleur fanée.

Son père la considéra avec attention en tapotant sa lèvre de son doigt.

— Que t'a dit Anastasia, exactement ?

— Elle a dit que vous m'avez caché la vérité.

Elle chercha le regard de son père, pensant qu'il allait protester, mais il se contenta de froncer les sourcils.

— Mais la petite fille ne t'a pas fait de mal, n'est-ce pas ?

— Non. Ça m'a juste fichu la trouille de la voir faire quelque chose de... de...

— Magique ? suggéra son père.

— Puissant ? proposa Donovan.

— Non ! Quelque chose de contre-nature, de diabolique.

Le souvenir de la fillette la fit frissonner. Donovan et son père échangèrent un regard.

— Attendez une minute. Pourquoi est-ce que vous n'essayez pas de trouver une explication logique pour expliquer ce que j'ai vu ?

Elle regarda tour à tour son père et sa mère. Celle-ci essaya de prendre un air innocent.

— Quel genre d'explication, par exemple ?

— Que j'ai eu une hallucination, ou que je me suis endormie et que j'ai rêvé. Ou que je suis folle.

Sa mère éclata de rire.

— Oh, ma chérie, tu n'es pas folle.

Elle regarda Eric, appréhendant sa réaction. Il restait silencieux et son visage était impassible.

— Celeste, raconte-nous ce qui s'est passé aujourd'hui, demanda son père d'un ton pressant.

Elle se demanda par où commencer.

— J'imagine que tout est parti de l'email que j'ai reçu.

— Montre-moi.

Donovan s'assit devant l'ordinateur tandis que tout le monde se rassemblait autour du bureau. Celeste se pencha par-dessus son épaule, ouvrit sa messagerie et cliqua sur le message.

Elle s'attendait presque à ce que le mystérieux message ait disparu, mais non. Il était là, continuant de se moquer d'elle.

Les mots semblaient bondir de l'écran pour se jeter sur elle. Elle fit un pas en arrière et se cogna contre Eric.

— Pardon, marmonna-t-elle.

Elle voulut s'écarter, mais il enlaça sa taille et la serra contre lui. Elle ferma les yeux un instant et laissa sa chaleur lui redonner des forces.

— Qu'est-ce qui s'est passé ensuite ?

Son père baissa les yeux d'un air mécontent sur les mains d'Eric, posées de manière possessive sur son ventre. Elle rougit et s'éclaircit la gorge.

— J'ai eu peur. J'avais l'impression que quelqu'un était dans la maison avec moi, qu'on m'observait. J'ai pris mes jambes à mon cou. Pendant que je m'éloignais dans le jardin, j'ai entendu un bruit de verre brisé depuis l'intérieur de la maison.

— Ça explique la vitre cassée dans votre chambre, dit Donovan en se grattant la mâchoire. Tu as eu raison de t'enfuir. La personne qui t'a envoyé cet email essayait d'entrer dans la maison.

Son corps se vida de toute énergie et ses jambes se dérobèrent. Eric la soutint contre lui.

— Ne t'inquiète pas. J'ai fait remplacer la vitre pendant que tu dormais et le système de sécurité a été renforcé.

— Qu'est-ce qui s'est passé ensuite ? s'enquit Donovan.

— Avant que je réalise ce que je faisais, j'étais de nouveau dans les bois.

Celeste hésita, ne sachant comment leur raconter la suite.

— Et après ? N'omets aucun détail, dit son père.

— Quand j'ai arrêté de courir, j'ai compris que j'étais là où j'ai rencontré la petite fille. Mais cette fois, c'était... différent.

— Comment ça ?

— Tout était silencieux. Pas le moindre bruit. On n'entendait même pas les feuilles bruisser. C'était comme si tout était figé, comme si les sons et le temps avaient cessé. Et c'est là que je l'ai vu. Enfin, j'ai juste vu ses yeux.

Celeste se colla contre Eric, qui la serra dans ses bras.

— Son corps était caché ? demanda Donovan.

— Non.

Elle était trop gênée pour continuer. Même si sa famille avait cru la première partie de son histoire, la suite serait trop dure à avaler. Elle s'écarta d'Eric pour regarder tout le monde en face.

— Je n'ai vu que des yeux parce qu'il n'y avait qu'eux.

Elle attendit leurs remarques incrédules, mais personne ne pipa mot.

— L'être s'est mis en colère. Et il a pris forme humaine.

Elle grimaça en se souvenant de la malveillance qui émanait de lui. Donovan lui lança un regard interrogateur.

— Il avait quelle forme, avant ?

— Il s'est matérialisé comme par magie.

Elle ferma les yeux en entendant les mots sortir de sa bouche.

— Je sais que ça paraît dingue, mais c'est ce que j'ai vu.

— Il avait sans doute caché son corps dans le royaume souterrain.

Elle entrouvrit un œil.

— Le royaume souterrain ?

— La dimension où réside le mal, expliqua Donovan en haussant les épaules.

— Comme l'enfer, tu veux dire ?

Il secoua la tête.

— Pas exactement. Une fois en enfer, tu ne peux plus t'échapper. Le royaume souterrain est une sorte de portail qui permet à ces créatures d'aller et venir. Ce que tu as vu était un démon.

— Celeste, tu dis qu'il s'est mis en colère. Pourquoi ? voulut savoir Eric.

— Il m'a dit de venir à lui. Quand j'ai refusé, ça l'a rendu furieux. C'est là qu'il a changé.

— À quoi ressemblait-il, ma chérie ?

Sa mère pencha la tête sur le côté, attendant sa réponse.

— Eh bien, il s'est transformé en homme, mais je ne crois pas qu'il était humain. C'était autre chose, quelque chose de malveillant. Quand il m'a plaquée par terre, j'ai pu voir ses pensées dans ses yeux noirs.

— Il t'a touchée ?

Eric tendit le bras pour toucher son poignet.

— C'est comme ça que tu as eu ces bleus ?

— Oui.

Elle vit la rage embraser son regard.

— Comment as-tu réussi à t'échapper ?

La voix de son père la ramena au moment présent. Elle inspira et s'écarta d'Eric.

— Oh non. J'ai oublié. Le chat.

— Quel chat ?

— Quand je me suis réveillée ce matin, un chat noir dormait sur mon oreiller. Il m'a suivie dans la forêt et il a attaqué la créature, ou le démon. C'est grâce à lui que j'ai réussi à m'enfuir. Le pauvre. Il ne peut pas avoir survécu.

Le chat lui avait sauvé la vie, et elle ne lui avait plus accordé une seule pensée dès qu'elle avait été en sécurité.

— Un chat, je vois, lâcha son père d'un ton sceptique.

— Ne t'inquiète pas, Celeste. Je parie que ce brave chat va bien, dit Donovan.

Ses parents échangèrent un regard.

— Il s'est passé autre chose ? demanda Eric.

— Non. J'ai couru aussi vite que possible jusqu'à la maison.

Elle regarda chaque personne dans la pièce et posa la main sur son ventre.

— Il sait où j'habite. Je l'ai mené directement jusqu'à la maison.

Donovan lui fit un sourire compatissant.

— Il a toujours su où tu vivais, je le crains. Il attendait juste son heure.

CHAPITRE VINGT-CINQ

Eric contemplait la vue depuis la grande fenêtre de la bibliothèque. Le ciel nocturne avait toujours été une source de réconfort. Cette nuit encore, il espérait trouver un peu de paix dans la voûte étoilée.

Les autres étaient allés se coucher, mais il était resté dans la bibliothèque pour prendre le temps de digérer l'étrange mésaventure de sa femme.

Il avait senti la peur de Celeste quand elle avait raconté son expérience dans les bois. Son histoire était peut-être fantasque, mais les hématomes violacés sur ses poignets délicats étaient bien réels.

Aucun doute, quelqu'un lui avait fait du mal. Cependant, il avait du mal à croire à sa description de son agresseur.

Il se détourna de la fenêtre lorsqu'il entendit des coups légers frappés contre la porte.

— Entrez.

Eric se crispa en voyant le père de Celeste et se demanda ce qu'il lui voulait.

— Je peux te parler une minute ? demanda-t-il à voix basse.

— Bien sûr. Asseyez-vous.

Il l'invita à prendre place, s'installant lui-même sur le canapé. Ben s'assit sur le fauteuil en face de lui et posa un livre relié sur ses genoux.

— Je sais que ce que Celeste a raconté est difficile à croire.

— Impossible, vous voulez dire. J'ai besoin de réponses sensées, pas d'hallucinations.

Le regard de Ben devint sévère.

— Comme je l'ai dit, je sais que ça paraît incroyable. Je sais aussi qu'elle se demande ce qui lui arrive.

— Et si vous me disiez ce que vous savez ? Par pitié, j'espère que la démence n'est pas héréditaire dans votre famille, grommela Eric en s'ébouriffant les cheveux.

Ben se leva d'un bond.

— Écoute, le Viking. Si tu redis encore une chose du genre, je m'occuperai personnellement de t'écorcher vif.

Belle image.

— Vous ne m'avez pas laissé terminer. Je ne pense pas que Celeste soit folle.

— Mais tu ne penses pas que les choses se soient passées comme elle les a relatées.

Les yeux plissés, Ben se rassit dans le fauteuil. Eric soupira.

— Elle est secouée. Je pense qu'elle a vu quelqu'un, et qu'il l'a attaquée. Mais je ne crois pas qu'il se soit transformé comme elle l'a dit, non. Son agresseur portait peut-être un masque. À mon avis, elle est traumatisée et son esprit essaie de se protéger.

Il craignait que Ben se mette à lui crier dessus, voire qu'il essaie de le frapper. En revanche, il ne s'attendait pas à le voir sourire.

— Tu veux que je te dise ? Tu as beaucoup de choses à apprendre, dit-il dans un rire. C'est pour ça que j'ai apporté ce livre.

Il lui tendit l'ouvrage. Une croix celte était gravée sur la couverture. Eric passa la main sur la vieille reliure en cuir.

— Qu'est-ce que c'est ?

— Il contient des informations utiles pour expliquer ce qui se passe, répondit Ben avant de se lever et de se diriger vers la porte. La journée a été longue. Je vais me coucher.

— Attendez ! Où est-ce que vous avez eu ça ?

Ben se retourna et haussa les épaules.

— Je l'ai volé dans la bibliothèque de ton oncle Stephen.

* * *

— Pardon. Je ne savais pas que tu étais là.

Celeste s'arrêta net en voyant Eric assis au bureau dans la bibliothèque. N'ayant aucun désir de revenir sur la discussion de la veille, elle tourna les talons, mais il se leva.

— Attends. J'aimerais te parler.

Elle joignit ses mains glacées et se retourna lentement. Elle redoutait tant sa réaction après avoir entendu son expérience dans la forêt qu'elle n'avait pas fermé l'œil de la nuit. Doutait-il de sa santé mentale ? Lui enlèverait-il leur enfant, l'empêcherait-il de le voir ?

Peut-être qu'elle était réellement folle.

Elle s'approcha à pas traînants du canapé et s'assit. Il prit place à côté d'elle.

— Pourquoi ne pas m'avoir raconté ce qui s'est passé dans les bois avec la petite fille ?

— Je n'ai pas été blessée la première fois. C'était inutile de t'en parler. Et puis, tu m'aurais prise pour une folle.

— Mais hier, tu as été blessée. Je suis ton mari, j'ai le droit de savoir qui menace mon épouse.

Elle eut envie de lui rétorquer que leur mariage n'était qu'une façade. Il n'était lié à elle qu'à cause du bébé. Elle était une obligation, rien de plus.

— Tu as dit que tu as vu ce qu'il allait te faire.

— Oui.

Elle déglutit et essaya de chasser sa terreur alors qu'elle se remémorait ce qu'elle avait lu dans ces yeux cruels, les images qui s'étaient déroulées comme celles d'un film.

— Il allait te violer ?

La voix étranglée d'Eric la poussa à rencontrer son regard.

— Pour commencer.

Il lui prit la main.

— Te tuer ?

— Oui, il l'aurait fait aussi.

Elle battit des cils pour retenir les larmes qui menaçaient de rouler sur ses joues.

— Quoi d'autre ?

Son ton était ferme, exigeant. Elle ne voulait pas le formuler à voix haute. Prononcer les mots les rendrait beaucoup trop réels. Il lui toucha le menton pour lui faire lever la tête.

— Quoi d'autre, mon cœur ? répéta-t-il plus doucement.

— Il allait arracher mon bébé de mon ventre et me forcer à regarder.

— Putain.

Il poussa un grondement grave qui lui évoqua un animal enragé. La colère dans ses yeux effraya Celeste. Il la prit par la taille et la fit asseoir sur ses genoux. Sans dire un mot, il la garda contre lui.

Sa douceur la déstabilisa. Le barrage autour de ses émotions céda, et elle sanglota bientôt contre son torse.

Après un moment, elle leva la tête et s'essuya les yeux.

— J'ai mouillé ta chemise.

— Je me fous de ma chemise.

Il leva ses mains à ses lèvres et embrassa chacun de ses doigts humides. De la chaleur se déploya dans le creux de son ventre. Son souffle tiède chatouilla sa joue, faisant naître des frissons sur sa peau.

Aussi légèrement qu'une plume, il effleura sa nuque et appuya ses lèvres contre les siennes.

Elle avait besoin de plus. Elle enlaça son cou pour l'attirer plus près. Elle ne voulait rien entre eux. Ni air, ni espace, ni rien du tout.

Son baiser se fit plus passionné, et sa langue glissa contre la sienne en une promesse torride. Elle gémit en découvrant son goût épicé et s'accrocha à ses épaules. À cet instant, seul leur désir les guidait.

— J'ai besoin de toi, grogna-t-il.

Ses doigts glissèrent sous son haut et remontèrent dans son dos, laissant une traînée de chair de poule sur leur passage. Elle se cambra contre lui.

Quand il toucha son ventre rond, elle se raidit et se leva, mal à l'aise.

— Qu'est-ce qui ne va pas ?

Ses pupilles étaient dilatées et son torse se soulevait rapidement. Comment pouvait-il la désirer ? Il sortait avec des mannequins. Elle n'était qu'une campagnarde en cloque.

— Te voilà. Je te cherchais partout, Celeste.

La voix de Donovan la fit sursauter.

— J'espère que je n'ai rien interrompu, ajouta-t-il en croisant le regard d'Eric.

— Bien sûr que non.

Les joues brûlantes, elle se frotta la nuque.

— Super. Je vais chercher tes parents.

Il ajouta par-dessus son épaule :

— J'espère que tu es prête à entendre la vérité, Celeste. Ensuite, tu ne pourras plus revenir en arrière.

* * *

La tension était palpable dans le salon, aussi pesante qu'un éléphant.

Ses parents étaient sur le canapé et Donovan était avachi sur une bergère. Eric et elle étaient tous deux assis sur la causeuse.

— Alors, quelqu'un compte m'expliquer ce qui se passe ?

Son regard fit des allers-retours entre ses parents.

— Ce que nous sommes sur le point de te dire va remettre en question toutes tes croyances. J'ai besoin que tu m'écoutes et que tu gardes l'esprit ouvert.

— D'accord.

Le ton urgent de son père la mit en alerte. Elle avait un mauvais pressentiment, comme un appel à deux heures du matin. Les coups de fil au milieu de la nuit n'étaient jamais de bonnes nouvelles.

Son père se tourna vers Eric.

— À toi aussi, on te demande d'écouter en restant ouvert d'esprit.

— Je peux le faire.

Il posa son bras sur le dossier de la causeuse et lui accorda toute son attention.

— Tu connais tes origines. Mais être irlandaise n'est qu'une partie de tes racines. Du sang royal coule dans nos veines, et notre lignée remonte à des millénaires.

— Du sang de rois ?

Elle n'avait jamais rien entendu de tel.

— Et de reines, murmura Donovan.

— Oui. Mais pas ceux auxquels tu pourrais penser, dit son père. Nous avons un sang plus... riche que les rois et les reines ordinaires.

— Comment ça ?

Il se pencha en avant.

— Nous avons du sang de fae.

— Quoi ?

Elle regarda fixement son père. Oh non. Sa folie était peut-être bel et bien un trait héréditaire.

— De fae ? De fée, vous voulez dire ? Vous êtes vraiment en train d'affirmer que vous avez du sang de fée ?

Eric se massa la tempe.

— C'est bien ce que je dis, rétorqua vertement son père.

Son expression s'adoucit lorsqu'il se tourna vers elle.

— Je t'avais dit que j'allais te révéler des choses difficiles à croire, ma chérie.

— Ouais, mais je m'attendais à quelque chose du style « tu es adoptée » ou « ta mère et moi, on était forains avant ta naissance ».

— Forains ? Tu croyais qu'ils avaient travaillé dans un cirque ? s'amusa Donovan avec un sourire en coin.

Celeste lui lança un regard froid avant de demander :

— Est-ce que j'ai du sang de fée ?

— Oui.

— Maman et toi aussi ?

— Bien sûr. Tout comme Donovan.

— Mais les fées sont un mythe, une légende. Elles n'existent pas réellement, murmura-t-elle en secouant la tête.

— Les fées sont les descendants des anges déchus, bannis du paradis pendant la Grande Guerre. Une fois sur Terre, ils sont tombés amoureux et se sont mariés avec des humains. Les fées sont les enfants nés de ces unions.

C'était dingue. Ce que son père lui disait était complètement fou.

Mais dans ce cas, pourquoi avait-elle à moitié envie de le croire ? Pourquoi son cœur était-il rassuré d'apprendre une raison potentielle qui expliquait qu'elle n'avait jamais été acceptée par les autres ? Toute sa vie, elle avait su qu'elle était différente.

— Continue.

— Les fées ont vécu parmi les humains pendant des

siècles en gardant leur véritable nature secrète, mais un évènement a tout changé. Comme tous les peuples, les fées avaient un dirigeant : une reine vivant en Irlande. Cette reine avait une sœur, Isa, qu'elle aimait de tout son cœur. Isa était très belle, et tous les hommes qui posaient les yeux sur elle tombaient amoureux. Ce qui commença à créer des problèmes parmi les villageois. Les épouses accusèrent Isa d'être une sorcière. Inquiète pour la sécurité de sa sœur et craignant que l'existence des fées soit découverte, la reine ordonna à Isa de ne plus sortir que la nuit. Celle-ci obéit, et n'alla nager dans l'océan que sous la lune. Une nuit, un Viking du nom de Naddoddr jeta l'ancre sur la côte d'Irlande, non loin de là où Isa se baignait en chantant.

Naddoddr désira Isa dès qu'il la vit. Ils s'unirent cette nuit-là, et il ramena Isa dans sa demeure du Nord. Il était sous son charme et totalement amoureux d'elle, mais il ne la toucha jamais. Il voulait qu'elle l'aime autant qu'il la chérissait. Il fit tout ce qui était en son pouvoir pour faire naître son amour. Il lui apporta des bijoux, de l'or et des épices provenant de terres exotiques, pourtant elle lui résistait toujours. Une nuit, un village voisin fut attaqué. Naddoddr alla le défendre avec ses hommes, et la bataille se prolongea tout un jour et une nuit. Isa commença à avoir peur en ne le voyant pas revenir le lendemain. Elle comprit alors qu'elle était amoureuse du Viking. Naddoddr rentra au village à l'aube du jour suivant. Il s'effondra devant sa porte, mortellement blessé à la poitrine. Isa accourut auprès de lui et se mit à pleurer. C'était une fée très puissante, et elle possédait le don de guérison. Quand ses larmes tombèrent sur la blessure du guerrier, elle se referma. Sa vie fut sauvée. Naddoddr et Isa vécurent heureux, et ils eurent de nombreux enfants. C'est à travers leurs descendants que le sang fae s'est dispersé sur les terres du Nord.

Celeste regarda Eric. Ses ancêtres étaient Suédois.

— Alors, tout s'est bien terminé, dit-elle.

— Pas exactement. Vois-tu, nos actions ont toujours des conséquences, dit sa mère avec un sourire triste.

Son ventre se noua. Son père avait dit les mêmes mots à Eric.

— Quand la reine apprit qu'Isa avait été enlevée, elle envoya son armée de fées pour arrêter le drakkar, mais c'était trop tard. Furieuse et folle de douleur, elle souhaita que Naddoddr ressente le même chagrin en perdant quelqu'un qu'il aimait. Dans sa colère, la reine alla trouver le roi des lutins et lui demanda son aide.

— Des lutins ? Il y a aussi des lutins ?

Celeste n'en croyait pas ses oreilles.

— Oui. Ne sous-estime pas les lutins, Celeste. Ils sont aussi puissants que les fées, et plus sournois, répondit son père.

— Qu'a fait le roi ?

— Le roi a accepté d'aider la reine des fées en échange d'une dette. Un accord fut passé. Le roi des lutins lança une malédiction sur le Viking pour condamner tous ses enfants à mourir.

— Une malédiction ? Les lutins peuvent faire ça ? Je croyais qu'ils avaient des chapeaux pointus et qu'ils rigolaient tout le temps.

Sa mère lui tapota la main.

— Tu penses aux gnomes, ma chérie.

— Les lutins sont très doués pour la magie noire, ajouta son père.

— Alors, les lutins sont malfaisants ?

— Hé ! C'est un préjugé racial. Je proteste ! s'exclama Donovan en se levant. On n'est pas tous mauvais.

Celeste le regarda avec de grands yeux, bouche bée.

— Tu es un lutin ? Je croyais que tu étais une fée.

— Moi aussi, lâcha Eric avec une touche de dédain.

Donovan lui décocha un regard glacial avant de répondre à Celeste.

— Tu m'as demandé si du sang de fée coule dans mes veines. C'est le cas. Il existe différentes sortes de fées. Les lutins sont l'une d'entre elles.

— C'est compliqué, marmonna-t-elle.

— Qu'est-ce qui est arrivé à Isa et Naddoddr ? demanda Eric.

— Ah. Voyez-vous, il y eut un coup de théâtre. Isa et Naddoddr sont tombés amoureux, ce qui a annulé la malédiction.

— Alors, tout est bien qui finit bien.

L'expression de son père lui fit comprendre qu'elle se trompait.

— Celeste, la malédiction est restée en sommeil jusqu'à ce qu'un enfant naisse de la lignée de Naddoddr et d'Isa. Ce n'est pas arrivé pendant des millénaires. Jusqu'à maintenant.

— Comment ça ?

Celeste sentit un frisson descendre le long de sa colonne vertébrale.

— Naddoddr et Isa ont eu deux enfants. Un fils appelé Seger et une fille, Agatha. À l'âge adulte, Seger s'est marié et a fait sa vie en Suède. Quant à Agatha, elle a épousé un Irlandais et elle est allée vivre en Irlande. Chacun est tombé amoureux : la malédiction les a épargnés.

Malgré son malaise grandissant, Celeste s'obligea à demander :

— Tante Agatha porte le nom d'une ancêtre ?

— Oui.

— Je suppose qu'un des ancêtres d'Eric s'appelle Seger.

Le regard de sa mère se teinta de tristesse. Elle acquiesça avant de détourner la tête, mais Celeste eut le temps de voir les larmes dans ses yeux.

— Vous ne pouvez pas sérieusement me demander de

gober une histoire pareille, dit Eric en se levant. C'est un joli conte, mais rien de plus.

— Je vous avais dit qu'il n'y croirait pas, dit Donovan avec mépris.

— Quand on a appris que Celeste était enceinte, nous étudié ton arbre généalogique, Eric. C'est la vérité.

Son père paraissait accablé.

— Attendez. Mais alors, ça veut dire qu'Eric et moi, on est de la même famille ?

Elle toucha son ventre en priant pour que son enfant naisse en bonne santé, mais sa mère secoua la tête.

— Votre lien de parenté remonte à plusieurs centaines d'années. Vous êtes cousins, mais au vingt-troisième degré.

— J'ai accepté de vous écouter, et je l'ai fait. Mais ce que vous dites est ridicule.

Eric s'assit derrière le bureau et sortit un gros livre d'un tiroir. Il regarda Ben en plissant les yeux.

— Je vous le rendrais bien, mais il me semble que vous n'êtes pas son propriétaire légitime.

Celeste se tordit le cou pour voir le livre, mais son père se plaça devant elle, lui bloquant la vue.

— Tu l'as lu ? demanda-t-il à Eric.

— Oui. Mais ce ne sont que des contes de fées.

La voix menaçante de Donovan résonna dans la bibliothèque :

— Je vous avais dit que j'étais parfait pour Celeste, mais vous n'avez pas voulu m'écouter. C'est moi qu'elle aurait dû épouser.

— Qu'est-ce que tu racontes, Donovan ? On est cousins !

Elle fit la grimace.

— Apparemment, nous aussi, remarqua Eric d'un ton pince-sans-rire.

— Je ne suis pas ton cousin, dit Donovan avec humeur.

— Bien sûr que si.

Celeste se tourna vers son père pour qu'il confirme ses dires, mais il secoua la tête.

— Tu te souviens de la dette que la reine a contractée auprès du roi des lutins ? Il en fait partie, dit-il en désignant Donovan. À chaque génération, les fées recueillent le lutin qui cause le plus de problèmes, celui qui met le plus en péril notre secret. Et le voilà, monsieur le trublion en personne.

— Donovan n'est pas mon cousin ?

Elle n'arrivait pas à y croire.

— Non, ma chérie. C'est ce que nous t'avons dit pour que tu ne t'intéresses pas à lui.

Elle se frotta les tempes, luttant contre la migraine qu'elle sentait s'installer. Ça devenait vraiment trop bizarre.

— Quel rapport ont la petite fille et l'être qui m'a attaquée ?

— Tu as dit qu'elle avait une fleur à la main ? demanda sa mère.

— Oui.

— Tu te souviens quelle fleur ?

— Il me semble que c'était une marguerite.

Sa mère parut se détendre.

— Elle ne te voulait pas de mal, elle était là pour t'avertir. Les fleurs ont différentes significations pour les fées. Les marguerites sont le symbole de la compassion et de l'empathie. Elle était bienveillante, Celeste. Elle t'a dit autre chose ?

— Non.

Elle se tourna vers la fenêtre, avant de se souvenir :

— Ah si, attends. Elle a dit que j'attends un garçon.

— Oh, Celeste, je ne t'ai même pas demandé comment tu vas, ni comment va le bébé.

En voyant sa lèvre trembler, Celeste eut l'impression qu'elle pensait être la plus mauvaise mère au monde.

— Je vais bien. Je me sens beaucoup mieux depuis que je n'ai plus de nausées matinales.

— Tu as un bon médecin ? Il sait ce qu'il fait ? voulut savoir son père.

— Oui, papa, il est très compétent. Je l'apprécie beaucoup. J'ai rendez-vous demain pour passer une échographie. Vous pouvez venir avec moi, si vous voulez.

— On ne veut pas s'imposer. Je suis sûre qu'Eric préfère t'accompagner, dit sa mère.

Tous les regards se tournèrent vers lui. Il baissa la tête sans dire un mot.

— Tu vas toute seule chez le médecin ? s'exclama son père.

— Eric a beaucoup de travail. Il ne peut pas se libérer pour chaque rendez-vous prénatal.

Ne croyant visiblement pas son piètre mensonge, sa mère insista :

— À combien de rendez-vous est-il venu ?

Elle évita son regard sans répondre.

— Je commence à penser que nous avons fait une erreur en acceptant ce mariage, dit son père.

Il dévisagea Eric d'un air mauvais. Eric plissa les yeux, mais ne dit rien. Son silence semblait indiquer qu'il partageait l'avis de son père.

La colère et la frustration se déchaînèrent en elle. Sa mère posa les mains sur ses épaules, mais elle les repoussa et se leva.

— C'est moi qui ai accepté ce mariage. Ce qui est fait est fait, dit-elle avant de quitter la pièce à la hâte.

Eric et son père commencèrent à se disputer. Leurs voix résonnèrent alors qu'elle s'éloignait dans le couloir.

Elle courut jusqu'au jardin. Elle ne voulait pas rester dans la maison et affronter la pitié dans les yeux de ses parents.

Elle avait besoin de s'isoler pour se calmer, avant de faire ou de dire quelque chose qu'elle regretterait.

CHAPITRE VINGT-SIX

Elle courut jusqu'au garage, où elle trouva Salomon qui lustrait la Mercedes. Lorsqu'il la vit, il plia le chiffon avec soin.

— Bien le bonjour, Madame Celeste. Je ne m'attendais pas à vous voir. Vous avez besoin que je vous conduise quelque part ?

— Non Salomon, merci. J'ai simplement pris conscience que je n'étais jamais entrée dans le garage.

Elle avança entre la Mercedes noire et une Porsche argentée.

— Je ne savais pas qu'Eric avait autant de voitures.

— M. Nordstrom adore ses véhicules, c'est sûr, dit Salomon en pouffant. Dites-moi, vous n'avez pas encore vu votre voiture ?

— Ma voiture ?

— Oui. M. Nordstrom l'a commandée pour vous. Il souhaitait vous la montrer dès qu'elle est arrivée, mais vous aviez de telles nausées qu'il pensait que vous n'auriez pas envie de conduire.

Eric lui avait acheté une voiture ? Juste pour elle ?

Salomon sortit un trousseau de clés d'un placard et le secoua sous son nez. Elle le prit en souriant.

— Laquelle est-ce ?

Il parcourut la rangée de voitures et s'arrêta devant la dernière. Bon sang de bois. Une Infiniti gris sombre. Salomon sourit jusqu'aux oreilles.

— Allez-y, montez, l'encouragea-t-il.

Elle s'assit derrière le volant, et le siège en cuir hors de prix se moula contre son corps. Salomon lui montra le tableau de bord.

— Voilà le système de navigation, et là, la radio satellite. Le véhicule est connecté par Bluetooth à votre téléphone, et un écran est intégré au dos de chaque siège avant pour regarder des films... vous savez, pour quand le bébé sera plus grand et que vous partirez en vacances tous ensemble.

Sa poitrine se serra. Il n'y aurait pas de vacances en famille.

Le chauffeur déclencha l'ouverture de la porte du garage.

— Amusez-vous bien, madame Nordstrom.

Elle baissa la vitre, alluma la radio et monta le volume avant de sortir du garage.

Elle se rappela ses années de fac, ses virées autour du campus avec Donovan, passées à rire et à chanter en chœur avec la radio. À l'époque, ses rêves lui avaient paru réalisables.

Elle avait toujours voulu avoir sa propre maison, un travail qu'elle adorait et un homme qui l'aimait plus que tout.

Elle habitait présentement dans une maison qui ne lui appartenait pas, elle n'avait aucun revenu et était mariée à un inconnu qui ne croyait pas en l'amour.

Elle ne pouvait pas être plus éloignée de ses rêves.

Elle sortit de la ville, prenant son temps pour admirer les collines vallonnées, les vaches dans les champs et les jolies fermes nichées dans la campagne. Le ciel était d'un bleu éclatant, le genre de couleur qui renfermait des promesses de renouveau et de bonnes choses à venir. Son humeur s'améliora à mesure qu'elle roulait.

La distance pouvait avoir cet effet étrange.

Elle fronça les sourcils lorsqu'elle remarqua l'heure. Elle était partie depuis près de deux heures.

Elle ralentit en approchant de l'entrée d'un village. Son ventre qui gargouilla lui rappela qu'elle n'avait pas mangé depuis un certain temps. Elle avait été si pressée de quitter la propriété qu'elle avait oublié d'emporter son sac.

Parfait.

Elle se gara devant une petite station-service et ouvrit le porte-gants, espérant y trouver une tablette de chewing-gum.

La petite ampoule au fond du compartiment éclaira quelque chose de vert. Elle plongea la main et sortit deux billets de vingt dollars.

— Je vais embrasser Salomon en rentrant à la maison.

Elle en prit un et alla acheter de quoi manger dans la station.

Un soda sous le bras et sa main plongée dans un sac de chips au fromage, elle sortit de la boutique.

Elle s'arrêta net en découvrant trois adolescents appuyés sur le capot de sa voiture. L'un d'entre eux, aux cheveux blonds et portant un teddy, lui lança avec un large sourire :

— Sympa, la voiture.

— Merci.

Elle s'approcha de la portière conducteur en serrant les mâchoires. S'affaler de la sorte sur un véhicule qui ne leur appartenait pas dénotait de leur manque de manières.

Avant qu'elle puisse déverrouiller la voiture, un autre se plaça devant elle, lui bloquant le passage.

— Je m'appelle Mike, et voici mes amis, Chris et Jared.

— Vous savez que vous êtes assis sur ma voiture neuve ? dit-elle entre ses dents.

Elle remarqua que des clous décoraient les poches de son jean. Si la carrosserie avait la moindre rayure, elle allait lui passer un savon.

— Tu sais, je suis le premier *quarterback* de l'équipe de football américain de notre fac, continua Mike.

— Ouais ? Moi, je suis enceinte et affamée.

Elle ponctua ses mots en enfonçant son index dans le torse de l'adolescent, ce qui laissa des points orange sur son t-shirt blanc. Il siffla d'un air admiratif.

— Enceinte ? Ouah, tu es encore bonne pour une fille en cloque.

Elle serra le sac de chips contre sa poitrine.

— Écoute, petit, je ne sais pas quel est ton problème, mais si tu ne t'écartes pas de ma voiture, je t'obligerai à le faire.

— Ah ouais ? Avec ta bouteille en plastique ? demanda-t-il en remuant les sourcils.

— Non, avec mon poing.

— Une fille qui aime la violence. Sexy.

Les yeux de Mike brillèrent.

— Tu es défoncé, ou juste idiot ?

Au lycée, aucun garçon ne lui avait accordé un regard. Maintenant, alors qu'elle était visiblement enceinte, elle ne pouvait plus se débarrasser de leurs attentions. Aucun doute, elle était tombée dans un univers parallèle.

— Si tu ne t'écartes pas de ma femme, je t'arrache la langue.

Elle fit volte-face. Eric était là. La rage scintillait dans son regard, ses muscles étaient bandés sous sa chemise noire.

Les trois ados détalèrent en courant vers une Jeep sombre. Quelques secondes plus tard, le véhicule quittait le parking en un crissement de pneus.

Eric se tourna vers elle, l'air furieux.

— Ils t'ont fait du mal ?

— Avec quoi ? Leur débilité ? ironisa-t-elle avant de fourrer une chips dans sa bouche.

Il croisa les bras.

— Tu étais sur le point de le frapper. Vraiment, Celeste ?

— Tu serais surpris par ce dont je suis capable si on m'énerve. Au fait, comment est-ce que tu m'as trouvée ?

— Je t'ai localisée grâce au traceur GPS.

— Il y a un traceur sur ma voiture ? demanda-t-elle à voix basse.

— Avant que tu piques une crise, sache qu'il y en a sur tous mes véhicules.

Bien sûr. Il avait sans doute plus d'un million de dollars en véhicules dans le garage. Il n'essayait de la suivre à la trace. Elle n'était ni spéciale ni importante à ses yeux.

— Tu n'as dit à personne où tu allais, continua-t-il en faisant un pas vers elle.

— J'avais besoin de m'éloigner un peu. De prendre l'air.

Son appétit envolé, elle enroula le sac de chips pour le refermer.

— De t'éloigner de tes parents, ou de moi ?

— Les deux.

Elle posa la main sur la poignée, mais il mit la sienne sur la portière, l'empêchant d'ouvrir.

— Je ne savais pas que tu allais chez le médecin toute seule. Je croyais que tu avais demandé à Andrea Leigh de t'accompagner.

Elle éclata sèchement de rire.

— Ce ne serait pas très malin.

— Pourquoi ça ?

— Elle aurait voulu savoir pourquoi tu ne viens pas avec moi, et je n'avais pas envie de lui mentir. C'était plus simple d'y aller seule.

Il passa une main dans ses cheveux blonds.

— Je pensais que tu ne voulais pas que je vienne.

— Pourquoi je ne voudrais pas que tu viennes ? Tu es le père.

Malgré son désir de s'accrocher à sa colère et à son chagrin, elle ne put s'empêcher de ressentir une certaine compassion pour lui.

Le visage d'Eric s'illumina.

— Vraiment ?

— Oui.

— Je serai là au prochain rendez-vous.

Il ôta sa main de la portière et la laissa monter dans la voiture. Il attendit qu'elle ait démarré avant de repartir vers son véhicule.

Elle prit une profonde inspiration en se demandant ce qui venait de se passer entre eux. Dès qu'elle avait l'impression de l'avoir cerné, Eric Nordstrom la surprenait. Elle n'avait pas besoin de ça.

Elle voulait sortir de ce mariage arrangé le cœur intact.

CHAPITRE VINGT-SEPT

— Comment va le bébé ? demanda Eric au Dr Sevalus.

— Tout semble normal, mais j'aimerais que Celeste mange davantage, surtout maintenant qu'elle n'a plus de nausées. Demandez à Salomon de vous apporter des cheese-burgers au lieu du soda au gingembre et des gaufres à la vanille, d'accord ?

En souriant, le médecin prit des notes dans le dossier avant de sortir de la pièce.

Eric aida Celeste à descendre de la table d'examen dès que la porte fut refermée.

— Salomon t'apporte du soda au gingembre et des gaufres à la vanille ?

— J'ai eu terriblement envie de vomir après mon premier rendez-vous chez le médecin. Salomon a dû s'arrêter dans une station-service. Il m'a acheté une canette de soda au gingembre et des gaufres pour calmer mon ventre, et depuis, il en a toujours dans la voiture.

— J'aurais dû être là.

La colère et la culpabilité l'étranglaient. Salomon avait

pris soin d'elle quand elle était souffrante. C'était censé être son rôle, pas celui de son chauffeur.

Elle leva la tête après avoir remis ses chaussures.

— Pardon ?

— C'est moi qui aurais dû t'accompagner chez le médecin, pas Salomon.

Il se frotta la nuque en regardant le sol.

— Ce n'est pas grave. Je sais que tu as des choses plus importantes à faire.

Son ton était léger, mais il sentit qu'un profond chagrin se nichait dans ses yeux émeraude. Il se détesta d'avoir été à ce point aveugle.

— Si, c'est grave.

— Tu étais occupé, dit-elle avec un haussement d'épaules.

— Je ne serai pas ce genre de père pour mon enfant.

Il lui prit le bras, ce qui la fit sursauter. Elle ouvrit des yeux ronds.

— Comment ça ?

— Je ne veux pas être un père toujours trop occupé pour être là pour mon fils. Je veux le voir faire ses premiers pas et l'entendre dire ses premiers mots. Assister à ses matchs de baseball.

— C'est ce qu'a fait ton père ?

— Non. Il a fait tout le contraire.

Il ne se rappelait pas que son père soit venu à un match ni au moindre évènement scolaire. Merde, son père n'avait même pas assisté à sa remise de diplôme.

Celeste posa sa main fine sur son torse.

— Tu ne seras pas comme lui, Eric. Tu seras un père affectueux et attentif.

Le mur de glace qu'il avait érigé autour de son cœur se fendilla, puis se brisa en mille morceaux. À cet instant, il comprit que malgré ses efforts pour garder ses distances avec elle, la bataille était perdue d'avance. Et il savait pourquoi.

Il commençait à tomber amoureux d'elle.

Il prit ses mains dans les siennes.

— Celeste, je...

Une infirmière ouvrit la porte et entra. Il fit un pas en arrière, son cœur battant contre ses côtes. La femme tendit une feuille à Celeste.

— Voilà, madame Nordstrom. C'est la date de votre prochain rendez-vous.

Pensait-elle réellement ce qu'elle lui avait dit, croyait-elle vraiment en lui ? Ou était-elle comme tous les autres, prêts à dire n'importe quoi pour gagner sa confiance et obtenir ce qu'ils voulaient ?

Seul le temps le dirait.

* * *

— Où est tout le monde ?

Celeste posa son sac sur le comptoir de la cuisine. Assise devant l'îlot, sa mère lisait un livre en buvant une tasse de thé.

— Donovan et ton père sont partis mener l'enquête dans la forêt, et je crois que Mme Gambil fait du rangement à l'étage. Où est Eric ?

— Il a dû retourner au travail, répondit-elle avec un sourire rassurant. Le médecin dit que le bébé se développe bien. Le prochain rendez-vous est dans un mois.

— C'est merveilleux, ma chérie. Tu veux un thé ?

— Non merci. En revanche, j'aimerais bien marcher un peu. J'ai besoin d'air frais.

— Je vais t'accompagner. Je n'ai pas encore visité le jardin.

Sa mère rinça sa tasse et la rangea près de l'évier, puis elles sortirent admirer les couleurs des dernières fleurs estivales, se promenant en silence.

— J'ai des questions.

Elle n'était pas encore prête à accepter tout ce que ses parents lui avaient dit, mais elle avait besoin de vérité.

— Oui, ma chérie ?

— Je croyais que les fées avaient des ailes.

— Elles en avaient autrefois. Mais ce trait s'est perdu quand les fées se sont mélangées avec les humains.

Celeste garda le silence quelques instants.

— Je croyais aussi que les fées étaient magiques.

— Chaque fée à ses propres dons, dit sa mère avec un petit sourire.

— On n'a pas de pouvoirs magiques ?

— Toutes les fées sont puissantes. Nous savons nous battre et nous sommes très rapides. Ce sont nos talents. Mais nous avons également des pouvoirs spécifiques en fonction de notre tempérament.

— Vraiment ?

Son cœur s'accéléra.

— Quel est ton pouvoir ?

— Je peux contrôler les éléments. Je suis une fée élémentaire.

— Comme les superhéros des dessins animés que je regardais enfant ?

Sa mère éclata de rire.

— Quelque chose comme ça, mais je ne porte pas de cape. Quand tu étais jeune, tu n'as pas remarqué que notre jardin était toujours verdoyant ? Et qu'on récoltait toujours beaucoup de légumes ?

— Si.

— C'est parce que je m'assure que notre terrain reçoit les nutriments dont il a besoin pour s'épanouir. Je peux faire tomber la pluie, chasser les nuages ou…

— Réaliser le rêve d'une petite fille de dix ans.

Un souvenir lui était revenu en mémoire.

C'était l'inconvénient dans le Sud : il ne neigeait jamais.

Elle se rappela s'être plainte à sa mère et avoir souhaité voir la neige, juste une fois. Quelques jours plus tard, une incroyable tempête de neige avait causé la fermeture des écoles toute la semaine.

C'était l'un de ses souvenirs de jeunesse favoris.

— C'était toi ?

— C'était moi, admit-elle en souriant.

Elle avait un millier de questions. Les possibilités lui firent tourner la tête.

— Quel est le pouvoir de papa ?

— Ton père peut communiquer avec les animaux.

— Comme le Dr Doolittle, tu veux dire ?

Sa mère secoua la tête.

— Je crois qu'on t'a trop laissée regarder la télévision quand tu étais petite. Mais oui, il peut parler aux animaux. Enfin, il dit que les écureuils sont difficiles à comprendre. Ils ne finissent jamais leurs pensées. Ton père les trouve très agaçants.

— Et Donovan ?

Le sourire de sa mère se pinça, sans toutefois disparaître totalement.

— Donovan, c'est une autre histoire. Il ne nous dit pas tout, mais nous avons pu voir qu'il sait s'y prendre avec les dames. On dirait presque qu'elles ne peuvent pas lui résister.

— Ouais, c'est trop d'infos pour moi, marmonna-t-elle en réprimant un frisson.

— Souviens-toi que ce n'est pas ton cousin, Celeste. Il t'a toujours beaucoup aimée. Méfie-toi de lui.

Elle grimaça.

— Crois-moi, tu n'as aucun souci à te faire. Alors, si vous avez tous des pouvoirs...

— Des dons, rectifia sa mère.

— Des dons, d'accord. Si vous avez tous des dons, pourquoi je n'en ai pas ?

Sa mère se remit à marcher dans le jardin, l'entraînant à sa suite.

— Tu as un don. Tu avais rêvé de notre voisin quand tu étais plus jeune, tu te rappelles ?

— Oui, répondit-elle d'une voix blanche. J'ai rêvé qu'il mourait dans un accident sur sa ferme. Et c'est arrivé la semaine suivante.

Elle avait été inconsolable lorsqu'elle avait raconté le songe à sa mère. Terrifiée, elle s'était demandé ce qui n'allait pas chez elle, si elle était néfaste.

— Depuis ce jour, je sais que tu as le don de prophétie, Celeste. Je ne t'en ai pas parlé à l'époque. Tu n'étais qu'une petite fille et tu étais morte de peur.

Elle ferma les yeux. Le poids qu'elle portait depuis toutes ses années se souleva de ses épaules.

— Tu n'imagines pas à quel point je suis soulagée. J'ai toujours pensé que je n'étais pas normale. Que j'étais mauvaise. Attends, ajouta-t-elle en ouvrant les yeux. Je me rappelle avoir prié pour ne plus jamais rêver. Et les rêves ont cessé, comme si la source s'était tarie.

— Les prophéties. Ce ne sont pas de simples rêves, tu sais.

— D'accord, j'ai cessé d'avoir des prophéties. Elles sont revenues à mon vingt-et-unième anniversaire. Et depuis que je suis enceinte, je rêve sans arrêt.

Ces songes étaient terrifiants.

— La grossesse peut décupler la puissance de nos dons. C'est le moment d'apprendre à contrôler le tien.

— Tu crois que je serai capable de le contrôler ? Ça n'arrive que quand je dors.

— Tu peux apprendre à prophétiser sans être endormie. Ça te demandera simplement du temps et de la patience, dit sa mère avant de lui sourire. On peut essayer dès aujourd'hui, si tu te sens prête.

— Oui, ça me plairait.

Elle fit tourner son alliance sur son doigt. Elle se sentait à la fois impatiente et effrayée.

Elle devait en apprendre plus sur son don. Si elle parvenait à contrôler ses prophéties, elle pourrait peut-être modifier l'avenir, et n'aurait alors pas besoin de raconter à Eric les choses terribles qu'elle avait vues.

— Allons-y.

Sa mère l'invita à s'asseoir sur le banc en pierre.

— Ferme les yeux et concentre-toi.

Après quelques essais infructueux, Celeste baissa les bras.

— Rien. Je n'ai qu'une migraine, maugréa-t-elle en se frottant les tempes.

— C'est normal. Tu dois t'entraîner tous les jours.

Son ton encourageant n'apaisa en rien sa fierté blessée.

— Et si tu allais te reposer pendant que je vais voir ce que fabrique ton père ?

Sa mère la serra dans ses bras avant de repartir vers la maison. Celeste se sentit un peu coupable de ne pas avoir parlé de ses horribles cauchemars à sa mère, mais elle ne pouvait pas. Pas encore.

Tant qu'elle ne comprendrait pas pourquoi elle rêvait de telles atrocités, elle comptait garder ses rêves pour elle.

CHAPITRE VINGT-HUIT

Eric leva les yeux des documents sur le bureau. Il avait passé la dernière heure à tenter de se concentrer sur son travail au lieu de regarder sa femme à la dérobée. Elle était plongée dans le foutu livre que Ben avait apporté. Il n'avait pas appelé oncle Stephen pour l'avertir du vol. S'il ne s'en était pas rendu compte, il ne servait à rien de lui en parler.

De toute façon, il ne renfermait que des contes de fées.

Celeste serra le châle crème autour de ses épaules en se tournant vers lui.

— Où est-ce que tu as eu ce livre ?

— Ton père me l'a donné.

Il regarda la cheminée en hésitant à ajouter une bûche. Celeste fronça les sourcils, et ses yeux scintillèrent comme des émeraudes. Il ne l'aurait pas cru possible, mais elle devenait plus belle chaque jour.

— Il appartient à mon père ?

Il n'eut pas envie de lui mentir.

— Ton père l'a pris chez mon oncle Stephen.

— Alors, ce livre était chez lui la nuit de... notre rencontre ?

— Rencontre ? répéta-t-il, un petit sourire aux lèvres. On a fait un peu plus que se rencontrer.

Elle rougit et baissa les yeux. Même sa timidité était sexy.

— Oui, le livre se trouvait chez mon oncle le soir de notre rencontre. Pourquoi poses-tu la question ?

Elle s'humecta les lèvres.

— Sans raison. Tu l'as lu ?

— Oui.

Il avait passé la plus grande partie de la nuit à lire les histoires quand Ben lui avait donné l'ouvrage. Après avoir commencé, il avait été incapable de le refermer.

Elle plaça le livre sur la table basse avant de s'étirer puis de frotter son dos. Ses seins gonflés étirèrent le fin tissu de son haut.

Il sentit son membre durcir et sa bouche s'emplit de salive. Alors qu'il s'imaginait prendre ses tétons entre ses lèvres, il se sentit à l'étroit dans son pantalon.

— Il contient de nombreux contes de fées.

Sa voix gutturale le choqua. C'était probablement lié au manque de sang, qui semblait s'être déporté au sud de sa braguette.

— Pas seulement. Ça parle aussi de vampires, de loups-garous et de sorcières. Tu as lu le passage sur les loups méta-morphes ? Apparemment, ils sont organisés en meutes répar-ties dans chaque État.

— Oui, j'ai vu. Et les vampires seraient rares, moins courants que les autres créatures.

Il devait admettre que ces récits étaient captivants.

— Il y a aussi de nombreux passages sur les lutins. Ils seraient malicieux et aimeraient faire des farces.

— Ça colle avec Donovan.

S'il ne croyait pas à ces histoires, il était en revanche certain d'une chose. Plus il passait de temps avec Donovan, moins il faisait confiance à ce type.

— Il est aussi écrit que ce sont des voleurs notoires. Ils adorent dérober des chevaux parce qu'ils aiment la vitesse.

Elle leva les yeux, un pli barrant son front.

— S'ils aiment la vitesse, un lutin moderne ne préférerait pas voler une voiture plutôt qu'un cheval ?

— Tu as raison.

Il grommela un juron en sortant son téléphone et appuya sur la touche correspondant au garage.

— Salomon, à partir de maintenant, enfermez les clés des véhicules dès que vous n'êtes pas dans le garage.

Il ne pensait pas que Donovan soit un lutin, mais il n'aurait pas été étonné de le voir prendre quelque chose qui ne lui appartenait pas.

Il traversa la bibliothèque, s'approchant de là où Celeste était assise, et lui prit la main pour la faire lever.

— Qu'est-ce que tu fais ?

— Tu as mal au dos. Laisse-moi t'aider.

Il s'installa en biais sur le canapé et l'assit devant lui, collant son dos contre son torse.

— Étends tes jambes sur le canapé.

Elle s'exécuta, et il posa les mains dans le bas de son dos. Lorsqu'il commença à masser ses muscles endoloris, elle gémit. Le son se répercuta directement dans son sexe.

— C'est mieux ?

Sa voix essoufflée donnait l'impression qu'il venait de courir un marathon. Il ferma les yeux et respira son odeur. Bon Dieu, il n'avait jamais eu autant envie de faire l'amour de sa vie. Elle s'appuya contre ses mains et gémit.

— Relève tes cheveux.

Il déglutit, tentant d'empêcher ses mains de vagabonder sur son corps. Elle dénuda son cou et il pétrit ses épaules minces. Chaque fois qu'il touchait un muscle douloureux, elle retenait sa respiration.

Après avoir secoué la tête pour essayer de distraire son cerveau, qui manquait d'oxygène, il demanda :

— Qu'as-tu lu d'autre dans le livre ?

— Hum... que les lutins peuvent se métamorphoser.

— Je n'aurais aucun mal à croire que Donovan est capable de se transformer en âne.

Elle laissa échapper un petit rire, puis tourna la tête pour rencontrer son regard.

— Eric, pourquoi est-ce que tu manques autant le travail ? Tout va bien ?

— Oui, tout va bien. J'ai reporté mes impératifs pour les mois à venir, et je peux m'occuper du reste d'ici.

— Oh.

— Pourquoi, tu en as assez de me voir ?

— Non, mais je ne veux pas que tu te sentes obligé d'être présent parce que ma famille est là. Avant que mes parents arrivent, tu étais souvent absent. Je ne m'attends pas à ce que tu fasses semblant de vouloir rester auprès de moi pendant toute la durée de leur séjour.

Il se figea. Faire semblant de vouloir rester auprès d'elle ? Était-ce vraiment ce qu'elle pensait ? Avait-il tant été absent ?

Bien sûr que oui.

Quand elle avait emménagé chez lui, il n'avait eu qu'une idée en tête : la mettre dans son lit. Mais ça n'aurait eu pour effet que de l'effrayer. Il s'était plongé dans son travail pour essayer de penser à autre chose.

— Tu penses vraiment que je ne veux pas être ici ?

Elle se raidit entre ses bras et se leva. La souffrance faisait briller ses yeux.

— Je dois y aller, marmonna-t-elle.

Elle se tourna vers la porte, mais après trois pas, il la souleva dans ses bras.

— Qu'est-ce que tu fais ? Repose-moi, protesta-t-elle en se débattant. Je suis trop lourde. Tu vas te faire mal au dos.

— Tu ne pèses presque rien.

Elle le regarda fixement d'un air agacé.

— Qu'est-ce que tu fais ?

— Il faut qu'on parle. Mais pas ici.

Il avait besoin de s'isoler avec elle, quelque part où ni ses parents ni Donovan ne viendraient les interrompre.

Il ramassa le châle sur le canapé, ainsi qu'une couverture, et l'entraîna dans le jardin.

Le vent frais de l'automne lui piqua les poumons. La lune illuminait le ciel, signalant le changement imminent de saison. Des feuilles mortes craquèrent sous leurs pieds et leurs souffles produisaient des nuages de buée blanche.

Il l'emmena jusqu'au milieu du jardin et l'invita à s'asseoir sur le banc. Après avoir posé la couverture sur les genoux de Celeste et l'avoir bordée sous ses jambes, il se redressa.

— Quand je t'ai demandé de venir ici, je savais que ce serait difficile pour toi de quitter ta famille, tes amis, ton travail et ta vie à Atlanta. Tu as tout abandonné pour déménager dans un lieu inconnu. Je pensais que tu m'en voudrais et que tu chercherais à me pourrir la vie.

Le menton de Celeste trembla et elle baissa la tête. Il respira profondément avant de continuer. Il devait poursuivre. Une fois qu'elle aurait tout entendu, il espérait qu'elle comprendrait.

— Je redoutais que tu sois amère, en colère. En fait, je m'y attendais. Mais pendant le dîner avec mes amis, tu as été agréable et polie, même avec Leslie. Et quand Leslie t'a insultée sous notre toit, tu n'as rien dit. Tu es toujours prête à prendre la défense des autres. Tu m'as même défendu auprès de ton père, alors que je ne le méritais pas.

Il avait envie de lui dire toutes ces choses depuis des semaines. Il n'avait jamais ouvert son cœur, ne s'était jamais autorisé à être vulnérable. Jusqu'à cet instant.

Il tomba à genoux et posa les mains autour des jambes de

Celeste, l'emprisonnant entre ses bras. Il baissa la tête pour essayer à grand-peine de se calmer.

— Comment peux-tu me témoigner le moindre soupçon de gentillesse alors que je t'ai forcée à m'épouser ? Je ne te mérite pas, finit-il par murmurer.

— Eric...

Elle toucha sa joue, lui faisant lever les yeux. Il s'attendait à voir du jugement et de la rancœur sur ses traits, mais n'y trouva que de la douceur. Il secoua la tête.

— Ne dis rien. Je dois terminer. Je garde mes distances parce que je n'arrive pas à être dans la même pièce que toi sans avoir envie de te faire l'amour. Te voir jour après jour sans pouvoir te toucher, ma propre épouse, a été une torture, mais je n'ai jamais voulu te brusquer. Je sais que tu dois me haïr pour t'avoir obligée à accepter un mariage que tu n'as jamais souhaité.

— Je ne te hais pas, Eric. Je ne t'ai jamais haï, dit-elle tout bas.

Il retint son souffle. Elle ne le détestait pas ?

Il se leva et la prit dans ses bras. Elle s'emboîtait parfaitement contre lui ; Il s'en était rendu compte dès leur première nuit ensemble. Alors que son corps élancé était collé contre lui, il comprit qu'il ne la laisserait jamais le quitter.

Elle enlaça son cou et l'attira pour lui donner un baiser passionné. S'accrochant à lui, elle entrouvrit les lèvres et lui donna accès à sa bouche sensuelle.

Il poussa un grognement avant de caresser sa langue. Ses mains descendirent se poser sur ses fesses et il la plaqua contre le mur du jardin.

— J'ai envie de toi.

— Ici ?

Son murmure était hésitant, mais elle ne le lâcha pas. Elle se cambra contre lui.

— Oui, ici.

Il écarta son col et plaqua sa bouche contre sa peau brûlante. Elle poussa un soupir.

— Si on rentre, ce foutu Donovan trouvera le moyen de nous interrompre. Ce soir, je n'arrêterai pas.

La respiration de Celeste s'accéléra à chacun de ses baisers. Elle fit glisser sa main sur sa braguette et ses doigts se refermèrent autour de son érection. Ce contact était terriblement agréable.

— Mon cœur...

Le silence de la nuit fut soudain brisé par un grondement. Le son, grave et féroce, résonna dans l'obscurité. Eric se retourna.

— Eric, que... ?

Il posa ses doigts sur sa bouche tout en cherchant le danger des yeux.

Sortie de nulle part, une forme bondit sur eux et les fit tomber au sol.

CHAPITRE VINGT-NEUF

Celeste atterrit lourdement sur le dos, ce qui vida tout l'air dans ses poumons. Elle chercha Eric des yeux en essayant de respirer.

Ses yeux se posèrent sur son corps immobile, étendu à quelques mètres d'elle.

Le clair de lune fit scintiller l'objet métallique qui transperçait sa poitrine.

— Eric !

La panique l'engloutit, comme une roue dans du sable mouillé. Il ne bougeait plus. Sa gorge se bloqua, menaçant de l'étouffer.

Fais quelque chose. Fais quelque chose. Fais quelque chose.

Elle força ses jambes à obéir et se leva. La même force invisible la percuta de nouveau, la repoussant au sol.

Alors que l'être la maintenait par terre, elle sentit la douleur se diffuser dans sa poitrine. Elle crut tout d'abord qu'elle avait une crise cardiaque, mais elle discerna quelque chose dans les ténèbres.

Ces yeux.

Des yeux diaboliques cerclés de jaune flottaient au-dessus d'elle.

— Tu n'aurais pas dû me désobéir dans les bois.

Quand il parla, un corps apparut peu à peu autour des yeux, exactement comme la première fois. L'haleine putride du démon la frappa de plein fouet, et elle dut serrer les lèvres pour réprimer une vague de nausée.

Elle tenta de bouger, mais l'être serra ce qui semblait être des serres plus fort autour de ses épaules. Elle était plaquée au sol, tel un insecte épinglé sur un tableau.

Le démon sourit. Ses dents pointues étaient terrifiantes sous le clair de lune.

Elle contemplait la mort.

Sa mort.

Une forme brillante percuta le crâne de la créature. Il roula sur le côté avec un hurlement terrible, libérant Celeste.

Eric se tenait au-dessus d'elle, un tuyau métallique à la main. Elle se releva.

— Je la veux ! glapit le démon.

Ses yeux restaient rivés sur elle. Eric la poussa derrière lui.

— Ouais, ben tu peux pas l'avoir.

Il fondit sur lui.

Eric prit son élan avant de lui donner un coup de tuyau dans le ventre. Un geyser de sang noir jaillit et l'être cria de douleur.

Un grondement différent se fit entendre, plus grave. Une forme grise bondit et s'arrêta devant eux.

C'était le plus gros loup qu'elle ait jamais vu.

Elle prit la main d'Eric en tremblant.

L'animal leur jeta un coup d'œil par-dessus son épaule puis se focalisa sur le démon. Lorsqu'il ouvrit la gueule et gronda, les poils de la nuque de Celeste se dressèrent.

Il fit les cent pas, sans jamais détacher son regard de la créature ni cesser son grondement de gorge. Chaque fois qu'elle essayait de s'approcher d'eux, le loup lui bloquait la route.

Implacable, il faisait barrage entre le démon et eux.

Eric lui serra la main.

— Cours.

Elle n'eut pas besoin qu'on le lui répète. Ils détalèrent vers la maison.

Eric garda sa main fermement serrée dans la sienne, refusant de la lâcher tandis qu'ils fuyaient pour sauver leurs vies. Ils arrivèrent à l'arrière de la maison et se ruèrent à l'intérieur. Il verrouilla la porte derrière eux.

Elle s'adossa au mur et se laissa glisser au sol. Des larmes striant ses joues, elle avala de grosses goulées d'air pour remplir ses poumons privés d'oxygène.

Son père entra dans la pièce et s'accroupit devant elle.

— Qu'est-ce qui s'est passé ?

— Il est de retour, dans le jardin, bafouilla-t-elle en étreignant son ventre.

— Est-ce que ça va ?

Sa mère s'agenouilla et l'aida à se redresser jusqu'à ce que sa tête repose contre le mur.

— Oui, je vais bien.

— Tu étais là, Eric ?

Son père le regarda, mais il continua à scruter l'obscurité par la fenêtre.

— Oui.

— Comment avez-vous réussi à vous échapper ?

Les mains de sa mère palpèrent son corps à la recherche de blessures.

— Eric l'a frappé avec un tuyau.

— Et ensuite, un loup est sorti des buissons, dit Eric en se retournant.

Elle posa les yeux sur lui. Son cœur cessa de battre, puis sembla dégringoler dans le creux de son ventre.

— Oh mon Dieu.

Du sang trempait l'avant de sa chemise et gouttait par terre, créant une flaque qui s'agrandissait à vue d'œil.

Elle se leva et courut jusqu'à lui. Eric trébucha lorsqu'il voulut faire un pas vers elle. Son père le rattrapa avant qu'il ne s'écroule par terre et l'aida à s'asseoir sur une chaise.

— Il a été blessé avec le tuyau avec lequel il a frappé le démon, murmura-t-elle.

Sans cesser de pleurer, elle lui retira sa chemise et dut faire un effort pour ravaler sa répulsion en découvrant la plaie.

Un grand trou béait au milieu de sa poitrine, dont du sang s'écoulait à flots. Chair et muscles étaient déchiquetés et pendaient en lambeaux.

— Appelez une ambulance !

Elle pressa un coussin contre le torse d'Eric, mais le tissu fut bientôt trempé de sang. Elle appuya plus fort pour essayer d'arrêter l'hémorragie.

— Ne restez pas là sans rien faire ! Il a besoin d'aide, cria-t-elle par-dessus son épaule.

— Les secours ne peuvent pas l'aider. Si l'hémorragie ne le tue pas, c'est le fer du tuyau qui le fera.

La voix de sa mère était dure, impassible.

— Le fer ? Qu'est-ce que tu racontes ?

— Le fer est toxique pour les fées. C'est ça qui le tuera, pas la blessure en elle-même.

— Il doit y avoir un moyen de le sauver. On est des fées, merde !

La colère et la peur la faisaient trembler. Elle n'avait encore jamais levé la voix sur ses parents, et encore moins juré devant eux. Mais il fallait qu'ils comprennent, qu'ils l'aident.

— Tu devras faire exactement ce que je dis, sinon il ne survivra pas, annonça sa mère d'un ton sec.

— Qu'est-ce que je dois faire ?

Du sang chaud traversa le coussin et mouilla ses doigts. Eric avait fermé les yeux. Son visage avait perdu toutes ses couleurs, sa peau prenant une teinte grisâtre pendant que la vie l'abandonnait.

— Tu dois l'embrasser.

— L'embrasser ? En quoi l'embrasser l'aidera ?

— Il va mourir, Celeste. Tu dois faire vite, la pressa son père.

Son don, c'était la prophétie. C'était ce qu'ils lui avaient dit. Mais les forces d'Eric le quittaient. Elle n'avait plus le choix.

Elle se pencha et prit son visage entre ses mains. L'odeur cuivrée du sang lui noua la gorge.

Et si ça ne marchait pas ?

Et si elle ne pouvait pas le sauver ?

La terreur referma ses doigts glacés autour de son cœur, et le serra jusqu'à ce qu'elle se sente étourdie.

Il ne restait plus beaucoup de temps.

Elle ferma les yeux et effleura les lèvres d'Eric sans prêter attention au goût du sang.

Une petite décharge électrique la traversa de la tête aux pieds à l'instant où ils se touchèrent. La sensation disparut dès qu'elle s'écarta. Elle appuya sa bouche plus fermement contre la sienne. Le courant électrique devint plus puissant, parcourut son corps et entra dans celui d'Eric.

Un tambourinement, le même qu'elle avait ressenti la première fois qu'Eric l'avait touchée, palpita à travers tout son être.

Elle ouvrit la bouche et lui donna un vrai baiser.

Une puissance à l'état pur s'écoulait dans le corps d'Eric.

Elle sentit l'euphorie la gagner, embraser ses cellules comme des milliers d'éclairs.

Eric bougea la tête.

Encouragée, elle garda ses lèvres contre les siennes, déversant son énergie en lui, lui ordonnant de vivre.

Il ouvrit de grands yeux et la regarda intensément.

Elle voulut s'écarter, mais il posa la main sur sa nuque pour la garder contre lui. Il l'embrassa avec la même passion qui l'animait lors de leur nuit ensemble. Il s'assit et l'attira sur ses genoux. Lorsque son érection appuya doucement contre son ventre, elle oublia le monde autour d'eux.

Son père toussota.

Elle s'écarta en sursautant et rencontra le regard d'Eric. Il la dévisageait avec un désir si intense qu'elle craignit un instant qu'il baisse sa culotte et la prenne là, devant ses parents.

— Laisse-moi voir ton torse.

Gênée de respirer si bruyamment, elle repoussa les pans de sa chemise et toucha la zone de la blessure du bout des doigts. Il ne restait même pas l'ombre d'une cicatrice. Elle secoua la tête.

— C'est impossible, murmura-t-elle.

— Je le savais. Je savais que ma fille était une guérisseuse.

Son père paraissait à la fois fier et étonné. Les yeux bleus d'Eric restaient rivés aux siens. Il pinça les lèvres.

Un frisson parcourut son échine. La prenait-il pour un monstre, désormais ?

Elle se leva lentement. Il fit de même.

Des étoiles blanches dansèrent devant ses yeux. Elle était soudain à bout de forces. Ses jambes faiblirent et elle chancela.

Eric posa les mains sur sa taille pour la soutenir. Elle sentit ses paupières se fermer.

— Qu'est-ce qui m'arrive ?

— Tu es épuisée, ma chérie. Une guérison peut avoir cet effet, dit sa mère d'un ton rassurant.

— Ça va, je vais bien.

Elle repoussa la main d'Eric. Au fond, ce qu'il pensait d'elle n'avait pas d'importance.

Il savait qu'elle était différente. Il savait ce qu'elle était.

Elle n'avait jamais trouvé sa place, pourquoi en serait-il autrement cette fois ?

Elle inspira et soutint son regard méfiant.

— Qu'est-ce que tu m'as fait, Celeste ?

CHAPITRE TRENTE

Après l'attaque dans le jardin, Eric refusa de laisser Celeste seule. S'il devait s'absenter pour une affaire urgente, il s'assurait que ses parents ou Donovan restent avec elle. Il ne comptait plus la mettre en danger. Il avait beau détester ce mec, il savait que Donovan la protégerait.

Celeste était tout ce qui comptait.

Elle l'avait soigné, lui avait sauvé la vie. C'était un fait. Cependant, il n'arrivait toujours pas à comprendre comment elle avait fait.

Son esprit rationnel luttait contre ce que lui disait son instinct. Il n'avait pas encore décidé qui croire.

Voyant Celeste tourner comme un lion en cage à la maison, il décida de l'inviter à déjeuner au restaurant.

Il regarda sa montre. Il avait un bref coup de fil à passer pendant qu'elle se préparait.

Sarah et Ben étaient partis en ville tôt ce matin et Mme Gambil rangeait à l'étage. La maison était silencieuse.

Il entra dans la bibliothèque et s'arrêta net.

Donovan était assis sur son fauteuil en cuir, les pieds

posés sur le bureau. Il regardait intensément un cadre photo qu'il tenait à la main.

C'était leur photo de mariage.

La colère bouillonna dans sa poitrine et troubla sa vue.

— Putain, qu'est-ce que tu fous ?

— Je regarde. Y a pas de mal à regarder, si ? rétorqua Donovan.

Il le considéra d'un air moqueur avant de reposer le cadre sur le bureau.

— Tu as intérêt à ne faire que regarder, gronda-t-il en serrant les poings. Elle est à moi.

Donovan se leva d'un bond.

— Tu es un idiot si tu penses que tu pourras la garder, Nordstrom. Elle m'a toujours été destinée.

Sa colère se mua en une rage possessive.

— C'est *ma* femme. Et si je te surprends ne serait-ce qu'à la regarder d'une façon qui ne me plaît pas, je t'arrache le cœur.

— Est-ce que tout va bien ?

Il se retourna en entendant la voix de Celeste.

Elle se tenait dans l'encadrement de la porte. Sa robe en velours vert moulait son ventre rond, et ses cheveux blonds soyeux retombaient en vagues sur ses épaules.

Sa beauté lui coupa le souffle. Il la prit dans ses bras et répondit d'un ton léger :

— On discutait, mon cœur, c'est tout.

Elle lui sourit avant de se tourner vers son cousin.

— Donovan, tu veux venir déjeuner avec nous ? Sinon, tu vas rester seul. Mes parents sont sortis.

— Non merci, ma chérie.

Le sobriquet affectueux fit grimacer Eric. Il lui lança un regard d'avertissement.

— Une autre fois. Je dois bosser sur ma prochaine stratégie offensive, continua-t-il avec un petit sourire.

— Pour combattre le démon ? demanda Celeste.

Donovan regarda Eric droit dans les yeux.

— Exactement. Pour combattre le démon.

* * *

Après cet échange avec Donovan, Eric resta sur ses gardes. Il n'hésiterait pas à tuer ce connard s'il posait ses sales pattes sur Celeste.

Il se frotta les paupières. Merde, il n'avait même pas touché Celeste lui-même. Du moins, pas comme il l'aurait souhaité.

Il crevait d'envie de lui faire l'amour, mais il voulait lui apporter quelque chose de plus. Lui donner le romantisme, la tendresse et l'amour qu'elle n'avait pas reçus au début de leur relation.

Elle méritait mieux qu'une baise torride et sauvage.

Cette simple idée le rendait dur. Ils avaient fait l'amour six mois, une semaine et quatre jours plus tôt. Il n'avait couché avec personne depuis.

Il n'avait eu envie d'aucune autre.

Il tourna la tête vers elle lorsqu'elle bougea dans son sommeil. Elle s'étira, se cambrant contre lui. Ses seins généreux se collèrent contre son bras. Il étouffa un grognement. Son sexe avait durci au point de lui faire mal.

Elle battit des cils, ouvrit les yeux et sourit.

— Bonjour.

— Bonjour.

Il roula sur le flanc pour caresser sa joue, puis posa la main sur son épaule. Les pupilles de Celeste se dilatèrent.

Ses doigts descendirent vers l'arrondi de son sein. Il soutint son regard, attendant qu'elle le repousse.

Elle prit une brusque inspiration. Les yeux brillants, elle pressa sa main contre sa poitrine, en venant à la rencontre de sa paume. Un gémissement de plaisir s'échappa de sa bouche entrouverte.

— J'ai envie de toi, Celeste. Je ne veux pas attendre une minute de plus.

Elle écarquilla les yeux, puis hocha la tête.

Il s'assit contre la tête de lit, la souleva et la posa sur ses genoux. Sans détacher son regard du sien, elle fit courir ses doigts sur son torse, explorant son corps en détail.

Il l'embrassa doucement sur chaque joue. Il voulait prendre son temps, s'occuper de son plaisir.

Ses lèvres effleurèrent son menton, puis son front.

Quand il s'écarta, la confiance qu'il lut dans ses yeux le laissa sur le carreau.

Il recouvrit sa bouche de la sienne. Son goût était plus délicieux que tout ce qu'il connaissait. Il avait couché avec de nombreuses femmes, mais aucune ne lui arrivait à la cheville.

Elle referma les doigts autour de ses poignets pour l'encourager à laisser ses grandes mains sur ses hanches.

Elle gémit contre sa bouche tandis que sa langue cherchait la sienne, nourrissant un brasier déjà incontrôlable. Le besoin de la posséder, de toutes les manières possibles, l'empêchait de réfléchir.

Il caressa ses seins généreux et essaya de mémoriser chaque courbe douce de son corps.

Elle poussa un petit cri et ferma le poing dans ses cheveux.

Il descendit vers ses cuisses, saisit l'ourlet de sa chemise de nuit. Lorsque ses doigts effleurèrent sa peau douce, elle trembla.

Il souleva la chemise et la laissa tomber par terre. Ne portant désormais qu'une simple culotte rose, elle s'assit dans le lit.

Putain, elle était tellement belle.

L'effort qu'il devait déployer pour ne pas la prendre sans

attendre lui fit serrer les dents. Il voulait se souvenir de ce moment, s'en gorger.

Il admira ses seins plantureux et ses mamelons roses, puis son regard descendit vers son ventre.

— Bon sang, que tu es belle.

Elle lui prit les mains et les posa sur sa poitrine. Il cessa de respirer, se faisant violence pour ne pas se précipiter.

Il pinça doucement son téton jusqu'à ce qu'un autre gémissement bas s'échappe de ses lèvres.

— N'arrête pas, Eric.

— Aucune chance.

Il trouva sa bouche alors qu'il l'attirait contre son torse. Saisissant ses hanches, il pressa son membre contre sa culotte mouillée. Il voulait sentir chaque centimètre de son corps irrésistible contre le sien. Il embrassa son cou et descendit vers son épaule tandis qu'elle s'accrochait à lui.

— J'espère que je ne vous dérange pas.

La voix aigüe de Donovan retentit dans la chambre.

Celeste poussa un cri et se blottit contre son torse pour essayer de cacher son corps nu. Il regarda froidement Donovan.

— Putain, qu'est-ce qui te prend d'entrer sans frapper ?

Il passa les bras autour de Celeste pour la masquer à la vue de son cousin. Si elle ne s'était pas trouvée sur ses genoux, il aurait sauté sur Donovan pour lui démolir le portrait.

— Navré. Ta visiteuse a dit que c'était important, dit ce dernier avec un sourire en coin.

— Quelle visiteuse ?

Il n'avait aucun rendez-vous prévu.

— Une ancienne petite copine. Elle est en bas et elle insiste pour te parler. Elle s'appelle Leslie, il me semble.

Le sourire de Donovan s'élargit. En sentant Celeste frémir contre son torse, Eric eut envie de tuer son cousin.

— Donovan, sors d'ici, insista-t-elle.

— Ce n'est pas comme si je ne t'avais jamais vue à poil.

Donovan fit danser ses sourcils. Celeste lui octroya un regard sévère par-dessus son épaule.

— J'avais cinq ans, idiot. J'aimerais m'habiller. Tu permets ?

— Mais bien sûr, je t'en prie.

Donovan se pencha pour ramasser sa chemise de nuit. Il frotta la robe en soie entre ses doigts avant de la porter à son nez.

Eric vit rouge. En un mouvement brusque, il drapa Celeste de la couverture et bondit hors du lit. Il fut sur Donovan en deux pas.

Il lui arracha le vêtement des mains et le lança à Celeste avant d'empoigner son cousin par le col.

— Eh ben, quelle possessivité, marmonna celui-ci en se dégageant. D'accord, c'est bon, je sors.

Eric le suivit des yeux jusqu'à ce qu'il referme la porte derrière lui. Il mit sa robe de chambre, hors de lui. Putain, il ne pouvait même pas faire l'amour à sa femme dans sa propre maison.

Il s'approcha du lit et embrassa Celeste jusqu'à ce qu'il la sente se détendre contre lui avant de s'écarter à regret.

— Ça ne prendra pas longtemps. Ne t'habille pas. Je compte bien finir ce que nous avons commencé.

Il essaya de déplacer son membre raide pour qu'il soit moins visible, mais c'était peine perdue.

Il se baladait avec une gaule permanente depuis qu'elle avait emménagé chez lui. Il aurait dû être habitué à l'inconfort, depuis le temps.

Quelques minutes plus tard, il entra dans la bibliothèque. Il perdit son érection à la seconde où il vit Leslie. Il s'assit à son bureau avec un visage de marbre, regrettant de ne pas avoir essayé de la faire exclure du conseil.

— Leslie. Je suis surpris que tu aies le cran de venir chez moi.

— Je sais qu'il est tôt, mais je devais vraiment te parler.

Leslie s'assit sur la chaise en face de lui en tripotant le collier en or entre ses seins. Il se demanda comment elle arrivait à respirer dans son pull rouge ultramoulant. Elle lui faisait penser à une saucisse ficelée.

Elle posa les yeux sur son torse nu et s'humecta les lèvres.

— Je te réveille, je vois.

— Qu'est-ce que tu fais ici ? Si je me rappelle bien, tu as insulté ma femme et tu m'as manqué de respect la dernière fois que tu étais là.

Il regarda l'horloge au mur. Il désirait aller retrouver Celeste, qui l'attendait nue dans leur chambre.

— C'est pour ça que je suis venue. Pour m'excuser. Je n'avais pas compris que tu étais attaché à cette fille, dit-elle avec un rire nerveux.

Il arqua un sourcil.

— Cette fille ? Celeste est mon épouse et la mère de mon enfant.

Il s'adossa dans le fauteuil et inspira profondément avant de poursuivre :

— Bien sûr, la différence d'âge entre vous est considérable. C'est peut-être pour ça que tu parles d'elle en ces termes.

Le regard de Leslie étincela un instant de colère, puis elle se reprit et plaqua une expression contrite sur ses traits. Il était surpris qu'une personne possédant une telle beauté extérieure puisse être à ce point insensible et superficielle.

— J'avais beaucoup trop bu et je ne savais plus ce que je disais. Je tiens à ce que tu saches que je m'en veux terriblement, murmura-t-elle en regardant le sol.

Il n'en croyait pas un mot. Il avait appris depuis longtemps que les femmes comme Leslie avaient toujours une idée derrière la tête, un intérêt quelconque.

— Ce n'est pas à moi que tu dois des excuses.

— Il est tôt, je ne veux pas la réveiller. Les femmes enceintes ont besoin de repos.

— Elle ne dort pas. Du moins, elle ne dormait pas quand je l'ai quittée il y a quelques minutes.

Il ne chercha pas à dissimuler son sourire et laissa Leslie ruminer cette information.

Elle s'éclaircit la gorge et se trémoussa. Visiblement, les images qu'elle avait en tête la mettaient mal à l'aise. Il sortit son portable.

— Je vais lui demander de nous rejoindre.

Plus vite Leslie se serait excusée, plus vite il pourrait retourner au lit avec Celeste.

— Tu ne dors pas ? demanda-t-il à voix basse. Mets ta robe de chambre et viens en bas.

* * *

— Je déteste cette pouffiasse, grommela Celeste.

Elle passa la robe de chambre et vérifia qu'elle n'était pas trop décoiffée dans le miroir. Elle n'avait jamais détesté quelqu'un avant de rencontrer Leslie Andrews.

Quand Donovan avait annoncé qu'Eric avait une visiteuse, elle avait immédiatement su qui c'était. Son ennemie jurée, Leslie.

Elle était sublime.

Et mince.

Elle passa la main sur son ventre rond en descendant l'escalier. Elle aurait préféré s'habiller, mais Eric lui avait demandé de ne mettre qu'un peignoir.

Le peu d'assurance dont elle disposait vola en éclats lorsqu'elle entra dans la bibliothèque et vit Leslie. Elle portait un jean moulant et un pull étiré au maximum de son élasticité sur sa poitrine ferme. Avec ses bottes qui montaient jusqu'au genou, elle était aussi grande qu'Eric.

L'estime de Celeste prit un coup.

— Bonjour, Leslie.

— Bonjour.

Le regard de Leslie fit un aller-retour entre Eric et elle. Il s'approcha de Celeste en quelques pas, la prit dans ses bras et l'embrassa avec une passion manifeste.

Elle ne fit pas exprès de gémir. Chaque fois qu'il la touchait, elle perdrait le contrôle sur son corps.

Il n'avait d'yeux que pour elle quand il détacha sa bouche de la sienne. Il posa une main sur sa joue.

— Leslie a quelque chose à te dire.

— En fait, je préférerais parler à Celeste seule à seule, si ça ne t'ennuie pas, dit Leslie un peu sèchement.

Elle accepta en souriant.

— D'accord.

La baiser d'Eric lui avait donné l'aplomb nécessaire pour faire face à Leslie. Il écarta le pan de son peignoir d'un doigt et baissa les yeux vers sa poitrine. Elle frappa sa main, lui tirant un sourire.

— Je m'assure que tu n'as rien mis d'autre.

Il l'embrassa de nouveau avant de sortir de la bibliothèque. Le choc sur le visage de Leslie était exactement ce dont elle avait besoin. Elle s'assit sur le canapé après avoir renoué sa robe de chambre.

— Tu voulais me parler, Leslie ?

La jeune femme retrouva immédiatement une expression impassible.

— Oui. Je voulais te dire que je regrette vraiment ce que j'ai dit l'autre soir. J'avais trop bu et j'ai été incorrecte. J'espère que tu accepteras de me pardonner.

Elle ne la pensait pas sincère, mais elle était presque sûre que c'était la première fois que Leslie Andrews présentait des excuses à quiconque.

— J'accepte tes excuses.

Elle pardonnait ; en revanche, il était hors de question qu'elle oublie. Leslie parut surprise.

— C'est vrai ? Je veux dire, c'est très généreux de ta part.

Un silence gêné s'installa entre elles. La politesse aurait exigé qu'elle offre à boire à Leslie, mais elle n'avait aucune envie que cette femme reste sous son toit une minute de plus que nécessaire.

— Ça doit être difficile d'être mariée à quelqu'un que tu connais à peine, reprit Leslie en souriant. Je connais Eric depuis un bout de temps. Il t'a dit qu'il a été mannequin pour Calvin Klein ?

— Non.

Quelle anecdote étrange à raconter.

— Il avait un peu plus de vingt ans. Il était en conflit avec son père, il voulait le faire enrager. C'est comme ça qu'on s'est rencontrés. J'étais mannequin et on a participé au même défilé à la Fashion Week de Paris. Il était vraiment dans son élément. Et il enchaînait les top models. Dès qu'il en avait mis une dans son lit, il passait à la suivante.

Leslie éclata de rire. Celeste respira profondément. Elle ne se laisserait pas atteindre. Le passé d'Eric n'était que ça : le passé. Ça n'avait rien à voir avec leur relation actuelle.

— Il disait toujours qu'il ne se marierait pas et qu'il ne voudrait jamais être responsable de quelqu'un d'autre. Il t'a déjà parlé du scandale avec Elizabeth Humphries, quand il a failli perdre son entreprise ?

Celeste sentit la bile remonter dans la gorge. Elle savait que Leslie cherchait à la provoquer, et refusait de tomber dans le panneau. Elle sourit.

— Je suis au courant.

— Dans ce cas, tu peux comprendre pourquoi je pensais

qu'il t'avait épousée par intérêt, soupira Leslie. Quand elle l'a accusé de viol, il a été suspendu par le conseil.

— Il ne l'a jamais violée. C'était un rapport consenti.

— Je sais. Mais il n'a réintégré sa place qu'après votre mariage. Le conseil avait peur que ses frasques mettent l'entreprise en danger. J'ai cru qu'il t'avait épousée pour éviter un nouveau scandale, surtout si tu es enceinte. Après tout, tu aurais pu l'accuser de viol, toi aussi, dit-elle en haussant les épaules. Il aurait pu tout perdre.

Celeste essaya de garder un sourire plaqué sur ses lèvres. Il ne lui avait jamais dit qu'il était suspendu. Leslie secoua la main.

— Je suis sûre qu'il t'a déjà parlé de tout ça. Je t'ai apporté quelque chose. J'ai trouvé des magazines en rangeant mes placards, ceux dans lesquels il a été publié. Il avait l'air tellement heureux à cette époque. J'imagine que c'était parce qu'il était entouré de mannequins.

Elle sortit une pile de revues brillantes de son sac luxueux et les lui tendit.

— Je ne m'inquiéterais pas, si j'étais toi. Je suis sûre qu'il s'est assagi depuis le temps.

Leslie se leva et prit son sac.

— Bon, je dois filer. Je suis vraiment heureuse qu'on ait eu l'occasion de discuter.

Elle sortit de la bibliothèque et, quelques secondes plus tard, Celeste entendit la porte d'entrée se fermer. Elle resta assise sur le canapé, les magazines aussi lourds que des briques sur ses genoux. Pourquoi ne lui avait-il pas dit qu'il était suspendu ?

Elle repensa au jour où il avait fait sa demande en mariage.

Il lui avait dit que renoncer à ses droits parentaux donnerait tout le pouvoir à Celeste. Qu'elle pourrait le faire chanter avec les documents prouvant qu'il était le père.

Son cœur se serra.

Elle ouvrit lentement la première revue. Arrivée à la moitié des pages, elle trouva la publicité.

Eric, uniquement vêtu d'un boxer Calvin Klein, était adossé contre le mât d'un yacht. Son torse n'était qu'un océan de muscles secs, exactement comme à présent. Les bras levés, il détournait son visage de l'objectif, lui offrant une vue éblouissante de sa mâchoire carrée. Son ventre se réchauffa.

Il était sur la couverture du magazine suivant, dans un jean et une chemise blanche déboutonnée. Il regardait l'objectif bien en face avec un sourire dévastateur.

Un puissant désir la fit frissonner. D'une main tremblante, elle tourna les pages jusqu'à ce qu'elle trouve l'interview.

Les premières questions étaient ordinaires : sa famille, ses origines, quelles entreprises possédait son père, où il habitait. Elles devinrent ensuite plus personnelles. On lui demandait avec qui il sortait. Il avait répondu qu'il refusait de se limiter à une seule personne.

Sa bouche devint sèche.

La question suivante était s'il pensait se marier un jour. Il avait déclaré qu'il ne se marierait jamais, parce qu'il était incapable de rester fidèle.

Il ne pourrait jamais être fidèle.

Le magazine glissa de sa main et tomba par terre.

Il l'avait épousée pour sauver son entreprise, pas pour élever leur enfant.

Moins d'une heure plus tôt, elle avait été sur le point de se donner à lui, persuadée qu'il tenait à elle.

Mais selon ses propres dires, il ne pourrait ni ne voudrait jamais être fidèle.

Elle avait été idiote d'imaginer qu'il pourrait en être autrement.

CHAPITRE TRENTE-ET-UN

Des larmes roulèrent sur les joues de Celeste et lui brûlèrent les yeux.

Elle ramassa les magazines et monta l'escalier à la hâte. Elle manqua de se cogner contre Mme Gambil de justesse.

— Je suis vraiment désolée.

— C'est ma faute, Madame Celeste. Je venais vous prévenir qu'Eric a dû aller dans le garage. Il m'a demandé de vous dire qu'il revenait tout de suite.

— Est-ce que tout va bien ?

La tête baissée, elle fit mine de rassembler la pile de revues entre ses bras pour cacher ses larmes.

— Salomon l'a appelé parce qu'il manque une des motos. Je crois que Donovan l'a empruntée. Je pourrais jurer que je l'ai croisé quand je rentrais des commissions.

Mme Gambil tapota son menton d'un air songeur, puis elle remarqua les magazines.

— Qu'est-ce que c'est ?

Elle reconnut Eric sur la couverture de l'un d'entre eux.

— Ah oui, je m'en souviens. Son père était mort d'inquiétude, il craignait qu'il ne s'assagisse jamais. Monsieur Eric avait un faible pour les belles femmes, c'est certain.

Elle eut l'impression que son cœur dégringolait de sa poitrine, tel un rocher dévalant une montagne. Les mots de la gouvernante confirmaient sa plus grande crainte. Eric était un séducteur invétéré.

— Excusez-moi, madame Gambil. Je dois aller m'habiller.

Elle monta les marches pour se soustraire à son regard attentif.

Une fois dans la chambre, elle verrouilla la porte. Elle alla cacher les revues dans la penderie du dressing, sous des boîtes de chaussures.

Le temps se rafraîchissait dans le Vermont. Elle choisit un jean noir, un sweat blanc et des bottes. Après avoir passé son manteau et pris son sac, elle sortit de la maison.

En voyant Eric sortir du garage, elle se plaqua contre un arbre et retint sa respiration. Elle ne voulait pas le voir. Elle ne voulait pas entendre ses mensonges.

Il rentra dans la maison. À la ride qui marquait son front, elle devina que Donovan avait bien emprunté l'une des motos.

Dès que la voie fut libre, elle courut jusqu'au garage et monta dans sa voiture. Elle avait déjà parcouru plusieurs kilomètres quand son portable sonna.

— Je te cherche partout. Où es-tu ? demanda Eric.

— J'avais promis de passer chez Andrea Leigh aujourd'-hui, j'ai oublié.

Elle parvint à rire.

— Elle m'a invitée à prendre le café. Depuis que mes parents sont là, je n'ai pas eu le temps d'aller la voir.

— Je n'aime l'idée que tu y ailles seule. Et si je te retrouvais là-bas, juste pour être sûr que tu es bien arrivée ?

— Ce n'est pas nécessaire. Je t'appellerai en arrivant.

Malgré la boule dans sa gorge, elle déglutit avant d'ajouter :

— Écoute, Eric, je vais bien. Mais vous me tournez constamment autour et je commence à me sentir un peu claustrophobe. Et puis, il est neuf heures du matin. Il ne se passe jamais rien de grave si tôt.

— D'accord, soupira-t-il. Mais promets de m'appeler dès que tu arrives.

— Je le ferai.

— Celeste ?

Il parut hésiter.

— Est-ce que Leslie a dit quelque chose qui t'a déplu ?

— Je t'appellerai en arrivant.

Elle raccrocha et jeta son téléphone sur le siège passager. Elle était blessée, fatiguée et en colère. Elle était blessée parce qu'Eric ne l'aimait pas et ne l'aimerait sans doute jamais. Elle était fatiguée d'entendre des histoires sur lui et sa multitude d'anciennes partenaires. Et surtout, elle était en colère contre elle-même parce qu'elle était désormais mariée à cet homme. Elle avait sacrifié sa vie entière pour ce mariage.

Son indépendance, ses rêves et son identité.

Elle était si occupée à ressasser son chagrin qu'elle ne remarqua pas le cerf qui entra soudain sur la route devant elle. Elle donna un coup de volant vers la gauche et écrasa la pédale de frein.

Les pneus crissèrent. La voiture zigzagua sur le goudron encore mouillé par la pluie de la nuit précédente.

En vain, elle tenta de reprendre le contrôle de la voiture. Le véhicule percuta un arbre avant même qu'elle ait le temps de crier.

* * *

— Celeste, réveille-toi.

Sa poitrine et son ventre étaient douloureux. Lorsqu'elle voulut lever la tête, un spasme de souffrance traversa tout son corps, lui tirant un hurlement.

— Celeste, ouvre les yeux.

Elle força ses paupières à se soulever. Elle était dans sa voiture, la tête contre le volant. De grosses cendres blanches flottaient dans l'habitacle.

Elle se souvenait du cerf et d'avoir perdu le contrôle de la voiture. Le reste était flou.

Elle essaya de discerner quelque chose dans l'obscurité. Le soleil était couché depuis longtemps. Elle était restée inconsciente de nombreuses heures.

Elle leva les bras pour vérifier qu'elle n'avait rien de cassé. Elle put bouger les deux sans ressentir de douleur.

Un liquide tiède coulait sur son front. Elle porta la main à sa tête puis l'approcha de ses yeux. La lune éclairait juste assez pour qu'elle puisse voir le sang sur ses doigts.

— Celeste.

— Donovan ?

— Je vais te sortir de là. La portière ne s'ouvre pas. J'ai cassé la vitre passager.

Elle leva faiblement la tête et la tourna vers le côté passager.

— Je crois que la voiture est en feu. Il y a de la cendre.

— Non, c'est juste les trucs dans l'airbag.

— Donovan, j'ai peur.

Elle avait un mauvais pressentiment. Une larme coula sur sa joue. Donovan tendit le bras et l'essuya du pouce.

— Tout va bien. Je suis là. Je vais ouvrir la portière, n'aie pas peur.

Il saisit la portière là où la vitre s'était trouvée et tira d'un coup sec. Il tordit le métal avec une force surhumaine, le faisant grincer, jusqu'à ce qu'il l'arrache de la voiture.

Il jeta la portière par-dessus son épaule.

— Ce que tu viens de faire est impossible. Ce n'est pas réel.

— Pas du tout, tu peux me croire, dit-il avec un sourire penaud.

— Donovan, tu viens d'arracher la portière.

— Ouais.

— À mains nues.

— Je sais. Ça t'embête pour la portière ?

Il se pencha et palpa son corps pour s'assurer qu'elle n'était pas blessée.

— Un peu. C'était ma toute première voiture.

Quand Donovan toucha un endroit sur son ventre, une douleur vive lui fit pousser un cri.

— Tu es gravement blessée.

— Je vais mourir ?

Elle connaissait déjà la réponse. La douleur s'atténuait, mais le froid s'emparait de son corps, la glaçant jusqu'aux os. La voix de son cousin se brisa.

— Oui. Je dois te sortir de là pour pouvoir t'aider. D'accord ?

Elle rencontra son regard. Des souvenirs d'enfance lui revinrent à l'esprit, au cours desquels ils nageaient dans l'étang et attrapaient des lucioles.

— Ma chérie, je dois te déplacer.

— Ça va faire mal, murmura-t-elle.

— Je vais essayer de faire vite, d'accord ?

Il passa un bras dans son dos et l'autre sous ses jambes, puis posa sa tête contre son épaule. Elle inspira pour se préparer, mais lorsqu'il la souleva, une souffrance insoutenable lui déchira le ventre et la poitrine, comme si des milliers de lames s'enfonçaient dans sa chair.

Elle hurla.

Il l'éloigna du véhicule et l'étendit sous un arbre au bord de la route.

— Tu as une hémorragie interne.

— Le bébé ? Et le bébé ?

Il détourna la tête, mais elle eut le temps de voir la tristesse dans son regard. Elle articula avec difficulté :

— Dis-moi la vérité. J'en ai assez que tout le monde me mente.

— Avec tout le sang que tu as perdu, je ne vois pas comment le bébé pourrait survivre.

Elle ferma les yeux. Le désespoir lui écrasa le cœur. Donovan prit son visage entre ses mains.

— Écoute-moi. Il reste un espoir. Essaie de te soigner.

— Je ne peux pas.

Elle avait à peine la force de parler ; elle n'aurait jamais assez d'énergie pour se guérir.

— Pas toute seule. Je t'aiderai. J'ai un don particulier. Je peux amplifier les pouvoirs d'une fée.

— Je croyais que ton don, c'était la force.

Donovan aboya un rire.

— J'ai plus d'un talent.

Chaque seconde qui s'écoulait faisait disparaître un peu de douleur, mais emportait également ses forces.

— Qu'est-ce que je dois faire ?

— Embrasse-moi, dit-il en se penchant au-dessus d'elle. Concentre-toi sur la douleur. C'est là que tu dois agir.

Il ne lui laissa pas le temps de répondre. Il baissa la tête et recouvrit ses lèvres des siennes.

Elle laissa ses paupières retomber et se concentra en rassemblant le peu de forces qui lui restait. Elle visualisa son cœur, qui battait rapidement pour compenser la perte de sang. Juste au-dessus, une artère était sectionnée et du sang s'écoulait à chaque battement.

Elle focalisa toute son énergie sur cette zone. Un flot de guérison s'écoula dans son corps. La chair et les muscles déchirés commencèrent à se ressouder à la vitesse de l'éclair.

Elle redoubla d'efforts jusqu'à ce que son cœur soit soigné et batte avec vigueur.

Elle tourna ensuite son esprit vers son bébé, dont le pouls faiblissait peu à peu.

Une terreur sans nom la submergea. Elle devait faire quelque chose. Elle ne laisserait pas son enfant mourir.

Elle noua ses bras autour du cou de Donovan et l'embrassa plus fermement, mêlant leurs énergies pour n'en faire qu'une seule.

Elle la sentit crépiter entre leurs corps et descendre jusqu'à son bébé. Elle examina mentalement le petit corps de la tête aux pieds pour localiser sa blessure, et finit par découvrir une fine déchirure sur le cordon ombilical. Emplie de puissance, elle se concentra de plus belle. La chair commença à cicatriser. Elle put sentir les battements de son cœur minuscule se fortifier.

La souffrance, jusqu'alors si intense, avait à présent disparu.

Elle essaya de repousser son cousin, mais il ne bougea pas. Elle dut détacher sa bouche de la sienne de force.

— Pousse-toi, Donovan.

L'instant suivant, il fut projeté en arrière et alla s'écraser contre un arbre.

Eric se tenait au-dessus d'elle, ses traits séduisants déformés par la fureur.

Donovan bondit sur Eric et le plaqua au sol. Le bruit de coups de poing lui retourna le ventre. Elle se leva et les regarda, sans arriver à en croire ses yeux.

Sous le clair de lune, elle put voir qu'ils saignaient, mais ni l'un ni l'autre ne donnait signe d'abandonner le combat. Ils frappaient de plus en plus fort à mesure que leur rage se déchaînait.

— Arrêtez !

Celeste s'était approchée d'eux. Lorsque le poing de

Donovan manqua Eric, il rencontra sa joue. Elle vit des étoiles et s'effondra par terre.

— Merde ! Celeste, je suis désolé.

Donovan s'accroupit près d'elle avec une expression inquiète.

— Espèce de connard !

Eric le souleva au-dessus de sa tête et l'envoya à plusieurs mètres de là, puis il se laissa tomber à genoux près de Celeste. La colère faisait étinceler son regard.

— Tu vas bien ?

— Oui, je n'ai rien.

La douleur s'atténuait déjà et elle pouvait sentir sa peau cicatriser.

— Tu plaisantes ? Putain, tu as plié ta voiture contre un arbre. Ça m'étonnerait que tu n'aies rien.

Il la serra contre son torse et enfouit son nez dans son cou. Après s'être relevé, Donovan épousseta ses vêtements.

— Elle va mieux, dit-il. Le bébé et elle allaient mourir, mais elle a réussi à les soigner.

— Est-ce que c'est vrai ?

Eric scruta son visage pour obtenir sa confirmation. Ce qu'elle avait pris pour de la colère dans ses yeux était en réalité de la peur.

— Oui. Mais je n'y serais jamais arrivée seule. Donovan m'a aidée. En revanche, il a eu l'air d'aimer un peu trop ça, ajouta-t-elle en grommelant.

Avec un petit sourire, son cousin posa les doigts sur sa bouche.

— Je dois reconnaître que tu sais sacrément bien embrasser, Celeste.

Eric poussa un grondement. Elle alla se placer devant lui et posa la main sur son torse pour éviter qu'il ne réattaque Donovan. Il regarda sa main, puis toucha sa joue.

— Le traceur a été détruit pendant l'accident. J'ai perdu ta trace.

Elle fronça les sourcils.

— Comment est-ce que tu m'as trouvée, Donovan ?

— Disons que nous sommes plus connectés que tout le monde le pense.

Il avait répondu sans se départir de son sourire en coin. Un muscle tressauta sur la joue d'Eric.

— C'est censé vouloir dire quoi, putain ?

— Ça veut dire que je peux sentir l'odeur de Celeste.

Donovan haussa un sourcil, son regard plongé dans le sien. Elle approcha une mèche de cheveux de son nez et la renifla, ce qui le fit éclater de rire.

— Ton sang, Celeste. Je peux sentir ton sang de fae.

— C'est répugnant, dit-elle avec une grimace.

— Chaque fée a un parfum unique. Certains sont sucrés, d'autres amers, et d'autres floraux. Mais l'odeur de ton sang est extrêmement sensuelle.

— C'est toujours aussi perturbant.

— Oh, mais non, tout le contraire, protesta Donovan.

Il ferma les yeux avant d'inspirer.

— Je ne saurais pas à quoi la comparer, mis à part un aphrodisiaque. Les fées ne sont pas les seules à sentir ton sang. Certains humains y parviennent aussi parfois.

Eric lâcha d'un ton glacial :

— Tu viens bien de dire que quand tu sens ma femme, tu as envie de...

— La baiser jusqu'à ce que je perdre connaissance, termina Donovan d'un ton radieux.

— Espèce de connard.

Eric se jeta sur lui, mais Donovan fut plus rapide. Il grimpa à un arbre aussi vite qu'un écureuil.

— C'est pas comme si elle prenait du bon temps avec toi, railla-t-il une fois perché sur une branche haute.

— Arrêtez. Vous taper dessus ne mène à rien.

— Je suis sûr que ça me fera du bien, lâcha Eric entre ses dents.

Voyant Donovan lui faire un doigt d'honneur, il essaya de contourner Celeste, mais elle le retint par la taille.

— Eric, s'il te plaît.

Leur enfant donna un coup dans son ventre. Eric baissa les yeux.

— Le bébé va bien ?

— Maintenant, oui.

Malgré la colère qu'elle avait ressentie contre lui ce matin, elle se radoucit devant son inquiétude manifeste.

— Je suis fatiguée. J'aimerais rentrer à la maison.

— Allons-y. On appellera tes parents sur la route.

Elle repartit vers ce qui restait de sa voiture. En approchant de l'épave, elle prit conscience qu'elle venait d'échapper à une mort horrible. L'avant du véhicule s'enroulait autour du large tronc du chêne.

— Donovan a dû arracher la portière, dit-elle en se penchant pour entrer dans l'habitacle.

Eric lui attrapa le bras.

— Qu'est-ce que tu fais ?

— Je récupère mon sac.

— Je ne veux pas te voir dans cette voiture. Je m'en occupe.

Après lui avoir lancé un regard ferme, il attrapa son sac.

— Comment va rentrer Donovan ?

— Il a ma moto. Celle qu'il a volée, maugréa-t-il.

Elle ne prononça pas un mot pendant la plus grande partie du trajet jusqu'à la maison. La colère d'Eric électrisait l'atmosphère. Lorsqu'elle ne supporta plus le silence, elle se tourna vers lui.

— Je suis désolée pour la voiture.

Eric s'arrêta brutalement sur le bas-côté et coupa le

moteur, puis il pivota sur le siège pour la regarder dans les yeux.

— Je me contrefous de la voiture.

— Alors, pourquoi tu es furieux ?

— Je ne savais pas où tu étais pendant presque douze heures. Andrea Leigh n'était pas au courant que tu venais chez elle. Le traceur a cessé de fonctionner après l'accident et ton portable était éteint. J'ai dû laisser une centaine de messages. Donovan m'a appelé pour me dire qu'il t'avait trouvée, et quand je suis arrivé sur place, je vous ai vus vous embrasser. C'est la deuxième chose la plus terrible qui soit arrivée ce soir.

Il ébouriffa ses cheveux blonds d'un air absent. Elle l'observa, tête penchée.

— Quelle était la première ? Si voir Donovan m'embrasser n'était pas la chose la plus horrible, quelle était la pire ?

— Savoir que tu as failli mourir. Savoir que j'aurais pu te perdre est la pire expérience de ma vie.

Sa voix étranglée lui noua la gorge. Elle frissonna et croisa ses bras sur sa poitrine. Elle avait toujours imaginé la mort comme un moment bref et indolore, mais ce qu'elle avait vécu était tout l'inverse.

— Donovan t'a dit que j'allais mourir quand il t'a appelé ?

— Non. Il n'a pas eu besoin de le faire. Je l'ai senti. J'ai senti la douleur dans ma poitrine, et j'ai entendu tes cris dans ma tête.

Il lui caressa la joue.

— Mais tu es sauvée, indemne. J'ai beau être en rogne contre Donovan pour t'avoir embrassée, je suis reconnaissant que tu sois en vie.

Avant qu'elle puisse répondre, Eric descendit de voiture. Il lui ouvrit sa portière et attendit qu'elle sorte du véhicule pour la prendre dans ses bras. L'étreignant fermement, il lui donna un baiser abrupt. Lorsqu'il s'écarta, l'intensité de son regard l'effraya.

— Merde, Celeste, tu te rends compte ce que je me suis imaginé ? Je refuse de te perdre.

Ses lèvres s'écrasèrent sur les siennes, dures et exigeantes. Il glissa sa langue dans sa bouche et la posséda sans douceur.

Elle serra ses bras autour de son cou. Elle avait besoin de se sentir protégée, en sécurité.

Un poids lourd fit retentir son klaxon en passant à côté d'eux. Eric se détacha d'elle avec réticence. Elle n'avait encore jamais vu l'émotion briller dans ses yeux comme à cet instant.

Elle y vit également une promesse d'espoir.

CHAPTER TRENTE-DEUX

— Pose-moi, je peux marcher.

Celeste étouffa un bâillement tandis qu'Eric la portait dans l'escalier menant à leur porte d'entrée. Elle avait été si épuisée après s'être soignée elle-même, puis leur bébé, qu'elle s'était endormie pendant le trajet en voiture. Eric déposa un baiser sur son front.

— Non. Je veux te porter.

— Tu ne m'avais jamais dit que tu as été mannequin pour Calvin Klein.

— Comment est-ce que tu le sais ? demanda-t-il, surpris, avant de comprendre. Leslie.

Elle vit son regard s'assombrir.

— Elle a dit que tu avais un faible pour les mannequins.

— Bordel.

Il poussa un soupir agacé et cessa de marcher.

— C'est pour ça que tu es partie ? Parce qu'elle t'a raconté que je me tapais tout ce qui bouge ?

— D'après elle, tu as toujours dit que tu ne voulais pas te marier parce que tu étais incapable d'être fidèle.

Il ne répondit pas tout de suite. Lorsqu'il le fit, son ton était lourd de regret.

— C'était vrai à l'époque. Je me servais du sexe pour oublier mes soucis, comme d'autres les noient dans l'alcool.

Il pinça les lèvres.

— Je ne suis plus cette personne depuis longtemps.

Elle hocha la tête pendant qu'il ouvrait la porte. Sa mère se précipita à leur rencontre.

— Tu vas bien ? s'écria-t-elle. Eric, que s'est-il passé ?

— Elle a eu un accident de voiture, mais elle s'est soignée, et elle a aussi soigné le bébé. Elle est épuisée, c'est tout.

— Tu es sûre que ça va, ma chérie ?

Son père toucha sa sa joue et l'examina avec anxiété.

— Oui, papa. Je suis juste fatiguée.

Elle reposa sa tête contre l'épaule d'Eric, qui ne laissa pas à ses parents le temps de poser plus de questions. Il monta l'escalier, grimpant les marches deux par deux. Elle dormait déjà à moitié quand il l'allongea dans le lit.

Cette nuit-là, elle fit un rêve.

Eric se dirigeait vers la porte pour partir. Une limousine attendait dans l'allée pour l'emmener à la réunion du conseil. Une horrible prémonition la traversa lorsqu'il sortit de la maison.

Elle courut après lui pour le retenir et le supplier de décaler son départ, mais il ne voulut rien entendre. Il l'embrassa avant de lui chuchoter à l'oreille :

— Je serai de retour avant de te manquer.

Il monta dans la limousine. La voiture avait parcouru la moitié de l'allée quand elle explosa.

Elle se réveilla en sursaut. Son cœur battant à tout rompre, trempée de sueur, elle s'assit et tendit le bras pour toucher Eric.

Le lit était vide.

Elle fut frappée par un sentiment de déjà-vu, accompagné d'une bouffée de chaleur.

Le cœur au bord des lèvres, elle se leva en hâte et courut au rez-de-chaussée. Eric buvait un café au comptoir. Il avait mis un costume hors de prix, comme lorsqu'il se rendait au bureau. Son regard s'adoucit en la voyant.

— Bonjour, Madame Celeste, la salua gaiement Mme Gambil.

— Comment te sens-tu ? s'enquit Eric.

Elle sauta dans ses bras et lui fit lâcher sa tasse, qui se brisa sur le sol. Mme Gambil déroula plusieurs feuilles d'essuie-tout et commença à nettoyer.

— Qu'est-ce qui ne va pas ? lui murmura Eric à l'oreille en la serrant contre lui.

— Eric, ne va pas travailler aujourd'hui. Reste ici.

Il esquissa un sourire.

— Je n'ai qu'une seule réunion.

Elle eut un haut-le-cœur. Eric fronça les sourcils et posa une main sur son ventre.

— Qu'est-ce qui ne va pas ? C'est le bébé ?

— Eric, s'il te plaît, ne pars pas.

Elle se pendit à son cou en sanglotant, incapable de retenir ses larmes.

— Pourquoi ? Qu'est-ce qui se passe ?

Mme Gambil sortit discrètement de la cuisine.

— Eric, j'ai rêvé que tu mourais.

— Mon cœur, ne t'inquiète pas. Ce n'était qu'un cauchemar.

Il lui caressa la joue et l'embrassa.

— Je serai de retour avant de te manquer.

Prise de vertige, elle chancela. Il la rattrapa avant qu'elle s'effondre.

— Je te tiens.

Il la porta jusqu'au salon et l'allongea sur le canapé. Elle agrippa les pans de son costume quand il essaya de se redresser. Elle ne pouvait pas le laisser partir. Il fallait qu'il comprenne, qu'elle trouve un moyen de le faire rester.

Le carillon de la porte la fit sursauter.

— Monsieur Eric, votre limousine vous attend, dit la gouvernante.

— La réunion n'est qu'à dix heures. Tu te sentirais mieux si je restais encore un peu et que j'y allais en voiture ? demanda-t-il d'une voix douce.

— Non, n'y va pas du tout.

Il lui embrassa les joues et décrocha ses mains de sa veste. Quand il partit vers la cuisine, elle se leva pour le suivre. Ses parents, qui discutaient autour du comptoir, s'interrompirent en voyant l'expression sur son visage.

— Qu'est-ce qui ne va pas ?

— Celeste a fait un cauchemar. Elle ne veut pas que j'aille travailler aujourd'hui.

— Dans ce cas, n'y va pas.

Le ton de son père fit courir des frissons le long de sa colonne vertébrale.

— Si tu tiens à Celeste, n'y va pas, dit sa mère en touchant le bras d'Eric.

Le carillon de l'entrée sonna de nouveau.

Elle emboîta le pas à Eric, qui se dirigeait vers la porte. Elle était prête à le plaquer au sol s'il essayait de partir. Il ouvrit.

— Je suis navré de vous avoir fait déplacer. Je n'aurai pas besoin de la limousine aujourd'hui.

Il sortit quelques billets de cent dollars et les donna au chauffeur.

— Pour le dérangement.

Elle se colla contre Eric avant qu'il ait fermé la porte. Sans le lâcher, elle suivit des yeux le véhicule qui s'éloignait dans l'allée.

— Pourquoi avoir fait appel à une limousine au lieu de

demander à Salomon de t'emmener au bureau ?

— Je préfère que Salomon reste auprès de toi. Il a reçu une formation militaire. Il pourra te protéger en cas d'attaque.

Un sourire se dessinant sur ses lèvres, il demanda :

— Alors, qu'est-ce qui était censé se passer si je montais dans la limousine ?

Une explosion assourdissante fit vibrer les fenêtres de la demeure. Le véhicule n'était plus qu'une boule de flammes.

— Ça. C'est ce dont j'ai rêvé.

* * *

Eric finit de répondre aux questions de la police. Les agents avaient passé la plus grande partie de la journée à passer l'allée au peigne fin. Avant leur départ, ils lui avaient dit qu'il pensaient que l'explosion était une attaque visant son entreprise.

Il n'en croyait pas un mot, mais n'avait pas pris la peine de les contredire.

Toute la famille se rassembla dans la bibliothèque pour essayer de comprendre ce qui s'était passé.

— Mon rêve s'est réalisé, dit Celeste en se frottant les bras.

— Ce n'était pas un rêve, ma fille. C'était une vision.

Ben, qui faisait les cent pas devant la cheminée, se frotta le menton en fronçant les sourcils.

— Un rêve prémonitoire ? Je croyais que tu avais le don de guérison, remarqua Eric.

Elle hésita, puis leva la tête vers lui.

— Quand j'étais petite, mes rêves se réalisaient. Ça me terrifiait. Je croyais que j'étais anormale, maléfique. Je ne voulais pas être différente. Je voulais juste m'intégrer...

Elle s'interrompit pour s'humecter les lèvres.

— Les rêves ont cessé avant mes treize ans et je n'en ai plus fait pendant des années. Jusqu'à quelques semaines avant la fête organisée par Cryptic. J'ai rêvé plusieurs fois d'un livre qui se trouvait chez ton oncle, un livre censé expliquer ce que je suis.

Elle montra l'ouvrage à la reliure en cuir posé sur son bureau.

— Ce livre.

Il se rembrunit.

— C'est pour ça que tu étais à la fête. Et que tu tenais tant à visiter la bibliothèque.

Lorsqu'elle hocha la tête, il sentit son sang se glacer.

— Cette soirée a dû être une déception, alors, puisque tu n'as pas réussi à mettre la main sur le livre.

— Ce n'est pas vrai, Eric, protesta-t-elle.

— Et c'est quoi, la vérité ?

Il avait parlé plus sèchement qu'il n'en avait l'intention. C'était idiot, mais son ego était blessé.

— Je suis allée à cette fête pour découvrir ce que je suis. Je ne savais pas que tu serais là. Je n'avais pas rêvé de cette partie de la soirée.

La mère de Celeste prit la parole :

— Eric a aussi du sang de fae. Tu ne contrôles pas assez tes visions, tu n'aurais pas pu le voir.

— Donc, tu m'as suivi en espérant que je pourrais te mener jusqu'au livre.

— Tu ne te rends pas compte. Je n'ai jamais été invitée à la moindre fête en primaire, je n'ai jamais eu de petit ami et personne ne m'a jamais invitée à un bal de fin d'année. J'avais besoin de découvrir ce qui n'allait pas chez moi.

— C'est notre faute, dit Sarah à voix basse.

Celeste se tourna vers sa mère sans comprendre.

— Comment ça ?

— Quand tu as rêvé de la mort de notre voisin, tu as eu si

peur. Tu étais tellement terrifiée que nous avons décidé d'attendre que tu sois plus grande pour te parler de tes origines.

Les épaules fines de sa mère s'affaissèrent.

— Mais vous ne l'avez jamais fait.

— Quand tu as été assez âgée, j'étais trop occupé à chasser tous les garçons intéressés par ma fille, grommela Ben.

— Qu'est-ce que tu racontes ? Je n'ai jamais eu de copain. Personne ne m'a jamais draguée, pas une seule fois.

Elle regarda ses parents tour à tour. Donovan, qui feuilletait un livre dans un coin de la bibliothèque, parla sans lever la tête :

— C'est la faute de tes parents, Celeste, pas la tienne.

— Pourquoi est-ce que tu dis ça ?

Ben s'éclaircit la gorge.

— Ma chérie, dès tes seize ans, des garçons ont commencé à téléphoner à la maison pour demander à te parler.

— N'importe quoi. Ils ne savaient même pas que j'existais.

— Oh, ils étaient parfaitement au courant. Sans le voile de dissimulation avec lequel oncle Ben t'a cachée, j'aurais dû tuer en tuer quelques-uns, dit Donovan avant de fermer sèchement le livre.

Eric se hérissa. Sarah considéra sa fille avec tristesse, puis elle poussa un soupir.

— Je suis désolée, ma chérie. Ils étaient tellement nombreux. Ben a essayé de leur demander de te laisser tranquille, mais ça n'a servi à rien. Ils étaient prêts à tout. On en a même attrapé quelques-uns qui essayaient de s'introduire dans la maison en pleine nuit.

— Ils essayaient d'entrer chez vous ? demanda Eric.

— Ils voulaient entrer dans la chambre de Celeste.

La voix de Donovan était aussi froide que son regard. Celeste écarquilla les yeux.

— Vous plaisantez ?

— Tu n'as jamais eu conscience de ta beauté, Celeste. D'après toi, pourquoi est-ce que toutes les filles de l'école étaient cruelles avec toi ? Elles étaient jalouses, dit Sarah.

— Nous avons voilé ta beauté pour la dissimuler aux garçons. Les filles ont toujours su combien tu étais belle, combien tu l'es toujours, ajouta Ben avec un regard coupable.

— Alors, vous m'avez rendue invisible ?

Elle se leva. Elle n'arrivait pas à croire qu'elle s'était embellie un peu plus chaque année, sans jamais s'en rendre compte, alors que son adolescence avait été un enfer.

— Nous avons voulu te protéger. Si tu tombais enceinte, la malédiction risquait de s'abattre sur toi.

Celeste secoua la tête, agacée. Elle demanda, surtout pour changer de sujet :

— Et Donovan ?

— C'est-à-dire ?

— Comment est-ce que Donovan a réussi à m'aider à me soigner, la nuit de l'accident ?

Eric retint sa respiration. Il s'était posé la même question.

— Je te l'ai dit. Je peux augmenter les pouvoirs d'une fée. Un peu comme un stimulant, expliqua Donovan avec un rictus.

— Mais ce n'est pas tout ce que tu peux faire, je me trompe ?

Celeste regarda son cousin avec insistance.

— Je suis un lutin. Il y a beaucoup de choses que je sais très bien faire.

— Donovan, dis-moi la vérité. Est-ce que tu es métamorphe ?

— Oui. Je préfère me transformer en animal, en général. Les humains sont difficiles à réussir... trop d'émotions.

— C'était toi, le loup dans le jardin.

Eric s'en doutait depuis qu'il avait lu le livre que lui avait donné le père de Celeste. Donovan se frotta la nuque.

— Oui. Mais ne l'ébruitez pas. Certains loups métamorphes n'aiment pas que je prenne la forme de leur espèce.

— C'était toi aussi, le chat noir ? voulut savoir Celeste.

— Encore gagné. Mais on devrait se concentrer sur le sujet qui nous importe au lieu de parler de mes nombreux talents.

— On doit découvrir qui a placé une bombe dans la limousine, dit Ben.

— Dans mon rêve, la bombe était destinée à Eric. Mais ça n'a pas de sens. Je croyais que c'est mon bébé qui intéresse le démon.

Elle posa une main protectrice sur son ventre. Sarah dit d'un ton songeur :

— Oui, le démon veut le bébé. Mais il avait sous-estimé Eric. Il doit penser que le seul moyen de t'avoir, c'est de se débarrasser de lui.

Celeste blêmit et se tourna vers lui.

— Ne t'inquiète pas. Il ne m'arrivera rien, dit-il pour la rassurer.

— Comment tu peux dire ça ? Le démon sait où on habite. Il nous a attaqués dans notre jardin et tu as failli être tué. Ne me dis pas de ne pas m'inquiéter alors qu'il y a d'excellentes raisons de le faire.

— Je te promets qu'il ne t'arrivera rien, ni à notre bébé.

Il était prêt à donner sa vie pour protéger sa famille.

— Tu n'en sais rien. On dirait qu'il est au courant de tous nos faits et gestes. Comment lutter contre lui ?

Des larmes brillèrent dans les yeux de Celeste.

— J'y ai réfléchi, dit Ben.

Il leva les yeux vers l'épée ancienne accrochée au-dessus de la cheminée. Le père d'Eric avait fait l'acquisition de cette claymore chez un antiquaire en Grande-Bretagne.

— Je pense que nous aurons un avantage notable, maintenant.

CHAPTER TRENTE-DEUX

— Quoi donc ?

— Notre avantage, c'est Celeste, répondit Ben en souriant.

— Moi ?

— Tu possèdes le don de prophétie, ma fille. Tu pourras voir ce qui nous attend.

Elle secoua la tête.

— Je n'ai des visions que pendant mon sommeil. Ce n'est pas comme si je pouvais les contrôler.

— Pas encore. Mais avec de l'entraînement, tu y arriveras. Ta mère et moi pouvons t'apprendre.

— Même si je peux prédire ce qui va se passer, qu'est-ce que ça change ? On va éviter les limousines toutes nos vies et ne plus jamais mettre le nez dehors ?

— Non. On va se battre.

Ben grimpa sur le bureau et décrocha l'épée au mur. À une vitesse incroyable, il décrivit une série de mouvements compliqués avec l'arme. L'épée devint floue et ne fut bientôt plus qu'un éclair argenté.

— Arrête de frimer, chéri, le réprimanda Sarah.

— Tu oublies que le combat est ce que les fées font le mieux. On est peut-être un peu rouillés, en revanche, dit Ben avant de sauter du bureau. Je propose qu'on commence à s'entraîner dès aujourd'hui.

— Et on doit prévenir le reste de la famille de ce qui se passe. Si quelqu'un sait quelque chose à propos de ce démon, ce sera tante Agatha, ajouta Sarah.

Eric devait se rendre à l'évidence. Il avait été attaqué et avait vu le démon de ses propres yeux. Il avait même senti le pouvoir de guérison de Celeste entrer dans son corps lorsqu'elle l'avait soigné. Il ne pouvait pas l'expliquer et ne le pourrait peut-être jamais, mais il était forcé d'accepter les faits. Il regarda Celeste.

— Je sais que tu tiens à ton indépendance, mais nous

allons mettre de nouvelles règles en place. Tu ne dois plus sortir sans être accompagnée par l'un d'entre nous. Sous aucun prétexte. Tu comprends ?

— Une petite minute...

— Non. Cette bombe aurait pu avoir de graves conséquences. Et si tu t'étais trouvée dans l'allée quand elle a explosé ? Tu aurais pu être blessée, voire pire. Ne sors plus de cette maison sans être accompagnée de l'un d'entre nous.

Elle le détesterait sans doute, mais au moins, elle resterait en vie. Avec un peu de chance, elle finirait par le pardonner.

Elle lui fit un sourire acide et hocha la tête.

— Je vais donner congé à tout le personnel dès demain, y compris à Mme Gambil, et on pourra commencer à s'entraîner. Inutile de garder des employés si c'est pour les mettre en danger.

Son beau-père, qui partageait cet avis, opina du chef. Eric le regarda dans les yeux.

— Puisque vous êtes l'expert, vous serez responsable des entraînements.

— Ça me paraît un bon plan, répondit Ben avec un regard pétillant.

— Tu te sens prête à essayer de développer ton don ? demanda Eric à Celeste.

— Je peux essayer.

— J'ai lu que les dons d'une fée sont parfois plus puissants quand elle est enceinte. Ce serait en rapport avec le taux d'hormones.

Ce livre était une véritable mine d'informations. Celeste parut surprise.

— Alors, profitons-en pendant que c'est le cas, conclut-il en souriant.

Ils allaient affronter un ennemi plus puissant que tout ce qu'il aurait pu imaginer. Ses prémonitions leur seraient indispensables.

CHAPITRE TRENTE-TROIS

— Ici, ça te convient ? J'ai pensé qu'on serait au calme dans la chambre.

Celeste regarda sa mère par-dessus son épaule.

— C'est parfait.

Elle étala une couverture sur le sol de la chambre, et elles s'y installèrent.

— Pour contrôler tes visions, tu dois te concentrer et oublier toutes les distractions. Ne te décourage pas s'il ne se passe rien au début. Ça prendra peut-être un certain temps.

— Qu'est-ce que je fais ?

— Ferme les yeux et détends-toi. Respire profondément.

Elle suivit les instructions de sa mère.

— À mesure que tu sens ton corps se détendre, ignore tout le reste : les sons, les émotions, les pensées... tout. Tu n'auras une vision que si ton esprit est totalement en paix.

Elle frotta ses paumes contre ses genoux et ferma les yeux, essayant de faire le vide dans son esprit. Elle identifia les bruits autour d'elle. Une porte qui se fermait, un aspirateur en marche, un avion survolant la maison. Elle repoussa tous les sons de son esprit jusqu'à ce qu'il soit plongé dans un silence absolu.

Elle répéta le processus avec ses émotions, puis ses pensées. Elle les enraya jusqu'à ce qu'il ne reste plus qu'une grande toile blanche en elle.

Une image clignota, lui rappelant la pellicule d'un film, puis disparut.

Elle déploya toute son énergie pour faire revenir l'image. Son cœur battit plus fort alors qu'elle essayait de la rendre nette. C'était impossible, comme tenter de retenir du sable entre ses doigts.

De puissantes mains tièdes se posèrent sur les siennes.

— Réessaie, murmura Donovan. Concentre-toi.

Elle se focalisa sur la vision qui semblait la fuir. Cette fois, la scène devint claire et se déploya sous ses yeux.

Ils étaient tous réunis dans le salon. Accroupi devant la chemi-née, Donovan faisait fondre un marshmallow. Quand il le sortit du feu, du sucre coula par terre.

— Nettoie ce bordel, fulmina Eric.

— Je le ferai plus tard, répondit Donovan.

Son cousin esquissa un sourire. Celeste fronça les sourcils tandis que la dispute se poursuivait.

— Il neige, annonça son père.

Tout le monde s'approcha de la fenêtre pour regarder le jardin. Celeste décrocha son manteau et se tourna vers la porte, mais Eric la retint par le bras.

— Tu ne peux pas sortir. Et si cette chose était dehors ?

Elle fit la moue. Ses parents et Donovan étaient déjà dans le jardin et profitaient de la première chute de neige de la saison.

— Eric, s'il te plaît ? demanda-t-elle avec un regard implorant.

Il finit par céder. Secouant la tête, il sortit son manteau de la penderie dans l'entrée.

— Reste avec moi, d'accord ?

Elle lui fit un large sourire et se mit sur la pointe des pieds pour l'embrasser, avec tant d'enthousiasme qu'elle faillit le faire tomber en arrière. Ils sortirent ensemble dans le jardin recouvert d'une fine couche de neige.

Donovan leva la tête pour attraper des flocons sur sa langue.

Sarah et Ben se tenaient par la main. Ils souriaient pendant que des paillettes blanches s'accrochaient dans leurs cheveux.

Main tendue, elle avança dans l'allée en regardant les flocons fondre sur son gant. La neige commença à tomber plus fort, en grosses boules moelleuses.

Donovan essaya de faire un ange de neige, bien que la couche sur le sol ne soit pas assez épaisse. Elle éclata de rire. Eric la prit dans ses bras et l'embrassa tendrement.

Une forme sortit à toute allure de la forêt et les percuta. Celeste chuta, se cognant la tête contre le béton. Un étau de douleur se referma autour de son crâne. Eric courut la rejoindre et s'accroupit près d'elle.

Elle frissonna, sentant le froid envahir son visage, son dos, ses membres.

— Celeste.

La douleur devint de plus en plus violente jusqu'à ce qu'elle perde connaissance.

— Celeste. Est-ce que ça va ?

Elle ouvrit les yeux et regarda autour d'elle. Elle était dans sa chambre, étendue sur la couverture, Donovan au-dessus d'elle.

— Qu'est-ce qui s'est passé ?

— Sarah est sortie pour nous laisser travailler ensemble. Elle m'a demandé d'essayer d'accroître ta concentration. On dirait que ça a marché.

— En effet.

— Comment tu te sens ? demanda-t-il en l'aidant à se lever.

— Faible.

— C'est normal. Tu n'auras plus d'effets secondaires une

fois que tu contrôleras ton don. À vrai dire, tu te sentiras peut-être même revigorée.

Elle hocha lentement la tête.

— Tu as eu une vision ?

— Ouais.

Remarquant la surprise de Donovan, elle ajouta :

— C'est normal ? Je croyais que développer mon don prendrait du temps.

— Ça signifie que tu es plus puissante qu'on le pensait.

— Ah oui ?

— Qu'est-ce que tu as vu ?

Elle hésita.

— Je peux en parler ? Ça ne risque pas de modifier l'avenir ?

— Ne me dis rien de précis. Juste la date et l'heure, si tu les connais.

— Pas exactement, mais il faisait nuit et il neigeait. C'est assez vague. Je ne sais pas si ce sera utile.

— Je vais consulter la météo pour savoir quand les premières chutes de neige sont prévues.

Il sortit son portable avant de lever les yeux vers elle.

— À voir ta tête, j'en déduis que ce n'était pas une vision joyeuse.

— Non.

C'était même tout le contraire.

* * *

Eric se coucha à côté de Celeste. Elle était allée se mettre au lit peu après le dîner. Il prit soin de ne pas la réveiller, conscient qu'elle était épuisée et avait besoin de sommeil.

Le clair de lune qui passait par la fenêtre éclairait ses traits délicats. Comment avait-elle pu croire qu'elle n'était pas désirable pendant toute sa vie ? Merde, il bandait chaque fois qu'il pensait à elle.

Il se sentit légèrement coupable. Au fond, il était bien content que ses parents aient dissimulé sa beauté au reste du monde. Il était heureux d'être le seul homme à l'avoir touchée.

Ses cheveux blonds étalés sur l'oreiller lui évoquèrent des rubans de satin doré. Ses épais cils noirs reposaient au-dessus de ses pommettes, et sa bouche entrouverte semblait le supplier de l'embrasser.

Il imagina qu'il déposait des baisers sur ses lèvres puis descendait entre ses cuisses. Sentant son sexe se raidir, il serra le drap entre ses poings.

Elle n'avait pas réellement eu envie de faire sa connaissance à la fête de son oncle. Avec du recul, il s'était rendu compte qu'elle avait essayé de s'éclipser à plusieurs reprises jusqu'à ce qu'il lui propose de visiter la maison. Mais grâce à sa réaction lors de leur premier baiser, il savait aussi qu'elle n'avait pensé qu'à se retrouver nue avec lui à partir de cet instant.

Leur attirance avait été trop puissante pour y résister.

Elle ne l'avait peut-être pas manipulé, finalement.

Ils avaient peut-être été réunis par quelque chose qu'ils ne pouvaient expliquer.

Quoi qu'il en soit, elle était à présent sienne, et il comptait bien la garder.

* * *

— Merde.

Eric se tourna vers le réveil. Trois heures du matin. Il n'avait pas réussi à fermer l'œil depuis qu'il s'était couché. Il avait trop de soucis en tête.

Celeste, pour ne nommer que l'un d'entre eux.

Elle se tourna sur le flanc en marmonnant. Il se pencha vers elle et comprit qu'elle parlait dans son sommeil. Ce n'était manifestement pas de l'anglais, plutôt un dialecte irlandais.

Il se creusa les méninges pour passer en revue toutes les langues qu'on lui avait enseignées dans son enfance. Sa mère avait tenu à ce qu'il devienne polyglotte, et il avait même dû apprendre des langues mortes.

Son cœur se mit à battre plus fort. Elle parlait en gaélique.

— *Gra.*

Elle baissa la couverture et posa les mains sur son ventre. Malgré le froid, elle ne portait qu'un short et un débardeur rose. Elle restait mince, ne s'étant arrondie qu'au niveau du ventre. De dos, elle n'avait même pas l'air enceinte.

Elle sursauta et son visage se crispa.

— Celeste ?

Son corps se souleva lentement du lit. Seulement de quelques centimètres pour commencer, puis d'une dizaine, et elle lévita bientôt à plus de cinquante centimètres au-dessus du lit.

Putain, qu'est-ce qui se passait ?

— Celeste ?

Elle ne répondit pas. Il hésita à la toucher, mais il avait toujours entendu dire qu'il ne fallait jamais réveiller un somnambule. Cette recommandation s'appliquait peut-être aussi aux fées enceintes en lévitation ?

Il secoua la tête. C'était tellement tordu qu'il n'aurait su par où commencer pour le décrire.

— *Bhais.*

Il sortit un stylo et une feuille de la table de chevet, et griffonna aussi fidèlement que possible les deux mots qu'elle avait prononcés.

Elle gémit et parut se rendormir. Elle redescendit

progressivement jusqu'à ce qu'elle soit de nouveau allongée sur le matelas.

Il se pencha au-dessus d'elle pour essayer de déterminer si elle était réveillée, mais elle n'ouvrit pas les yeux.

* * *

— Il faut que je vous parle, dit Eric à Ben dès qu'ils furent seuls dans la salle à manger.

Son beau-père fronça les sourcils tandis qu'Eric jetait des regards à la dérobée autour d'eux.

— Quelque chose ne va pas ?

— À vous de me le dire, marmonna-t-il.

— Est-ce que ça peut attendre ? Sarah et Celeste m'ont demandé de les emmener en ville.

— C'est à propos de Celeste.

Ben hocha la tête et lui fit signe de le suivre dans le jardin. Après s'être assuré qu'ils étaient seuls, il demanda :

— Qu'est-ce qui se passe ?

Eric eut l'air hésitant, comme s'il ne savait pas comment aborder le sujet.

— Vous avez remarqué des choses étranges à propos de Celeste ?

— Je l'ai vue manger un sandwich au fromage fondu surmonté d'une boule de glace, mais à part ça, non.

— Pas des envies étranges de nourriture, dit Eric avant de baisser la voix. Des choses étranges, comme parler dans son sommeil.

— Beaucoup de personnes le font.

— En flottant dans les airs.

— Oh. Ça.

Le père de Celeste lui fit un petit sourire.

— Ce n'est pas normal. C'est un envoûtement.

— Ne nous associe pas au mal, protesta Ben en levant le

menton. Depuis qu'un humain a vu une fée faire quelque chose qu'il ne comprenait pas, on nous qualifie de démons. Et la lévitation a été considérée comme diabolique.

— C'est normal, alors ?

— Sarah lévitait tout le temps pendant sa grossesse.

— Vraiment ?

— Ouais. La première fois que c'est arrivé, j'ai eu une trouille bleue.

— Qu'est-ce qu'elle vous a dit ?

— Sarah ne s'en souvenait pas quand je lui en ai parlé. J'imagine que Celeste ignore qu'elle peut le faire ?

Eric secoua la tête.

— Je n'ai pas voulu lui poser la question, ça ne ferait que la mettre mal à l'aise. Elle a dû accepter beaucoup de choses en peu de temps.

Ben ne répondit pas.

— Tu voulais me parler d'autre chose ? demanda-t-il après un moment.

— Oui. Vous m'avez dit que vous avez volé le livre dans la bibliothèque de mon oncle.

— Oui ?

— Comment est-ce que vous saviez qu'il était là ?

Ben croisa les bras et le regarda longuement.

— Quand j'ai appris que Celeste s'était rendue à la fête de l'entreprise, ça m'a beaucoup préoccupé.

— Pourquoi ?

— Aller à une fête n'est pas dans ses habitudes.

— Si les fêtes ne sont pas dans ses habitudes, c'est parce que votre femme et vous lui avez fait croire qu'elle était une paria. Vous savez qu'elle a organisé une fête chez nous ? La soirée était un succès.

— Nous voulions seulement la protéger.

— Même si vos intentions étaient louables, les conséquences ont été terribles pour elle.

Ben baissa les yeux avec un gros soupir.

— Nous n'avons jamais voulu lui faire de mal.

— Je sais.

Il se sentit un peu désolé pour lui. S'il avait une fille aussi belle que Celeste, il aurait tué tous les mecs qui posaient les yeux sur elle.

— Je ne crois pas qu'elle le sache, dit Ben en secouant la tête.

— Mais si. Même si elle n'approuve pas la façon dont vous avez géré la situation, elle ne vous en voudra pas pour toujours. Arrêtez de changer de sujet. Revenons-en au livre.

Ben leva la tête.

— Je savais qu'elle avait une bonne raison pour se rendre à cette fête. Ça a éveillé mes soupçons. Le jour où nous nous sommes rencontrés, dans la bibliothèque de Stephen, j'ai remarqué le livre sur une étagère. J'avais peur que Celeste l'ait vu aussi... elle n'était pas prête à apprendre la vérité sur ses origines. C'est pour ça que j'ai commencé à me disputer avec toi, dit-il avec une grimace.

Eric arqua un sourcil.

— Alors, vous n'étiez pas vraiment en colère ?

— Oh, si. J'avais envie de te faire la peau. Mais Celeste m'avait prévenu avant notre arrivée de ne pas dire un mot, sous peine de ne plus jamais m'adresser la parole. Elle ne voulait même pas qu'on l'accompagne.

Eric se sentit apaisé en apprenant cette information. Celeste n'avait donc pas essayé de se cacher derrière ses parents.

— Bref, après le mariage, j'ai rendu visite à Stephen et une fois dans la bibliothèque, je lui ai posé des questions sur le livre. Il m'a dit qu'il avait appartenu à ta mère. Apparemment, elle l'a ramené d'un voyage en Irlande. Je lui ai demandé si je pouvais l'emprunter.

— Je croyais que vous l'aviez volé.

— Je ne compte pas le lui rendre, répondit son beau-père en le regardant comme s'il était lent d'esprit. Tu voulais savoir autre chose ?

— Vous savez ce que *bhais* veut dire ?

Ben écarquilla les yeux.

— C'est du gaélique. Ça signifie *mort*.

CHAPITRE TRENTE-QUATRE

Celeste se massa les reins et poussa un soupir. Elle travaillait avec Donovan depuis près de quatre heures, mais n'avait pas encore eu de vision.

— Tu ne te concentres pas, la rabroua son cousin. Qu'est-ce qu'il y a ? Tu penses au dîner ou tu t'inquiètes de ce que fait la décoratrice au rez-de-chaussée ?

Depuis que Mme Gambil était en congé, Celeste avait pris en charge la préparation des repas. Thanksgiving approchant, une décoratrice avait été engagée pour ajouter des touches festives dans la maison. Elle secoua la main.

— J'ai préparé des lasagnes pour ce soir, je n'ai qu'à les mettre au four. Et j'ai jeté un œil en bas. La décoratrice fait de l'excellent travail. Elle devrait bientôt avoir fini.

Des citrouilles orange et des chrysanthèmes rouges et blancs décoraient l'entrée. Une grosse couronne dans les mêmes nuances et une guirlande aux couleurs d'automne ornaient la grosse porte d'entrée.

La décoration des autres pièces était encore plus recherchée. De plus petites citrouilles et des arrangements floraux

aux teintes de la saison étaient placés dans tous les endroits disponibles.

— Qu'est-ce qui te préoccupe, alors ?

— Je ne sais pas, marmonna-t-elle en évitant son regard.

— Si, tu le sais. Qu'est-ce qui ne va pas ?

Elle le regarda sans rien dire pendant plusieurs secondes.

— Donovan, je peux te poser une question ?

— Tu peux tout me demander.

— Je lisais le livre tout à l'heure.

L'ouvrage n'ayant pas de titre, toute la maisonnée avait pris l'habitude de l'appeler *le livre*.

— Et... il est écrit que certaines fées peuvent léviter.

— Et ?

Elle se pencha en avant et dit à mi-voix :

— Je croyais que la lévitation était quelque chose de démoniaque, tu sais, comme dans les films.

Son cousin explosa de rire.

— J'aurais mieux fait de ne rien dire, lâcha-t-elle, vexée.

Donovan maîtrisa son hilarité.

— Tu me demandes si tu es maléfique parce que tu peux léviter ?

— Alors, c'est vrai ? Je peux léviter ?

— Oui. Tu le fais sans doute en dormant sans t'en rendre compte. Et pour répondre à la question qui te turlupine, non, tu n'es pas maléfique.

Les épaules de Celeste se détendirent. Elle s'inquiétait depuis qu'elle avait lu ce passage. Elle n'en avait pas parlé à Eric, cependant. Il avait déjà menacé de cacher le livre si elle flippait chaque fois qu'elle lisait une page.

— Les fées sont-elles bonnes ou mauvaises ?

— Ma chérie, les fées ont été créées par Dieu. Et comme tout être vivant, Dieu nous donne le libre arbitre pour qu'on puisse décider le chemin que prendra notre vie.

— Alors, je ne suis pas mauvaise.

— Pas à moins d'en avoir envie, répondit Donovan en souriant.

* * *

— Et merde.

Eric ne se souvenait pas d'avoir déjà été de si mauvaise humeur. Il se sentait épuisé, exaspéré et inquiet.

Malgré tout ce qui se passait en parallèle, il continuait à travailler. Depuis qu'il avait réintégré le conseil d'administration, il redoublait d'efforts pour faire fructifier son entreprise, ce qui lui prenait énormément de temps. Il s'entraînait avec Ben après le travail. Tous les jours, les voitures étaient sorties du garage et la pièce servait de salle d'entraînement.

Il prenait son mal en patience pour supporter Donovan. Celeste avait besoin de lui pour améliorer son don de prophétie, mais il n'aimait pas savoir qu'ils passaient du temps ensemble.

Il redoutait une nouvelle attaque contre son épouse, et s'assurait de passer le moindre instant de libre auprès d'elle.

Celeste.

Dès qu'il pensait à elle, il ne pouvait s'empêcher de sourire. Elle occupait toutes ses pensées. Au travail, chez lui, dans ses rêves. Mais Donovan les interrompait inévitablement chaque fois qu'il essayait de se retrouver seul avec elle.

Parler de frustration sexuelle était un euphémisme pour décrire ce qu'il ressentait.

L'autre jour, il avait attiré Celeste dans l'office et l'avait passionnément embrassée. Au moment où il glissait la main sous son haut, Donovan avait déboulé en prétextant qu'il cherchait un en-cas. Gênée et en colère, Celeste avait fui en le laissant là, avec une érection de la taille d'un gratte-ciel.

Eric avait dû faire appel à tout son sang-froid pour ne pas effacer le sourire satisfait de Donovan d'un coup de poing.

Il poussa un soupir et regarda de l'autre côté du lit. Ils étaient enfin seuls.

Et Celeste était profondément endormie.

Il tapota son oreiller et s'allongea sur le dos.

Cette nuit, il ne la posséderait que dans ses rêves.

* * *

Il frotta sa joue, qui le démangeait, et entrouvrit un œil.

Son cœur manqua un battement.

Celeste flottait au-dessus de lui, ses cheveux blonds effleurant son visage. Sans la quitter des yeux, il alluma la lampe de chevet. Ses bras étaient posés sur son ventre, ses paupières closes. Sans réfléchir, il approcha la main de sa joue. Lorsque ses doigts touchèrent sa peau, elle ouvrit les yeux.

— Celeste ?

Elle le regarda avec circonspection, puis ses lèvres pleines esquissèrent un sourire. Elle marmonna quelque chose en gaélique.

— Celeste, je ne comprends pas ce que tu dis.

Elle descendit lentement, le chevauchant, puis se pencha et prit son visage entre ses mains pour le rapprocher du sien. Il essaya d'ignorer l'incendie qui embrasa son bas-ventre.

— Celeste ?

— Oui.

Sa voix avait une pointe d'accent irlandais. Elle le dévorait des yeux, sans chercher à s'en cacher.

— Celeste, tu sais qui je suis ?

Elle baissa la tête. Pendant un instant, il crut qu'elle allait l'embrasser, mais elle se contenta d'enfouir son visage dans son cou. Pressant son nez contre sa peau, elle respira profondément.

Le sexe d'Eric s'éveilla en un soubresaut.

— Oui, je te connais, dit-elle quand elle leva la tête. Tu es le père de mon enfant.

Elle fronça les sourcils.

— Pourtant, tu ne m'as pas revendiquée. Pas depuis que tu as placé ta graine en moi.

Putain de merde.

Tout son corps se tendit vers elle. Il laissa ses mains remonter de ses cuisses à ses hanches alors qu'elle le regardait intensément.

— C'est ton sang qui coule dans les veines de mon enfant. Je peux le sentir. Tu es le père de l'être que je porte, pourtant tu n'as pas fait de moi ta compagne.

— Tu es mon épouse, donc tu es aussi ma compagne.

Sa voix était aussi tendue que son sexe. De quoi parlait-elle ?

— Dis-moi, qu'est-ce que tu sens ?

Elle écarta les cheveux sur son épaule pour l'inviter à la sentir. Il mourait surtout d'envie de baisser sa culotte et de s'enfoncer dans sa chaleur serrée, mais il ferma les yeux et inspira.

— Du parfum.

— Non. Quelle odeur a mon sang pour toi ?

Elle approcha son cou de sa bouche, pressant son pubis contre le sien. Il posa la main dans sa nuque pour la garder contre lui.

Un effluve lui parvint. Il se souvint de Donovan disant que le sang de Celeste était comme un aphrodisiaque pour lui.

C'était dix fois plus puissant. Il n'aurait pas pensé la chose possible, mais son érection durcit davantage.

— Tu as une odeur merveilleuse.

Son sang battait dans ses tempes et bouillonnait dans ses veines. Il plaqua ses lèvres dans son cou.

Elle essaya de lever la tête, mais il refusait de la lâcher. Il approcha son nez de sa peau et poussa un grognement.

Avec une force incroyable, elle lui saisit les poignets et les leva au-dessus de sa tête. Il s'attendit à voir de la colère dans son regard, mais ce qu'il y lut le déstabilisa.

— Mon sang t'excite ? demanda-t-elle en haussant un sourcil.

— Bon Dieu, oui.

— Si mon sang t'attire, pourquoi n'avons-nous pas couché ensemble ?

— Quoi ?

— Mon sang est grisant pour beaucoup, mais mon compagnon serait incapable d'y résister. Puisque tu ne m'as pas touchée, je m'interroge. Peut-être ne suis-je pas ta compagne ? Peut-être qu'une autre l'est ?

— Non. Bien sûr que non.

Si elle descendait encore d'un centimètre, elle pourrait constater combien il la désirait.

— Je n'ai pas eu envie d'une autre femme depuis que je t'ai rencontrée. Tu n'imagines pas à quel point j'ai envie de te toucher.

Elle lâcha ses poignets, un sourire se dessinant lentement sur ses lèvres. Elle fit glisser un doigt sur son torse et lui pinça le téton.

Il la serra brusquement contre lui et l'embrassa avec ardeur jusqu'à ce qu'elle s'écarte en souriant.

— Ah. Tu ne sembles pas si indifférent, finalement.

Eric répondit sans détacher sa bouche de sa peau.

— J'ai eu envie de te faire l'amour chaque nuit que tu as passée dans mon lit. Mais...

— Peut-être que ton désir s'est amoindri parce que je porte notre enfant ?

— Je te désire encore plus parce que tu portes notre enfant.

Celeste parut émue.

— As-tu peur de faire mal au bébé ?

— En partie.

— Quoi d'autre ?

— Je peur de te faire mal, murmura-t-il d'une voix rauque.

— Alors, il vaut peut-être mieux que je fasse tout.

Elle descendit le long de son corps jusqu'à ce que son visage soit au niveau de son ventre, puis leva les yeux en souriant avant de presser ses lèvres contre ses abdos.

Un plaisir d'une puissance indescriptible lui arracha un sifflement. La langue mouillée de Celeste traça de petits cercles sur sa peau. Il ne pensait pas avoir déjà connu une sensation aussi agréable. Pourtant, elle n'avait pas encore touché son sexe.

Il lui saisit les bras pour faire remonter son visage vers le sien.

— Si tu continues, tu vas me faire jouir avant que je sois en toi.

— Mais je ne t'ai pas encore pris dans ma bouche.

— Mon cœur, tu me tues.

Il baissa la tête et l'embrassa longuement, avalant chaque gémissement qu'elle poussait sans se lasser.

Comment pourrait-il jamais être rassasié d'elle ?

Elle se frotta contre lui tandis qu'il dénudait son épaule. Il lécha sa peau, goûtant sa chair sucrée, et la sentit se crisper.

— Qu'est-ce qui ne va pas ?

Il s'immobilisa. Lui avait-il fait mal ?

Elle saisit son visage à deux mains. Ses yeux étincelaient.

— *Cogadh.*

Elle recommença tout à coup à léviter. Elle positionna ses mains sur son ventre rond pendant que son corps se raidissait comme une planche. Ses yeux se fermèrent. Elle flotta jusqu'à son côté du lit et descendit sur le matelas.

Il s'assit et se pencha vers elle pour voir si elle était réveillée.

Elle dormait profondément.

Il bandait tellement qu'il eut envie de la réveiller pour la persuader de faire l'amour. Il se passa la main sur le visage.

Elle était manifestement épuisée.

Le simple fait d'y penser faisait de lui un véritable connard.

Il se leva et alla prendre une douche glacée.

CHAPITRE TRENTE-CINQ

— Elle a dit *cogadh*, dit Eric.

Il prenait le café avec Ben dans la cuisine. Celeste et sa mère étaient déjà dans la chambre du bébé pour continuer la décoration. L'expression de son beau-père devint lugubre.

— *Cogadh*, ça veut dire *guerre*. C'est sûrement un avertissement à propos de ce qui nous attend. La reine se prépare peut-être à entrer en guerre contre nous. Mais elle ignore que Celeste est notre arme secrète. Son don de prophétie nous permettra de la vaincre.

— J'espère que vous avez raison.

— J'ai toujours raison, dit Ben avec malice. Et ensuite, vous pourrez enfin vivre heureux, les tourtereaux.

— De quoi parlez-vous ?

— Pour un PDG, tu n'es pas très malin. Vous êtes amoureux l'un de l'autre, c'est évident à la façon dont vous vous regardez. Merde, même Donovan en a marre d'entendre Celeste parler de toi tout le temps.

— Celeste a dit qu'elle était amoureuse de moi ?

Une lueur d'espoir naquit dans sa poitrine.

— Si tu prenais la peine de l'écouter ou de remarquer

comment elle se comporte dès que tu entres dans une pièce, tu verrais clairement que ma fille est amoureuse de toi. Ne me dis pas que tu ne lui as pas encore dit « je t'aime », ajouta-t-il en plissant les yeux.

Eric baissa la tête. Il était le plus gros idiot au monde.

— Mais ce n'est peut-être pas ce que tu ressens.

Il rencontra le regard de son beau-père et serra les dents.

— Vous savez que j'aime Celeste.

— Pourquoi est-ce à moi que tu le dis ? C'est à elle que tu devrais parler.

Il repensa aux nombreuses occasions au cours desquelles il avait vu ses yeux briller quand elle le surprenait en train de la regarder. Il se remémora sa façon délicate de caresser la veste de son costume lorsqu'il s'apprêtait à partir travailler. Son sourire quand il la complimentait. Elle tenait à lui, c'était évident.

Mais l'aimait-elle ?

Il traversa la maison à pas pressés, en essayant de ralentir son cœur qui battait fébrilement. Il avait besoin de voir Celeste.

Il se cogna contre elle en entrant dans leur chambre, et tendit les bras pour l'empêcher de tomber. Dès qu'elle retrouva l'équilibre, elle s'écarta de lui.

— Ça va ? demanda-t-il.

— Oui, tout va bien. Je pensais que tu t'entraînais avec mes parents.

— Tu as l'air de sortir du lit. Tu ne te sens pas bien ?

— J'ai mal aux lombaires, c'est tout. Ma mère dit que c'est normal. Je dois me coiffer, ajouta-t-elle en passant la main dans ses cheveux.

— Tu es magnifique.

Elle éclata de rire.

— Ouais, c'est ça.

— Tu ne le vois peut-être pas, mais c'est la vérité.

Il s'assit sur le fauteuil devant la fenêtre et tapota son genou.

— Assieds-toi sur moi.

— Je suis trop lourde.

— Non, pas du tout.

Lorsqu'elle s'approcha, il la souleva et la posa sur ses genoux. Il attendit de la sentir se détendre avant de commencer à masser les muscles noués de son dos. Elle poussa un soupir.

— C'est vraiment agréable.

Il enfouit son visage dans sa chevelure et inspira son parfum. Tempérer son désir lui demandait un effort considérable. Il posa son autre main sur son ventre, et le bébé donna un coup contre sa paume.

— Je comprends mieux pourquoi tu as mal au dos. Il donne des coups de pied dignes d'un footballeur.

— Tu devrais lui demander de ne pas taper si fort. J'ai essayé, mais il ne m'écoute pas.

Il se pencha pour coller sa bouche sur son ventre.

— Mon fils, je sais que tu as hâte de sortir, mais tu dois être plus doux avec ta mère. Il ne faut jamais frapper les filles.

Quand Celeste éclata de rire, le son mélodieux l'atteignit en plein cœur. Le mur qu'il avait érigé autour de ses sentiments vacilla et s'effondra, le laissant vulnérable, à nu.

Il posa la main de Celeste sur sa joue et tourna la tête pour embrasser sa paume.

— Je comprends pourquoi tes parents ont voilé ta beauté. Je suis content que ton père l'ait fait, sinon j'aurais dû tuer l'homme que tu aurais épousé.

Il avait senti sa tristesse la nuit où ses parents lui avaient révélé comment ils l'avaient dissimulée. Son adolescence avait dû être horrible.

Elle caressa ses lèvres du bout des doigts, ce qui fit cogner son cœur contre ses côtes. Incapable de résister, il se pencha et posséda sa bouche en un baiser torride. Elle enlaça sa nuque et l'attira plus près. Il n'eut pas besoin d'encouragement supplémentaire ; sans la lâcher, il se leva et alla l'allonger sur le lit.

— Ce n'est pas l'heure de se coucher, dit-elle d'une voix essoufflée.

— Oui, c'est vrai. Mais je veux te voir. Entièrement.

Il s'étendit au-dessus d'elle, entrelaça ses doigts aux siens et l'embrassa de nouveau, prenant cette fois tout son temps. Il lui enleva son haut et le laissa tomber au sol.

— Tellement belle, murmura-t-il.

Il déposa des baisers dans son cou et descendit vers son ventre. Celeste empoigna ses cheveux. Après avoir dégrafé son soutien-gorge, il prit son mamelon dans sa bouche chaude. Elle gémit alors qu'il faisait tournoyer sa langue autour de la pointe dure.

* * *

Celeste s'accrocha à lui tandis qu'il continuait ses assauts sensuels. Il lécha son autre sein et prit son téton en bouche. Elle se mit à haleter, mais maintint fermement son visage contre sa poitrine.

Il allait la faire brûler vive.

Comme s'il avait senti son désespoir, il se plaça entre ses cuisses. Elle enroula ses jambes autour de sa taille. Il l'embrassa sans cesser de caresser son sein.

— Je pourrais passer la journée à t'embrasser.

— Je veux faire plus que s'embrasser, dit-elle.

Elle sortit sa chemise de son jean et passa ses mains sur son ventre plat. Les muscles se bandèrent sous ses doigts, déclenchant une série de tremblements au creux des reins de Celeste.

Il lui baissa son pantalon avec empressement, mais ses mains puissantes étaient douces quand elles effleurèrent sa culotte.

Il la caressa par-dessus le tissu en dentelle avec une lenteur délibérée. Elle eut envie de lui hurler de toucher sa peau, mais elle ne parvenait plus à former de mots cohérents.

Lorsqu'il passa la main sous sa culotte et que son doigt toucha son clitoris, un plaisir indicible la fit sursauter. Son pouce décrivit de lents, d'affolants mouvements circulaires sur son bouton gonflé.

— Oh mon Dieu, gémit-elle contre son épaule.

— Tu aimes ça, mon cœur ?

— Oui. C'est incroyable.

— J'adore tes petits cris.

Il glissa un doigt en elle. Elle se mordit les lèvres pour retenir un cri de plaisir.

Elle serra ses larges épaules en se cambrant contre sa main. Son cœur tambourinait dans ses oreilles. Il continua de caresser son clitoris avec des gestes tranquilles alors que son doigt faisait des va-et-vient en elle.

— Eric !

— Laisse-toi aller, mon cœur. Je veux voir ton visage quand tu jouis.

Elle se crispa et se mit à trembler lorsqu'un puissant orgasme la traversa de part en part, en une série d'explosions merveilleuses. Elle resta immobile et frissonnante, incapable de bouger.

Il se leva pour se déshabiller. Elle baissa les yeux sur son érection et sentit son cœur s'arrêter. Il se plaça avec précaution entre ses cuisses, en prenant soin de ne pas écraser le bébé.

Elle plongea son regard dans le sien tout en passant la main entre eux pour saisir son membre dur.

— Merde, mon cœur, haleta-t-il sous ses caresses.

Son front se couvrit de sueur. Il écarta la main de Celeste et approcha son érection de son sexe mouillé.

Il entra progressivement en elle, lui laissant le temps de s'habituer à sa taille. Elle posa les mains sur ses épaules et l'attira plus près. Elle voulait le sentir entièrement, tout de suite.

— Viens, murmura-t-elle.

— Tu es vraiment étroite, mon cœur. Je ne veux pas te faire mal.

Elle serra ses jambes autour de sa taille, puis s'empala sur sa queue en un doux et torride mouvement. Il enfouit son visage dans son cou et poussa un grognement.

— Si tu continues comme ça, tu vas me faire jouir trop vite.

Elle attira sa bouche contre la sienne et aspira sa langue entre ses lèvres, s'accrochant à lui tandis que ses coups de reins devenaient plus urgents.

Il s'enfonça entièrement en tenant ses hanches. Le souffle coupé par les caresses de sa langue, Celeste ne put que s'accrocher de plus belle. Leurs corps couverts de sueur bougeaient comme un seul être, comme s'ils avaient toujours été censés se rencontrer, toujours été destinés à être ensemble.

Le plaisir envahit ses terminaisons nerveuses. Elle cria son prénom lorsqu'un deuxième orgasme déferla sur elle.

— Putain, grogna-t-il.

Il accéléra le rythme de ses coups de bassin, sa respiration de plus en plus erratique. Il plongea en elle jusqu'à la garde et jouit. Elle n'aurait su dire si c'était dû à ses récents orgasmes ou aux caresses d'Eric, mais les mots s'échappèrent de sa bouche sans qu'elle puisse les retenir.

— Je t'aime.

Eric cligna des yeux avec une surprise manifeste avant d'effleurer sa joue du dos de la main.

— Je t'aime, Celeste. Tu es toute ma vie.

Elle tressaillit et s'écarta. C'était la première fois qu'elle avouait son amour à un homme, et elle ne prononçait pas ces mots à la légère.

— Ne le dis pas si tu ne le penses pas.

* * *

La gorge nouée par l'émotion, il prit le visage de Celeste entre ses mains. Il ne voulait pas qu'elle essaie de le fuir. Plus jamais.

— Tu me prends pour un menteur ?

Elle ouvrit des yeux ronds sous son ton accusateur.

— Non, je n'ai jamais dit ça.

— Tant mieux. Tu devrais savoir que je ne dis pas des choses que je ne pense pas. Jamais.

À son regard méfiant, il comprit qu'elle doutait de ses sentiments pour elle. Il sourit.

— Je crois que tu as encore besoin d'être convaincue, dit-il avant de l'embrasser.

Elle ne protesta pas quand il glissa sa langue dans sa bouche. Si elle le laissait faire, il revendiquerait chaque centimètre de son corps avant la fin de cette journée.

Il finit par détacher ses lèvres des siennes et la serra contre son torse. Elle poussa un soupir et traça de petits cercles autour de son téton du bout du doigt.

Il posa une main sur son ventre rond, et ne chercha pas à cacher son sourire lorsqu'il sentit un petit coup contre sa paume.

— Je crois que nous avons l'approbation de notre fils.

— À mon avis, il nous demande plutôt d'arrêter et de le laisser dormir, s'esclaffa-t-elle.

— C'est douloureux ?

— Quand il donne des coups ? Non. Mais je me demande...

Elle fronça les sourcils.

— Quoi donc ?

— Je me demande comment se passera l'accouchement.

— Tu as le meilleur médecin du Nord-Ouest. Je suis sûr que tout se passera bien.

— J'ai peur d'avoir mal, avoua-t-elle en haussant une épaule.

Il déposa un baiser sur son crâne et l'étreignit.

— Mon cœur, tu auras une péridurale et des antidouleurs pour t'éviter de souffrir. Tu ne sentiras rien. Je serai dans la pièce, ainsi que tes parents.

— Je voulais te parler de ça.

Elle se mordit la lèvre.

— Je préférerais qu'il n'y ait que nous dans la salle d'accouchement.

Il écarquilla les yeux en se demandant s'il avait bien entendu.

— Tu ne veux pas que ta mère soit présente ?

— Il n'y avait que nous quand ce bébé a été conçu. J'aimerais qu'il en aille de même pour sa naissance.

L'euphorie le gagna, chaude et chatouillante. Il ne s'était jamais autant senti en paix qu'à cet instant.

— Je trouve que ce serait parfait.

Il l'embrassa éperdument avant de lui refaire l'amour.

CHAPITRE TRENTE-SIX

Le jour de Thanksgiving arriva, en un tourbillon de feuilles orangées, de tartes à la citrouille et de plats à base de dinde. Malgré le danger qui pesait sur eux, Celeste voulait garder intacte la magie de la période des fêtes. C'était son premier Thanksgiving en tant que femme mariée. Elle souhaitait rendre le moment mémorable, mais aussi impressionner ses parents et Eric.

Une fois la table dressée et l'argenterie polie, tout le monde participa pour apporter la montagne de plats dans la salle à manger.

Lorsqu'ils furent assis à table, ils dirent à tour de rôle ce pour quoi ils étaient reconnaissants cette année. C'était la tradition dans sa famille depuis qu'elle était enfant, et son père avait insisté pour qu'ils la perpétuent.

— Eric, c'est à toi. Pour quoi es-tu le plus reconnaissant cette année ? demanda Ben.

Eric la regarda droit dans les yeux.

— Je pense que c'est évident. Je suis avant tout reconnaissant d'avoir Celeste dans ma vie, et pour notre bébé.

En entendant sa réponse, elle eut peur que l'amour fasse éclater son cœur.

Elle n'aurait jamais pensé que cette nuit avec lui, de nombreux mois plus tôt, la mènerait ici. Auprès d'un mari dont elle était follement amoureuse, avec un bébé en route. Elle était une fée, et possédait les dons de guérison et de prophétie. Elle était différente, mais ça ne semblait pas poser de problème à Eric. Et surtout, elle avait appris à s'accepter.

Après le dîner, ils se rassemblèrent dans le salon près du feu. Sa mère s'assit sur l'un des gros fauteuils et continua la couverture qu'elle tricotait pour le bébé pendant que son père lisait un livre pris dans la bibliothèque. Donovan s'était assis devant le feu et semblait perdu dans la contemplation des flammes.

Le moment était vraiment parfait.

— On a des marshmallows ? demanda son cousin.

— Dans l'office.

Elle étouffa un bâillement. Entre la dinde et la chaleur dans la pièce, elle avait du mal à garder les yeux ouverts.

— Je les ai trouvés.

Donovan s'accroupit devant la cheminée, un sac de guimauves à la main. Il glissa deux marshmallows sur une pique à brochette métallique et l'approcha des flammes.

Une impression de malaise l'envahit.

Quand son cousin sortit la pique du feu, un épais fil gluant coula sur le parquet.

— Merde, Donovan. Fais attention, grommela Eric.

Sa voix retentit dans la pièce silencieuse. Donovan l'ignora et mangea les marshmallows brunis. Il en plaça un autre sur la pique avant de la remettre au-dessus des flammes orangées.

Eric sortit de la pièce, puis revint avec un rouleau d'essuie-tout et du produit nettoyant. Donovan pris un air innocent alors qu'il s'approchait de lui.

— Quoi ?

— Nettoie ce bordel.

— Je le ferai plus tard.

— Non, tout de suite.

— Et si tu arrêtais de me faire chier ? lâcha sèchement Donovan.

— Espèce de flemmard, siffla Eric.

Toute la bonne humeur de cette journée s'était évanouie. Paralysée par une impression de désastre imminent, Celeste fut incapable de parler. La terreur l'envahit, la laissant nauséeuse. Elle se leva.

— Donovan.

— Quoi ?

Il se tourna vers elle. Dès qu'il vit son expression, il écarquilla les yeux.

— Celeste. Qu'est-ce qui ne va pas ?

— C'est maintenant, répondit-elle en essayant d'empêcher sa voix de trembler.

Eric vint se placer à côté d'elle et enlaça sa taille.

— Qu'est-ce qui est maintenant ? Le bébé ?

— Non. C'est ma vision.

— Elle a eu une vision prémonitoire il y a quelques semaines.

La voix de son cousin était étrangement calme.

— C'est ce que j'ai vu. Je t'ai vu te disputer avec Donovan.

En prononçant ces mots, elle eut des sueurs froides. Eric haussa les épaules.

— Je me dispute tout le temps avec Donovan.

— Mais jamais à propos de marshmallows.

— Qu'est-ce qui se passe ensuite ? demanda sa mère.

Elle posa son ouvrage, momentanément oublié.

— Papa, est-ce qu'il neige ?

Celeste toucha son ventre tandis que son père s'approchait de la fenêtre et regardait dehors.

— Elle a raison. Il neige.

Le silence devint étouffant dans le salon.

— Il est censé arriver quelque chose ce soir ? demanda son père.

— Oui.

Il poussa un soupir.

— Une autre attaque ?

— Oui. Dès que nous sortons.

— Qui est attaqué ? demanda Eric d'une voix rocailleuse.

Elle sentit la tête lui tourner et dut s'appuyer contre lui pour ne pas chanceler.

— Moi.

— D'accord. Reprenons depuis le début. Je veux que tu me dises ce qui se passe quand on sort, dit lentement son père.

— Tout le monde sort dans le jardin. Quand je prends un manteau, Eric me dit que je ne peux pas sortir.

Elle essaya de déglutir, mais sa bouche était trop sèche.

— J'insiste, et il finit par accepter que je sorte à condition que je reste près de lui.

— Quoi d'autre ? la pressa son père.

— La neige commence à tomber. Je suis impressionnée par la vitesse à laquelle elle recouvre tout. Je me tourne vers Donovan, il attrape des flocons sur sa langue. Avec maman, vous êtes au centre du jardin et vous vous tenez la main en regardant la neige. Je marche jusqu'à l'angle de la maison avec Eric. Il se penche pour m'embrasser quand...

— Quand quoi ? demandèrent ses parents en cœur.

— Quand le démon sort des bois en courant. Il arrive si vite que personne ne le voit avant qu'il ne soit trop tard. Il me sépare d'Eric et nous fait tomber par terre. Je me cogne la tête contre le béton de l'allée et je commence à saigner.

Elle s'interrompit, consciente que tous les regards étaient braqués sur elle.

— Ma perception change ensuite.

— Comment ça ? voulut savoir sa mère.

— Avant que je sois blessée, c'est comme si j'étais là, que je vivais la scène. Mais dès que je tombe par terre, la vue est différente. Comme si je la regardais depuis le dessus. Le plus bizarre, c'est que je ressens toujours ce qui se passe.

— Qu'est-ce que tu ressens ?

— J'ai mal à la tête là où je me suis cognée. Et je sens des flocons tomber sur mon visage pendant que je suis allongée par terre, dit-elle avant de se tourner vers son père. Est-ce que ça signifie quelque chose ?

Son père hocha la tête.

— Dis-moi.

Lorsque ses parents évitèrent son regard, elle comprit que c'était grave. Même s'ils pensaient la protéger, elle ne voulait plus qu'on lui raconte de mensonges.

Elle regarda Donovan. Il lui dirait la vérité. Il le faisait toujours, même quand elle était douloureuse à entendre.

— Donovan, dis-moi.

Il détourna les yeux.

— Tu assistais à ta mort, répondit-il.

La peur lui noua la gorge, l'empêchant de respirer. Eric la serra contre lui.

— Ça n'arrivera pas, Celeste.

— Bon. Réfléchissons calmement, dit Donovan.

Il regarda par la fenêtre pendant de longues secondes avant de se retourner.

— Tu te rappelles exactement où était le démon quand il t'a attaquée ?

— Oui.

Elle s'écarta d'Eric. Bien que ses mains tremblent toujours, elle lui fit un sourire rassurant avant de s'éloigner vers la fenêtre. Elle montra le dense bosquet à quelques mètres de la maison.

— Là. Il est sorti de la ligne d'arbres.

Cette partie du jardin n'était pas aussi bien éclairée que l'arrière de la demeure. L'endroit idéal pour un démon qui voudrait se tapir et attendre.

— Donovan, dans le placard de l'entrée, il y a deux épées cachées sous les manteaux. Va les chercher, dit Eric.

Son cousin alla rapidement récupérer les armes. En prenant soin de rester à distance des fenêtres, il tendit l'une des claymores à Eric.

— Je ne savais pas que tu possédais ces épées, Nordstrom. Je vois que tu ne m'as pas tout dit.

— Je les ai cachées parce que je sais que tu as des tendances kleptomanes, rétorqua Eric.

Donovan étouffa un rire.

Elle secoua la tête. C'était typique des hommes. Une minute plus tôt, ils avaient été sur le point de s'arracher la tête, mais donnez-leur des armes et ils devenaient les meilleurs amis du monde.

— Je les ai commandées la semaine dernière. Je les ai rangées dans le placard, au cas où on aurait besoin d'une arme sans avoir le temps d'aller à l'armurerie. Tu sais t'en servir ?

Eric leur avait montré l'armurerie accolée à la bibliothèque plusieurs semaines auparavant. Depuis, ils avaient commencé à y entreposer des armes.

— Toutes les fées savent se servir d'une épée, Nordstrom, déclara Donovan d'un ton suffisant.

— Ouais, mais tu es un lutin.

— Très malin.

Donovan se tourna vers la fenêtre. Son père alla chercher deux manteaux dans le placard, en donna un à sa mère et passa l'autre. Il sortit deux dagues décorées de la poche intérieure et tendit l'une d'entre elles à son épouse.

— Tiens, mets-la dans ta manche.

Elle s'exécuta et fit disparaître la dague dans sa veste. Eric se tourna vers Celeste. Avec une épée à la main, il paraissait plus grand et était encore plus séduisant.

— Donovan, passe par l'arrière de la maison. Dès que tu verras le démon, attaque-le par-derrière. Si tu le manques, je l'aurai. Sarah et Ben, préparez-vous à nous prêter main-forte. Maintenant qu'on sait comment il va attaquer, on peut le vaincre.

Tout le monde acquiesça d'un signe de tête et s'éloigna vers l'entrée. Ses parents ouvrirent la porte et sortirent pendant que Donovan prenait la direction de la porte à l'arrière de la maison. Celeste tendit le bras vers son manteau, mais Eric lui attrapa la main.

— Tu ne sortiras pas d'ici.

— Je suis obligée.

— Non. Tu vas rester dans la maison, en sécurité.

Elle lui lança un regard contrarié. Elle refusait de laisser Eric affronter seul le danger.

— Et s'il m'attaque dans la maison pendant que tout le monde est dehors ? Tu y as pensé ?

Son expression trahit clairement qu'il n'avait pas envisagé ce scénario. Après quelques instants, il secoua la tête.

— S'il t'arrive quoi que ce soit, je n'y survivrai pas, dit-il à voix basse.

Elle se dressa sur la pointe des pieds pour l'embrasser.

— Tu ne me perdras pas.

Il sortit une faucille du placard.

— Si on échoue, je veux que tu coupes sa putain de tête.

Elle prit l'arme effrayante et acquiesça lentement.

— Reste près de moi, lui ordonna-t-il.

Il tenait sa main assez fort pour lui faire mal, mais elle ne dit rien. Bien que douloureuse, sa poigne était étrangement réconfortante.

Elle essaya de se concentrer sur l'épreuve qui les attendait. La peur ne ferait que les distraire et les entraver. Cette fois, chaque erreur pourrait être la dernière.

Eric la guida jusqu'à là où ils avaient été attaqués dans sa vision. Lorsqu'il s'arrêta, elle vit qu'ils étaient assez proches de la porte pour rentrer dans la maison en quelques secondes si nécessaire.

La nuit était silencieuse, la neige étouffant le moindre bruit. Elle respira profondément pour se calmer, mais sans résultat.

Ses parents se tenaient à trois mètres de là. Sa mère avait les yeux fermés, les bras contre les flancs et les paumes levées vers le ciel, comme pour attraper des flocons. Elle remuait les lèvres, mais Celeste n'arriva pas à entendre ses paroles.

Son père marchait lentement en scrutant la ligne d'arbres, à l'affût du moindre mouvement. Elle ne voyait pas Donovan, mais le savait non loin. Avec un peu de chance, leur ennemi ne pourrait pas le voir non plus.

Eric s'était interposé entre les arbres et elle, gardant sa main dans la sienne alors que son regard parcourait intensément les alentours.

L'appréhension se lova au creux de son estomac. Elle avait terriblement envie de rentrer se réfugier dans la maison. Quelque chose n'allait pas.

Une vive douleur lui déchira soudain le ventre. Elle se plia en deux et dut se mordre la lèvre pour ne pas crier.

— Qu'est-ce qui ne va pas ? murmura Eric.

— C'est le bébé. Il donne des coups. Fort.

Il toucha son ventre au moment où le bébé frappa de nouveau, et la force repoussa sa main.

— On rentre tout de suite.

Elle ne protesta pas. Ils n'avaient fait qu'un pas lorsqu'un cri perçant retentit, brisant le silence dans le jardin.

CHAPITRE TRENTE-SEPT

Le démon fonça sur eux en poussant un hurlement de rage. Sa forme physique n'avait plus rien d'humain.

Il avait désormais le corps d'un animal et un visage semblable à un dragon. Ses dents s'allongèrent en pointes acérées comme des rasoirs tandis qu'il courait dans leur direction à quatre pattes. Du sang noir s'écoulait d'une entaille profonde à son flanc.

Il était toujours vivant. Et dans une colère noire.

Eric écarta Celeste et fit tournoyer son épée en l'air. Le démon esquiva la lame et s'écrasa contre eux, les faisant tous deux tomber. L'épée atterrit par terre avec un bruit métallique et glissa dans l'allée gelée.

Celeste atterrit lourdement sur son épaule. Tout son corps était perclus de douleurs. Elle toucha son ventre pour s'assurer que le bébé allait bien. Malgré la souffrance, elle faillit presque rire de soulagement en le sentant donner un coup contre ses doigts.

Un hurlement monstrueux résonna dans la nuit.

Eric était à terre, plaqué au sol par le démon. La créature retroussa ses babines et fondit sur sa gorge. Eric parvint à bloquer son attaque d'un bras, mais les crocs du monstre s'enfoncèrent dans sa chair. Il poussa un cri.

Elle se releva péniblement. Se souvenant de sa faucille, elle passa la main dans son manteau. Une chaleur inexplicable pénétra son corps lorsqu'elle serra les doigts autour du manche de l'arme.

Elle approcha dans le dos du démon et prit son élan avant de frapper de toutes ses forces, tranchant proprement sa nuque avec la lame en acier. Le corps de l'être s'effondra. Sa tête roula sur quelques mètres et se figea.

Son sang noir tachait la neige immaculée.

Celeste sentit ses genoux faiblir et s'écroula sur la neige.

— Celeste, gémit Eric.

— Eric.

Elle le rejoignit en rampant, tremblant de tous ses membres. La morsure du froid la fit grimacer, mais elle continua à avancer.

Eric avait les yeux fermés et son visage était blême. Le démon l'avait mordu jusqu'à l'os, déchirant peau et muscles. Son bras reposait en un angle étrange et n'était relié que par de la chair et des ligaments déchiquetés.

— Eric, ouvre les yeux.

Elle battit des cils pour chasser les larmes qui brouillaient sa vue. Son père prit Eric dans ses bras avec délicatesse et le porta jusqu'à l'intérieur de la maison, où il l'allongea sur le canapé.

Elle s'agenouilla près de lui et plaqua ses lèvres sur les siennes pour le soigner. Un puissant flot d'énergie envahit son corps, en une chaleur insoutenable. Elle se concentra sur la blessure et l'embrassa avec une ardeur renouvelée en sentant l'énergie entrer dans le corps d'Eric. Lorsque la guérison commença, Celeste se focalisa de toutes ses forces pour accélérer le processus. Après quelques secondes, elle s'écarta pour examiner Eric.

Son bras ne portait plus la moindre blessure. Eric se leva et la serra contre lui. Il l'embrassa, pressant intimement chaque centimètre de son corps contre le sien.

La guérison semblait avoir également affecté d'autres parties de l'anatomie d'Eric.

Elle lui rendit son baiser et plongea les mains dans sa chevelure. Celles d'Eric se posèrent sur ses fesses pour l'attirer plus près de lui.

— Donovan.

En entendant la peur dans la voix de sa mère, elle mit fin à leur baiser passionné.

Donovan était étendu dans une flaque de son propre sang. Ses lèvres pincées étaient blanches. Elle baissa les yeux et étouffa un cri.

Il avait les mains crispées sur son ventre. La coupure était si profonde que ses entrailles tentaient de s'échapper entre ses doigts. Il les retenait littéralement de se déverser hors de son corps.

Il poussa un gémissement pitoyable quand son père l'allongea sur un petit sofa. Elle avait du mal à croire qu'il n'ait pas perdu connaissance. Elle regarda Eric par-dessus son épaule.

— Je dois l'aider.

Ce n'était pas une demande, mais une affirmation. Même si son mari le détestait, elle ne pouvait pas laisser son cousin mourir. Il hocha la tête.

— Vas-y.

En priant pour qu'il ne soit pas trop tard, elle colla sa bouche sur celle de Donovan avec douceur. Ses lèvres étaient froides et elle pouvait à peine sentir son cœur battre.

Elle ferma les yeux et fit abstraction de tout à l'exception de sa blessure, essayant éperdument de soigner son corps, de le ramener vers la vie.

Une brusque énergie la tira en avant. Elle eut l'impression de se faire aspirer dans une autre dimension.

Elle s'écarta de Donovan et ouvrit les yeux. Au lieu d'être dans la maison, ils étaient désormais tous deux au centre d'un cercle de lumière blanche.

— Donovan, on est où ?

— Entre le royaume mortel et le royaume éternel.

Le chagrin lui comprima la poitrine.

— Pourquoi ?

— Parce que je vais mourir.

— Non, c'est faux. Je peux t'aider. Je peux te soigner, Donovan. Aide-moi à te soigner.

— Tu n'as plus besoin de moi. Tu as Eric, maintenant.

— Bien sûr que si, j'ai besoin de toi. Tu fais partie de ma famille. Je ne veux pas que tu t'en ailles.

Elle voulut le toucher, mais il recula.

— Tu ne peux pas me soigner parce que tu ne m'aimes pas.

— Quoi ? Bien sûr que je t'aime.

— Vraiment ? Tu m'aimes comme un membre de ta famille, ou d'un amour plus profond ?

Il posa la main sur sa joue et lui fit un faible sourire.

— Je t'aimerai toujours, Celeste, dit-il avant de s'éloigner.

— Donovan, ne pars pas. Je t'en prie.

Il se retourna, puis s'approcha d'elle jusqu'à ce que son visage ne soit plus qu'à quelques centimètres du sien.

— À quel point as-tu envie que je reste ?

Sans lui laisser le temps de répondre, il l'étreignit et l'embrassa.

Elle aurait dû être choquée par son baiser, mais ce n'était pas vraiment le cas. Il la serra dans ses bras en dardant sa langue dans sa bouche. Son baiser était différent de ceux d'Eric, plus urgent, plus agressif. Elle bascula en arrière et tout devint noir.

Elle essaya d'ouvrir les yeux, mais elle était exténuée. Elle parvint à soulever ses paupières au prix d'un gros effort.

Ils étaient de retour dans la maison. Et Donovan l'embrassait.

Elle le poussa, mais c'était comme essayer de faire bouger un éléphant. Il la tenait solidement, un bras passé autour de sa taille. Son autre main se referma sans douceur sur ses fesses.

— Lâche-la.

Eric détacha le bras de Donovan de force et souleva Celeste dans ses bras. Elle posa la tête contre son épaule. Elle n'avait même pas assez d'énergie pour enlacer son cou.

— Est-ce que ça va ? lui murmura-t-il à l'oreille.

— Oui.

Sa voix n'était qu'un souffle.

— Merci, Celeste. C'était incroyable, dit son cousin.

Elle sentit les muscles d'Eric se bander. Elle leva la tête et vit un sourire arrogant étirer les lèvres de Donovan. Il n'avait certainement plus l'air aux portes de la mort.

— Tout le monde va bien. C'est le plus important, dit-elle en reposant la tête sur l'épaule d'Eric.

— Le bébé donne toujours des coups ? demanda-t-il.

— Non. Plus depuis l'attaque.

Remarquant l'air surpris de sa mère, elle expliqua :

— Il a commencé à donner des coups quand le démon est apparu au coin de la maison.

— Il t'avertissait, murmura sa mère.

— M'avertissait ?

— Le bébé t'avertissait de la présence du démon. Il a senti le danger.

— Bien sûr. Pourquoi n'y ai-je pas pensé ? marmonna son père en se tapant sur le front. Pendant ta grossesse, cet enfant partage ton don de prophétie.

— Bon, tout ça, c'est très bien, mais je veux savoir comment tu te sens, dit Eric.

— Endolorie et fatiguée. Tu peux me poser, Eric. On a tué la créature. Ça devrait être terminé, non ?

Elle regarda ses parents. Son père, qui faisait face à la fenêtre, répondit sans se retourner :

— Quand tu tues un démon, un autre peut prendre sa place.

— Est-ce qu'un autre démon reviendra cette nuit ?

— J'en doute, mais par précaution, je monterai la garde. Donovan, tu peux me remplacer à trois heures.

Son père lui fit un sourire encourageant.

— Il ne nous échappera pas.

— Va te mettre au lit. Je te rejoins bientôt, dit Eric en lui caressant la joue.

Après une douche chaude, elle mit l'un des t-shirts d'Eric. Elle ne prit pas la peine d'allumer la chambre et alla directement se coucher. Elle remonta les couvertures sous son menton.

— Tu vas lui dire ?

Elle sursauta en entendant la voix de Donovan et alluma la lampe de chevet. Le découvrant assis sur le fauteuil, elle se leva avec un regard courroucé.

— Donovan, tu m'as fichu la trouille.

— Tu n'as pas répondu à ma question. Est-ce que tu vas lui dire ?

Il ne la quittait pas des yeux.

— De quoi est-ce que tu parles ?

Bon Dieu, elle était si fatiguée. Elle voulait dormir, pas jouer aux devinettes avec son cousin. Il se leva et avança vers elle.

— Tu sais de quoi je parle. Du fait que tu m'aimes. Du fait qu'on est censés être ensemble. Tu l'as dit à Eric ?

Elle était abasourdie. Il ne pouvait pas être sérieux. Lorsqu'il approcha encore, masquant la lumière de la lampe, elle recula.

— Tu as perdu la tête ? Eric est mon mari.

— Et moi, je suis ton âme sœur.

Sa voix était rauque et ses mots fervents. Il la regardait avec envie.

L'arrière de ses cuisses effleura le matelas quand elle fit un autre pas en arrière. Elle était coincée. Elle n'avait encore jamais eu peur de Donovan, mais alors qu'il refermait la distance entre eux, elle eut l'impression de découvrir une nouvelle personne.

Le bébé donna un coup, si fort qu'elle cria et se pencha en avant, ses bras se crispant autour de son ventre.

— Celeste ?

Lorsque son cousin lui toucha l'épaule, son enfant donna un autre coup, qui déclencha une douleur paralysante.

— Ne me touche pas, siffla-t-elle.

Mais il n'écouta pas. Il la souleva et l'allongea sur le lit.

Eric entra en courant dans la chambre et poussa Donovan d'une bourrade.

— Putain, qu'est-ce que tu lui as fait ?

Il se pencha au-dessus d'elle et repoussa les mèches devant ses yeux. Le bébé se tranquillisa, et elle put prendre une profonde inspiration.

— Qu'est-ce qui s'est passé ?

Ses parents arrivèrent en trombe, leurs dagues à la main.

— Le bébé s'est agité quand...

Elle s'interrompit et regarda Donovan. Si elle leur répétait ce qu'avait dit son cousin, Eric voudrait le tuer. À l'expression de sa mère, Celeste sut qu'elle avait compris ce qui se passait.

— Donovan, sors de la chambre, dit-elle.

Les yeux de son cousin se teintèrent de souffrance.

— On dirait que tu as un petit gardien. Mais il apprendra à m'aimer, ne t'en fais pas.

Sur ces mots, Donovan quitta la pièce.

— Qu'est-ce qu'il veut dire par *gardien* ? demanda Eric en s'asseyant sur le lit.

— Apparemment, le bébé n'aime pas que tout le monde touche sa maman.

Sa mère sourit, et Celeste sentit le rouge lui monter aux joues. Comment avait-elle deviné ?

— Donovan t'a fait du mal ? gronda Eric.

Elle secoua la tête.

— Je suis sûre que le bébé ne l'aurait pas laissé faire. Ton enfant semble très protecteur avec sa mère, même dans son ventre.

Celeste vit un léger tressautement sur la mâchoire d'Eric.

— Si je revois ce connard tourner autour de Celeste quand elle est seule, je le tuerai.

— Je ne m'inquiéterais pas trop, Eric. Je doute que Donovan réessaie de la toucher après avoir vu la douleur qu'il a causée.

Elle ferma les yeux. Elle espérait que sa mère avait raison.

Eric se déshabilla et se mit au lit. Il prit Celeste dans ses bras et essaya de conserver un ton calme pour demander :

— Est-ce que Donovan te cherchait des ennuis ?

Il la sentit se crisper, et eut sa réponse. Il lui embrassa le front.

— Je lui demanderai de partir demain.

— Ce n'était pas entièrement sa faute.

Sa voix était douce, hésitante. Il eut soudain du mal à respirer.

— Comment ça ?

— Quand je soignais Donovan, on s'est retrouvés dans un lieu, une sorte d'entre-royaumes. Il m'a dit qu'il allait mourir parce que je ne l'aimais pas et qu'il était temps qu'il nous quitte.

Elle s'interrompit pour reprendre son souffle, et reprit à voix basse :

— Alors, je lui ai dit que je l'aimais. Il fait partie de ma famille et je ne voulais pas qu'il meure.

— Si je comprends bien, il a prétendu qu'il mourrait si tu ne lui avouais pas ton amour.

— Enfin, pas en ces termes.

— Mais c'est l'idée générale.

Il fulminait. Donovan n'était qu'un manipulateur. Le front de Celeste se marqua d'une ride. Sa foi en son bon vieux Donovan commençait peut-être à faiblir ? Bon Dieu, il l'espérait.

— Il t'a menti, Celeste. On t'a tous vu le soigner. Il n'allait pas mourir. D'ailleurs, il souriait tout le temps.

Il repoussa l'image qui était apparue dans son esprit. C'était la dernière chose à laquelle il avait envie de penser quand il était au lit avec sa femme.

Elle se redressa sur un coude pour le regarder.

— Il souriait ? Tu veux dire que Donovan...

— T'a menti. T'a manipulée. Il t'a fait croire qu'il allait mourir pour te pousser à dire que tu l'aimais.

— Quel salaud.

Le voyant sourire, elle lui donna une tape sur l'épaule.

— Ce n'est pas drôle.

— Non, c'est vrai, dit-il en retrouvant son sérieux. Mais je suis content que tu voies le vrai visage de Donovan. Tu fais trop facilement confiance aux gens. Tu crois qu'il y a du bon en chaque personne.

— Je suis stupide, voilà ce que je suis.

Elle poussa un soupir et reposa sa tête sur l'oreiller.

— Ne dis jamais une chose pareille. Tu es douce, gentille et de nature confiante. C'est pour ça que je t'aime.

Il fut ravi de la sentir se détendre contre lui avec un nouveau soupir. Bon Dieu, il adorait ses petits bruits. Et son corps. Et... Il s'éclaircit la gorge.

— Mon fils te protégera contre Donovan chaque fois que je ne serai pas là. Pas vrai ?

Il approcha son visage de son ventre, et un petit coup délicat vint toucher ses lèvres. La vraie question, c'était de savoir qui protégerait Donovan contre Eric.

CHAPITRE TRENTE-HUIT

Il fallut deux jours à Celeste pour retrouver ses forces après avoir soigné Eric et Donovan.

Chaque fois qu'elle se réveillait, Eric était à son chevet, ses yeux emplis d'inquiétude. Elle essaya de le rassurer en lui disant qu'elle était simplement fatiguée, mais il refusa de retourner travailler avant qu'elle soit remise sur pied.

Le troisième jour, elle se sentit assez forte pour se lever et descendre à la cuisine. Sa mère posa sa tasse de café sur le comptoir et l'étreignit.

— Comment te sens-tu, ma chérie ?

— J'ai des courbatures à force de rester au lit. Vous auriez dû me forcer à me lever.

— Tu avais besoin de repos. Une guérison prend beaucoup d'énergie, dit sa mère en l'invitant à s'asseoir.

— Sans rire.

Elle s'installa sur un tabouret.

— Tu as faim ?

— Je suis affamée.

— C'est bon signe. Qu'est-ce qui te ferait plaisir ? Les

autres ont déjà pris le petit-déjeuner. Ils s'entraînent au combat à l'épée dans le garage.

Celeste posa la main sur son ventre, qui gargouilla bruyamment.

— Pourquoi pas un cheval ?

— Je n'ai pas de cheval, mais je peux te préparer des pancakes, proposa sa mère avec un sourire.

— Encore mieux.

Une demi-heure plus tard, après avoir englouti beaucoup trop de pancakes, Celeste décida d'aller marcher dans le jardin. Elle passa un manteau chaud, des gants et un bonnet, puis elle sortit dans la lumière éblouissante.

La scène était totalement différente de celle datant de quelques nuits plus tôt. Le soleil brillait dans un ciel sans nuage. La neige avait fondu, laissant le sol boueux et dégorgeant d'eau. Sans le vent froid, la journée aurait évoqué l'automne plutôt que l'hiver.

L'air frais lui piqua le nez quand elle inspira profondément. Elle regretta de ne pas avoir mis de lunettes. Elle risquait d'avoir des rides à force de plisser les yeux sous le soleil.

Elle s'arrêta à l'arrière de la maison et parcourut le sol du regard. Voilà. C'était là que Donovan avait été attaqué, pourtant il ne restait aucune trace du combat. En fondant, la neige avait effacé le sang qui avait coulé cette nuit-là.

Elle retourna lentement vers l'avant de la maison et s'approcha de la ligne d'arbres. Rien n'avait changé. Tout était à la même place que d'habitude. Elle se demanda pourquoi tout était tellement plus effrayant la nuit, mais connaissait déjà la réponse : personne ne pouvait voir le danger arriver dans le noir. Si l'attaque avait eu lieu pendant la journée, elle l'aurait vue venir, aurait pu s'y préparer. La nuit, c'était différent ; les ténèbres dissimulaient des secrets maléfiques.

Peut-être Celeste était-elle comme le jour, la lumière de

sa famille, leur espoir dans l'obscurité. Tous comptaient sur son don pour voir les intentions des créatures qui les traquaient et les vaincre.

Et si elle n'y arrivait pas ? Si elle échouait ? Et si la prochaine fois, quelqu'un trouvait la mort ? Elle ferma les yeux en frissonnant.

— Qu'est-ce que tu fais, tu n'as pas froid ? Tu ne portes même pas de veste.

Elle sursauta. Eric était là, vêtu d'un jean et d'un t-shirt noir, avec à la main la plus grosse épée qu'elle ait vue de sa vie. Une bouffée de chaleur l'envahit et elle eut terriblement envie de lécher la transpiration qui scintillait sur son cou.

Lorsqu'un sourire illumina son visage séduisant, elle se demanda s'il avait lu dans ses pensées.

— L'entraînement m'a fait transpirer. C'est agréable de prendre le frais.

Ses cheveux, mouillés par la sueur, étaient plaqués sur son front, lui donnant l'air d'un modèle en couverture d'un magazine de fitness.

Elle baissa les yeux sur son torse, où son t-shirt s'étirait sur ses pectoraux bien dessinés et son ventre dur comme la pierre. Son cœur s'emballa alors qu'un désir puissant se rassemblait au creux de son ventre. Eric posa la main sur sa joue.

— Tu te sens mieux ?

Elle referma la distance entre eux et enlaça sa taille fine avant de poser son visage contre son torse humide en souriant. Même son odeur était attirante.

— Je n'arrive pas à croire que j'ai dormi aussi longtemps. Tu aurais dû me tirer du lit. J'essaie de chasser mes courbatures en marchant un peu. Et de digérer les pancakes que je viens de manger.

Il joignit les bras autour de son dos.

— Ton père dit que ta fatigue est normale. En plus de

nous avoir soignés avec Donovan, tu aides le bébé à se développer chaque jour. D'après lui, tu ne seras plus fatiguée après sa naissance. En fait, il pense même que tu seras plus puissante.

— Je me demande si je parviendrai à contrôler mes prémonitions. Tu sais, pour savoir le temps qu'il fera le lendemain ou choisir les bons numéros de loto.

Il éclata de rire.

— Quoi ?

— L'argent est bien une chose dont tu n'auras plus jamais besoin. Je te le garantis.

Ne sachant que répondre, elle demanda :

— En quoi consiste votre entraînement, exactement ?

— Et si tu venais voir ?

Il lui prit la main et l'entraîna vers le garage. Alors qu'ils passaient devant la file de voitures dans l'allée, elle s'arrêta, surprise, en voyant Salomon à côté de la Mercedes.

— Salomon, je ne savais pas que vous étiez de retour.

À sa connaissance, tous les employés étaient encore en congé.

— Je suis rentré il y a quelques jours, Madame Celeste. Monsieur Eric a essayé de m'inciter à prolonger mes vacances, mais j'ai refusé. J'ai entendu dire que vous aviez des ennuis et je ne veux pas vous laisser sans protection. Même si c'est pour affronter un démon, dit-il avec un petit sourire.

Elle resta interdite.

— Tout va bien. Salomon est au courant de tout. Apparemment, il a déjà affronté des démons, lui expliqua Eric.

— Vous êtes...

— Une fée ? Oui. Ma famille est issue de la lignée africaine. Je sais depuis un certain temps que Monsieur Eric a des ancêtres faes. Je me demandais s'il accepterait son destin. Et grâce à vous, il l'a fait.

Salomon mit un genou à terre et replia un bras sur son torse tandis qu'il baissait la tête.

— Je jure sur mon honneur de vous protéger, vous et votre famille, de ma vie s'il le faut.

Émue par son geste, elle sentit ses yeux s'emplir de larmes.

— Merci, Salomon. J'espère que ça n'en arrivera pas là.

— Viens voir le garage, dit Eric en lui prenant la main.

L'odeur d'essence et d'huile la prit à la gorge dès qu'elle passa la porte. Eric apporta une chaise et l'invita à s'asseoir. Après avoir salué son père et Donovan, qui se tenaient au centre de la pièce, elle s'installa pour les regarder se battre.

Ils étaient armés d'épées longues et de boucliers. Ils s'inclinèrent en guise de salut et commencèrent à se tourner autour, chacun essayant de porter un coup à l'autre. Leurs mouvements étaient complexes, précis et gracieux. Elle était incapable de détacher son regard du combat. Eric s'accroupit près d'elle.

— On dirait qu'ils font ça depuis toujours. Comment ont-ils réussi à devenir aussi doués en si peu de temps ?

— C'est inscrit dans leur sang, à ce qu'il paraît.

— Dans notre sang, tu veux dire. C'est le même qui coule dans tes veines.

Après quelques secondes, il hocha la tête.

— Oui, j'imagine que tu as raison. J'ai appris les mouvements à une vitesse incroyable. Et la sensation... c'est comme une montée d'adrénaline.

— Alors, tu crois à ce que mes parents disent sur ce que tu es, sur tes ancêtres ?

— Même si j'en avais envie, je ne peux plus nier la vérité, répondit-il en la regardant droit dans les yeux. J'ai consulté mon arbre généalogique. Je suis le descendant de Naddoddr.

Semblant plongé dans ses pensées, il détourna la tête.

— Ça explique des choses sur mon passé.

— Quoi donc ?

— Ma force. Quand mes parents et moi avons eu un accident de voiture, j'ai réussi à sortir du véhicule. La voiture s'était retournée sur le toit, pourtant je suis parvenu à la remettre sur les roues, à mains nues. Je me suis toujours demandé comment j'en avais été capable. Maintenant, je le sais.

Elle désigna son père et son cousin du menton.

— Alors, tu es aussi doué qu'eux ?

— D'après ton père, je serais même meilleur, dit-il avec un sourire en coin. Mes compétences au combat étaient là depuis toujours, profondément enfouies. Elles sont encore un peu rouillées. Il m'a fallu quelques jours pour rattraper leur niveau, mais maintenant, je réussis à me battre aussi bien que ton père.

— Si c'est dans notre sang, est-ce que je peux apprendre à me battre ?

Elle avait envie de démolir leurs ennemis, elle aussi.

— C'est hors de question.

— J'ai besoin de savoir me défendre.

Elle devait être en mesure de défendre sa vie, et celle de son bébé, si nécessaire. Ses parents l'avaient surprotégée toute son existence ; elle ne voulait pas qu'Eric fasse de même.

— Je refuse que tu te battes. Point final.

Malgré l'amour qu'elle ressentait pour lui, elle eut envie de lui donner un coup de poing dans la figure.

— Celeste, tu es venu me voir en action ?

Donovan approcha en roulant des mécaniques, mais son sourire s'effaça dès qu'il remarqua son air contrarié.

— Qu'est-ce qui ne va pas ? demanda son père.

— Je ne vois pas pourquoi je ne pourrais pas apprendre à me battre, grommela-t-elle avant de croiser les bras.

Donovan la regarda comme si elle venait de dire qu'elle aimait manger des chiots au petit-déjeuner.

— C'est ridicule. Tu ne peux pas te battre. Tu es enceinte de presque neuf mois.

— Mais...

Son père hocha la tête.

— Il a raison, ma chérie. C'est trop dangereux.

— Et si je te raccompagnais dans la maison pour que tu puisses t'allonger ?

Eric lui prit le bras pour la faire lever de la chaise, mais elle se dégagea.

— Je ne veux pas m'allonger, je viens de sortir du lit. Vous me traitez comme si j'avais quatre-vingt-dix ans.

— Mais, Celeste, dans ton état..., commença Donovan.

— Laissez tomber !

Elle tourna les talons et sortit du garage, furieuse.

* * *

Puisqu'on lui interdisait de se battre, Celeste décida de se rendre utile d'une autre façon : en faisant du bénévolat à la banque alimentaire. Chaque année à la période des fêtes, ses parents l'avaient emmenée servir des repas aux nécessiteux pendant son enfance.

Eric avait accepté à la condition que Salomon l'accompagne. Le soir suivant, elle lui parla des familles dans le besoin qui avaient du mal à se nourrir. Il l'écouta patiemment sans rien dire.

Le dernier jour de son volontariat, elle apprit qu'il avait fait une généreuse donation en son nom. Cette nuit-là, elle pleura de joie. Ne pas pouvoir se battre le lui parut plus si grave.

CHAPITRE TRENTE-NEUF

— Je pourrais emballer des cadeaux et boire du chocolat chaud toute l'année sans me lasser, dit Celeste en poussant un soupir d'aise.

Sa mère, qui recouvrait un paquet de papier cadeau vert scintillant, éclata de rire.

Elle plongea son regard dans les flammes qui dansaient dans la cheminée et souffla sur sa tasse fumante. Sa mère et elle étaient assises en tailleur sur le tapis persan de la bibliothèque, entourées d'une mer de papiers colorés et de nœuds brillants. Bing Crosby chantait *White Christmas* dans les haut-parleurs.

Un petit sourire flottait sur ses lèvres lorsqu'elle se tourna vers la chaise qui bloquait la porte. Donovan avait essayé de voir ses cadeaux, mais sa mère l'avait chassé de la pièce et avait coincé la poignée de la porte pour l'empêcher d'entrer.

Celeste finit d'emballer une chemise et poussa un autre soupir.

— Tu es fatiguée ? Je peux terminer, si tu veux aller t'allonger, proposa sa mère.

Elle noua un nœud parfait sur une boîte carrée et rencontra son regard.

— Non, ce n'est pas ça... Au bout de combien de temps tu as retrouvé la ligne après avoir accouché ?

— Environ trois mois.

— Trois mois ! Je ne peux pas attendre trois mois !

Son cri provoqua l'hilarité de sa mère.

— J'ai mis neuf mois à prendre tout ce poids. L'avoir perdu en trois mois n'est pas si mal, je trouve.

— Oui, mais tu n'étais pas mariée à l'un des hommes les plus séduisants du pays. Sans vouloir te vexer.

Elle baissa les yeux sur son ventre rond. Elle espérait perdre rapidement la plus grande partie du poids qu'elle avait gagné après la naissance du bébé.

— Ma chérie, Eric t'aimera quel que soit ton tour de taille.

Ça ne la rasséréna aucunement. Elle avait envie d'être belle pour lui. Parfois, elle avait l'impression d'être comme le vilain petit canard de la fable.

— Je ne m'inquiéterais pas trop, à ta place. Tu retrouveras la ligne à une vitesse étonnante grâce à ton don de guérison.

— Vraiment ?

Elle n'y avait pas pensé. Elle regarda sa mère du coin de l'œil en se demandant si c'était le bon moment pour aborder un autre sujet.

— Quelque chose d'autre te préoccupe ?

Elle abandonna le papier qu'elle pliait autour d'un paquet et répondit d'un ton maussade :

— Les garçons ne veulent pas que j'apprenne à me battre.

— Je sais, ton père me l'a dit. Il a mentionné que tu n'étais pas contente.

— Qu'est-ce que tu en penses ?

Elle retint son souffle. Sa mère serait peut-être de son avis ?

— Je suis d'accord avec eux.

Ou pas.

— Tu ne devrais pas te battre pendant que tu es enceinte.

— C'est vraiment injuste.

— Mais quand tu auras eu le bébé, je pense que tu devrais apprendre.

— Vraiment ?

— Oui, vraiment.

— Même après mon accouchement, ça m'étonnerait qu'ils acceptent de m'enseigner.

Sa mère leva les yeux au ciel.

— Peu importe. Je peux le faire.

— Tu sais te battre ?

— Bien sûr. Et tu seras une excellente combattante, comme le reste de la famille.

Celeste fit un large sourire à sa mère.

* * *

Elle n'aurait pas pu imaginer un meilleur réveillon de Noël. La neige tomba toute la journée, recouvrant le sol d'une couverture immaculée. La maison, qui avait été redécorée pour l'occasion par des professionnels, était parée de tons bleu et argent.

Mme Gambil était toujours en vacances, aussi Celeste et sa mère avaient passé la majeure partie de la journée à préparer le repas du réveillon, ainsi que des plats à réchauffer pour le jour de Noël.

Elle dénoua son tablier une heure avant le dîner. Son dos était douloureux et, à l'idée de prendre un bain chaud, elle se hâta de monter l'escalier pour regagner sa chambre.

Elle entra dans l'eau mousseuse après s'être déshabillée.

— Parfait, soupira-t-elle.

Elle ferma les yeux et reposa sa nuque contre le rebord de la baignoire, laissant la chaleur détendre ses muscles.

Il s'était passé tant de choses en un an. Elle n'aurait jamais pensé avoir cette vie un jour. C'était pourtant désormais le cas, et elle en serait éternellement reconnaissante.

Elle esquissa un sourire. Lorsqu'elle était arrivée ici, elle n'avait aucun espoir de partager autre chose qu'un simulacre de mariage avec Eric. Tant de choses avaient changé. À commencer par ses sentiments pour lui.

Un hurlement à glacer le sang retentit à travers la maison. Elle se redressa en sursaut, éclaboussant le carrelage.

C'était la voix de sa mère.

Elle sortit de l'eau et tendit une main tremblante vers son peignoir. Après l'avoir passé fébrilement, elle quitta sa chambre. Une fois devant l'escalier menant au rez-de-chaussée, elle se pencha par-dessus la rambarde.

— Maman, est-ce que ça va ?

Un silence de mort lui répondit. Une terreur glacée se lova dans sa poitrine.

Après qu'elle avait descendu la moitié des marches, les lumières dans la maison clignotèrent et s'éteignirent. Elle se figea, son cœur tambourinant contre ses côtes. Elle était plongée dans une obscurité totale. Elle agrippa la rampe à deux mains, redoutant le pire, craignant que le démon la pousse dans les escaliers. Elle attendit en comptant les secondes. Sa respiration haletante était le seul son qui troublait le silence.

Elle devait continuer et retrouver sa famille.

Sans lâcher la rampe, elle chercha la marche suivante de la pointe du pied et le posa dessus. Elle se força à ne pas se précipiter, à descendre lentement chaque marche l'une après l'autre.

Quand son pied nu toucha le marbre froid de l'entrée, cette petite victoire lui donna envie de pleurer de soulagement. Mais elle n'avait pas de temps à perdre. Elle devait rester en mouvement et trouver sa mère.

Elle palpa le mur pour repérer l'interrupteur. Ses doigts rencontrèrent le boîtier lisse et elle appuya sur le bouton.

Aucun changement.

Elle s'affaissa contre le mur. Le silence qui régnait dans la maison lui rappela celui dans la forêt, juste avant l'attaque.

Elle prit soudain conscience que le cri était venu de l'extérieur.

Le bébé bougea et lui donna un coup puissant, qui déclencha une crampe douloureuse. Elle se recroquevilla, ses mains serrées autour de son ventre.

Lorsque la souffrance s'atténua, elle se redressa et essaya de discerner quelque chose dans les ténèbres, en vain. Elle ne pouvait même pas voir la main qu'elle agitait devant son visage.

Sans décoller ses doigts du mur, elle progressa lentement jusqu'à l'entrée de la salle à manger. Son faible espoir de trouver la cheminée encore rougeoyante s'évanouit. Aucune lumière ne provenait de cette pièce.

Elle entra lentement en faisant glisser ses paumes contre le mur. Sa jambe effleura un fauteuil rembourré ; elle s'arrêta. Elle s'assit dans le fauteuil et se pelotonna en une posture protectrice.

Son cœur battait à tout rompre alors qu'elle tentait de retenir ses larmes. Elle s'attendait à sentir les serres tranchantes du démon entailler sa peau à tout moment.

Paralysée de terreur, elle attendit.

Après plusieurs minutes, elle s'obligea à se redresser. Elle ne pouvait pas rester là, redoutant une attaque. Elle devait se calmer et se concentrer. Elle prit une inspiration et repoussa sa peur.

Elle devait retrouver les autres. Elle devint parfaitement immobile et tendit l'oreille.

Tout le monde était dans le garage quand elle avait entendu crier ; Eric se rendrait compte que les plombs avaient sauté. Il viendrait à sa recherche. D'une seconde à l'autre, il ouvrirait la porte.

Les secondes devinrent des minutes. Elle n'entendait que les battements de son cœur. Personne ne l'appela, personne n'entra dans la maison.

Rien.

S'ils étaient attaqués, elle aurait dû entendre des bruits de combat, des chocs métalliques, ou même les cris des blessés.

Quelque chose n'allait pas. Elle frotta sa poitrine pour essayer d'apaiser la crainte qui s'y déchaînait. Et s'ils étaient tous blessés, ou pire...

Et si... ?

Elle ne parvenait même pas à penser les mots.

Rassemblant le peu de courage qui lui restait, elle courut en direction de l'entrée, ses bras tendus en avant. Elle trébucha en se cognant la hanche contre la table dans le vestibule, mais elle continua à avancer vers la porte.

Elle sentit la poignée métallique du bout des doigts. Elle respira profondément avant d'ouvrir la porte en grand.

À la place d'un démon, il n'y avait que l'obscurité. Et le silence.

Elle trouva étrange qu'il fasse aussi noir dehors qu'à l'intérieur de la maison. Même la lune et les étoiles paraissaient avoir été englouties.

Elle frissonna lorsqu'une bourrasque glacée fouetta l'ourlet de sa robe, et regretta de ne pas avoir mis son manteau et ses bottes. Tant pis. Comment retrouverait-elle sa famille dans le noir ?

Dans le meilleur des cas, elle mourrait de froid avant de se faire attaquer.

Elle essaya de ralentir sa respiration pendant que les hypothèses se bousculaient sous son crâne.

Il pouvait s'agir d'une coupure de courant régionale. Ou

alors, quelqu'un s'était blessé au cours de l'entraînement. C'était peut-être pour ça que sa mère avait crié.

Ça expliquerait pourquoi elle n'avait vu personne dans la maison. Ils devaient attendre que l'électricité soit rétablie pour sortir du garage.

Elle posa la main sur la façade en brique pour se guider et progressa lentement vers le garage.

— Merde.

Des buissons la griffèrent et les graviers froids entaillèrent ses pieds nus. Le temps d'arriver à l'angle de la maison, elle avait l'impression d'être égratignée de la tête aux pieds.

Elle devrait trouver le reste du chemin à l'aveugle.

— Aïe !

Son talon avait rencontré une pointe piquante. Elle se pencha et sentit une forme froide sous ses doigts. Un râteau.

Elle saisit le manche en bois. Au moins, elle aurait un semblant d'arme pour se défendre.

Elle continua, pas à pas. Même si elle avançait lentement, elle ne pouvait pas faire demi-tour. Le râteau entra en contact avec une surface dure.

Elle était arrivée au garage. Le soulagement lui fit l'effet d'huile tiède se propageant dans ses veines.

Une souffrance terrible lui tordit soudain le ventre. Elle hurla.

Cette douleur était différente. Elle était intense, et de plus en plus puissante. Incapable de rester debout, elle s'effondra au sol, les mains crispées sur son ventre. Ses cris emplirent la nuit.

— Te voilà. Je t'ai cherchée toute la soirée.

CHAPITRE QUARANTE

Des tentacules de souffrance se répandirent dans son ventre. Elle hurla.

Elle avait l'impression que ses entrailles se déchiraient. Après quelques secondes, la douleur s'estompa. Elle se força à se relever malgré ses jambes en coton et regarda aux alentours. Elle n'était plus devant le garage, mais dans une sorte de caverne.

Des torches étaient fixées sur les parois, leurs flammes jaunes vacillant contre la pierre irrégulière. La grotte était immense, avec de longues stalactites qui descendaient jusqu'au sol. L'eau qui s'écoulait contre les parois faisait flotter une odeur de moisi dans l'air, produite par des années d'infiltration dans la roche.

— Merde, comment je me suis retrouvée ici ?

Son murmure résonna à travers la grotte lugubre.

Elle balaya l'espace des yeux et vit un autel en pierre rugueuse au centre de la caverne, sur lequel était peinte une croix noire.

Parcourue d'un frisson, elle croisa les bras et sentit un tissu soyeux sous ses doigts. Au lieu de son peignoir en tissu éponge, elle portait à présent une tunique blanche sans manches qui tombait sur ses pieds. Elle ignorait qui l'avait emmenée ici, mais on avait changé ses habits.

Avant d'avoir l'occasion de se sentir gênée ou en colère à l'idée qu'un inconnu l'ait déshabillée, un nouveau spasme douloureux lui déchira l'abdomen.

Son front se couvrit de sueur tandis que la peur affolait son rythme cardiaque. Quelque chose n'allait pas. Le bébé ne donnait pas de coups.

Oh mon Dieu... avait-elle des contractions ?

Au bout d'une minute terriblement longue, la souffrance s'atténua. Elle chercha une issue des yeux. Elle devait sortir de là. Elle devait rentrer chez elle.

— Où est-ce que tu crois aller ?

Un souffle glacé retomba sur son épaule.

Elle se figea, ses pieds paralysés sur le sol froid. Elle prit de petites inspirations, son cœur battant follement. Impuissante, elle tremblait de tous ses membres.

Elle avait reconnu la voix. C'était celle du démon qui l'avait attaquée. Celui qu'ils avaient tué.

Ne te retourne pas. Ne te retourne pas. Si elle posait les yeux sur lui, il deviendrait réel.

— Regarde-moi, Celeste.

Elle enveloppa son ventre de ses mains en un geste protecteur et se tourna lentement. Elle pensait voir la même créature que dans la forêt, mais celle-ci était différente. Ce démon avait la peau pâle et des cheveux blonds.

Cependant, une chose restait la même. Il avait les mêmes yeux sans âme cerclés de jaune, qui la fixaient froidement.

La malveillance qui émanait de cet être lui provoqua un haut-le-cœur.

— Qui es-tu ?

Malgré ses efforts, elle ne put empêcher sa voix de trembler. L'être sourit.

— On me donne de nombreux noms, mais tu peux m'appeler Luxure. Il me semble que tu as rencontré mon frère, Colère.

— Colère et Luxure ? Comme les péchés capitaux ?

— Alors, tu as entendu parler de moi, dit-il d'un ton ravi. C'est bien. Très, très bien.

Elle fit un pas en arrière en essayant de ne pas céder à la panique.

— Tu es sûr que vous n'avez pas confondu vos prénoms, avec ton frère ?

Colère comptait la violer dans la forêt. Elle n'avait eu aucun doute là-dessus.

— Je m'excuse pour son comportement. Il n'a jamais su se tenir en présence d'une jolie femme.

Le démon sourit jusqu'aux oreilles, révélant deux rangées de dents pointues comme celles d'un requin.

— Vois-tu, on nous confond tout le temps. Colère aime le sexe autant que moi, mais il le préfère assaisonné d'un peu de souffrance.

— Où est ma famille ?

Elle devait le faire parler, essayer de gagner du temps. Eric était sans doute déjà à sa recherche.

Luxure posa ses doigts glacés sur les lèvres de Celeste. Sa bouche pâle se tordit en un rictus grotesque.

— Ta famille est très agaçante. Comme une nuée de moustiques. Quand on nous a envoyés te chercher, on ne s'attendait pas à rencontrer autant de difficultés. On pensait que tu serais facile à capturer.

— C'est la reine qui vous a envoyés ? La reine des fées, celle en Irlande ?

Elle se retenait de repousser sa main, ce qui n'aurait eu pour tout effet que de le mettre en colère.

— En personne.

Luxure secoua la tête avec impatience, apparemment

lassé de la conversation.

— Elle est toujours vivante ?

— Bien sûr. Elle est immortelle.

— Je croyais que les fées étaient devenues mortelles après la Chute.

— Quand le roi des lutins a échoué à tuer les descendants de Naddoddr, la reine a conclu un pacte avec le diable. Elle lui a juré fidélité en échange de l'enfant qui naîtrait de la lignée d'Isa et de Naddoddr.

— Pourquoi elle n'a pas tué les descendants elle-même ?

— Isa les a voilés pour que la reine ne puisse pas les trouver. Une fois devenus adultes, elle les a séparés. Sa fille est partie en Irlande et son fils...

— Est resté en Suède, compléta-t-elle d'une voix faible. Isa pensait qu'en envoyant ses enfants sur des continents différents, leurs descendants n'auraient aucune chance de se rencontrer ni...

— De baiser.

Il retroussa les lèvres sur ses dents repoussantes. Le sang de Celeste se glaça dans ses veines.

— On t'observe depuis un moment. C'est moi qui ai glissé l'invitation pour la fête dans ton casier au travail.

— Ce n'était pas un accident ?

Il n'avait pas encore parlé de ses prémonitions. Il y avait une chance pour que la reine ignore qu'elle possédait le don de prophétie.

— Il n'y a pas d'accidents dans la vie, rétorqua Luxure. La reine voulait s'assurer que tu rencontres Eric pour qu'il mette sa graine en toi.

Son regard lubrique se posa entre ses jambes. Elle frissonna comme si une centaine d'araignées couraient sur sa peau.

— On a cru qu'on devrait s'en mêler pour faire avancer les

choses entre vous deux. Apparemment, il s'est rappelé qu'il avait une conscience au moment où il a appris que tu étais une délicieuse petite pucelle, même s'il avait déjà mis sa bite en toi.

Il poussa un grondement. Elle se fit violence pour résister à l'envie de cacher son corps.

— Qu'est-ce que tu veux dire ?

— On avait peur qu'il se retire pour éjaculer. Ça aurait été un problème. La reine a besoin de cet enfant.

— Et s'il avait changé d'avis ?

— J'aurais pris possession de son corps, et c'est moi qui t'aurais baisée. Tu ne te souviens pas quand on s'est rencontrés ce soir-là ?

Luxure éclata de rire et se changea en la vieille dame qui l'avait effrayée à la fête de Cryptic. Un gémissement faillit s'échapper de ses lèvres, mais elle plaqua la main sur sa bouche pour le retenir.

— Les fées peuvent être possédées par des démons.

Elle n'avait jamais rien lu sur le sujet au cours de ses recherches. Elle se creusait la cervelle pour trouver d'autres questions et continuer à le faire parler. Luxure lui fit un sourire entendu.

— Seulement quand elles sont empoisonnées. Dans ce cas précis, avec des baies de goji.

— Tu as empoisonné Eric ?

— Je n'en ai pas eu l'occasion, grommela-t-il. Quelqu'un a versé quelque chose dans son verre avant moi.

— Qui ?

— J'en sais rien. Une connasse.

Il plissa les yeux. Elle essaya de se rappeler la nuit de la fête. Ils avaient tous deux bu la même chose. Avait-elle été affectée, elle aussi ?

— Qu'est-ce que c'était ?

— Du viagra.

— On a bu du champagne tous les deux, mais je n'ai rien senti.

Elle déglutit. Était-ce pour ça qu'il avait couché avec elle ? Parce qu'il bandait comme un âne ?

— Réfléchis, Celeste. Qu'est-ce qu'il a bu d'autre, à part le champagne ?

— Le scotch.

Une boule se forma dans sa gorge. Il avait même commenté que l'alcool avait un goût étrange.

— Ah, tu t'en rappelles. Très bien, dit Luxure en tournant autour d'elle comme si elle était une proie. Même si ça n'a plus vraiment d'importance. Tu dois savoir que plus personne ne pourra t'aider, à présent.

— J'imagine que tu ne veux pas faire attendre la reine. Elle doit en avoir assez si elle n'a fait que ça depuis toutes ces années.

— Oh, elle a su trouver des manières de s'occuper. D'ailleurs, elle est responsable d'une vilaine épidémie en Europe. Tu as déjà entendu parler de la peste noire ? C'est son œuvre. Elle s'est vexée quand un baron a refusé ses avances. « Rien n'est plus redoutable que la colère d'une femme bafouée », elle a illustré ce proverbe à la perfection.

Elle fit de nouveau le tour de la grotte des yeux avant de regarder le démon.

— Où est-ce qu'on est ?

— Pratiquement dans ton jardin.

— Il me semble que j'aurais remarqué une grotte dans mon propre jardin.

— Tu n'as pas assez bien regardé.

— Où est ma famille ?

— On s'occupe d'eux en ce moment même. Si tu comptais appeler à l'aide, ne te fatigue pas. Il ne restera personne pour t'entendre.

Luxure fit un pas vers elle. Elle recula. Quelque chose bougea au fond de la caverne, attirant son attention.

Eric était là, en train de la regarder. Il était venu la chercher. Elle poussa un soupir rassuré.

— Eric.

Une lueur scintillante apparut derrière lui. La lumière grandit et s'étendit jusqu'à ce qu'une femme se matérialise. Sculpturale, avec de longs cheveux roux et des yeux verts familiers, elle était possiblement la plus belle femme que Celeste ait vue de sa vie.

Elle sut aussitôt qui elle était. La reine des fées.

— Eric ?

Pourquoi restait-il planté là ?

— Je crois que tu ne l'intéresses plus, Celeste, se moqua Luxure.

Eric se tourna vers la reine. Il la prit dans ses bras et l'embrassa.

Horrifiée, Celeste fut incapable de détourner les yeux. L'espoir déserta son âme et son cœur se brisa dans sa poitrine.

— Tu vois, il se fiche de toi et de cette chose qui grandit dans ton ventre.

Elle entendit à peine les mots du démon avant qu'il la pousse, la projetant à travers la grotte. Elle atterrit brutalement sur l'autel en pierre. Tout son dos lui faisait mal, et elle avait le souffle coupé.

Luxure bondit et atterrit sur elle, puis il lui écarta les jambes sans délicatesse. Elle hurla et le griffa, mais il lui donna un coup de poing dans le nez. Elle se prit le visage entre les mains. Ses larmes coulèrent, se mélangeant au sang.

Le démon ne perdit pas de temps. Il serra sa gorge.

Avant que les ténèbres l'engloutissent, elle sentit ses mains, semblables à des serres, se refermer autour de son cou.

CHAPTER QUARANTE-ET-UN

Une heure plus tôt...

Eric traversa le garage en fredonnant un chant de Noël. C'était la mélodie que Celeste avait chantée pendant qu'elle accrochait les chaussettes au-dessus de la cheminée un peu plus tôt. Son visage rayonnant avait presque été trop beau à contempler.

Sa vie avait complètement changé au cours des huit derniers mois. Il s'était rendu compte qu'il n'avait jamais été heureux avant que Celeste ne vienne bouleverser son univers. Elle lui avait fait découvrir l'amour inconditionnel qui lui avait manqué toute sa vie.

Elle l'aimait, lui, pas son argent.

Il était déterminé à la rendre heureuse. Il ne voulait jamais qu'elle regrette de l'avoir épousé.

Il s'arrêta au niveau de la nouvelle BMW noire, ornée d'un gros nœud rouge par les soins de Salomon. Il savait que Celeste n'aimait pas se faire conduire partout et qu'elle avait besoin d'une voiture neuve, l'autre ayant été détruite dans l'accident. Il avait hâte de la lui offrir le lendemain matin.

Il éteignit la lumière dans la pièce et verrouilla la porte derrière lui.

— Eric !

Sarah arriva en courant vers lui. Ses tripes se nouèrent.

— Qu'est-ce qui ne va pas ? C'est Celeste ?

— Ils sont là.

Donovan et Ben sortirent des bois. Son sang se glaça.

— Les démons ?

— Non. Les faes. Ils patrouillent les bois. Ils ont senti un démon, ils le traquent dans la forêt. Ce n'est pas tout. D'après tante Agatha, il va se passer quelque chose ce soir.

— Comment ? Celeste n'a pas eu de vision.

— Celeste ne peut pas voir la reine arriver. Aucune fée ne le peut, murmura Sarah en blêmissant. Elle est trop puissante.

Il se mit à courir en direction de la maison. Son seul but était de s'assurer que Celeste allait bien. Il atteignit la porte d'entrée.

Sarah poussa un hurlement. Lorsqu'il se retourna, il vit sa belle-mère allongée au pied d'un arbre.

Illuminés par les lampes autour de la maison, deux démons émergèrent de la ligne d'arbres à une vitesse effrayante.

Ben s'accroupit à côté de Sarah. Son visage déformé par la rage, il se releva d'un bond en sortant son épée de son fourreau et se tourna pour affronter le premier monstre.

Donovan s'approcha de l'autre créature, une dague dans chaque main. Il tenta de frapper, mais manqua sa cible.

Le démon était rapide ; d'un coup de griffe, il lacéra l'épaule de Donovan. Ce dernier glapit alors que du sang coulait le long de son bras.

— Éteins les lumières ! cria Ben.

— Comment est-ce qu'on les verra ? demanda Eric.

— Fais ce que je dis !

Il hésita une seconde, puis courut jusqu'à l'angle de la maison et coupa le disjoncteur, plongeant le jardin dans le noir.

Il se passa alors quelque chose. Sa vue commença à changer. Des silhouettes vertes apparurent progressivement et se détachèrent de l'obscurité. Il reconnut Sarah, Ben et Donovan, ainsi que les deux démons. C'était comme s'il regardait à travers des lunettes de vision nocturne.

— Putain, qu'est-ce qui se passe ?

Les démons essayèrent de saisir aveuglément leurs adversaires, mais chaque fois qu'ils s'approchaient de Donovan ou de Ben, ces derniers les repoussaient et se mettaient hors de portée.

Armé de l'une des dagues de Donovan, Eric courut vers la créature la plus proche de Ben. Alors qu'elle se saisissait du père de Celeste, Eric enfonça la lame dans sa poitrine.

L'être poussa un hurlement. Son corps se transforma en chair en putréfaction puis se décomposa en cendres, qui furent emportées par une bourrasque glacée.

Donovan fit glisser sa lame sur la gorge du second démon. Il cria de douleur et de colère avant de disparaître en poussière à son tour.

— Est-ce qu'elle va bien ?

Le cœur d'Eric avait cessé de battre en voyant Sarah à terre. Des souvenirs de la mort de ses parents lui revinrent brusquement en mémoire.

— Je vais bien, répondit-elle.

Son mari l'aida à se lever. Elle écarquilla soudain les yeux en fixant un point derrière eux. Eric suivit son regard jusqu'à la ligne d'arbres. Une lueur vive grandit dans l'obscurité, et une femme séduisante apparut. Sa longue chevelure était rousse et elle était vêtue d'une élégante robe tissée d'or.

Il comprit que c'était la reine.

— Vous vous donnez tous tant de mal pour protéger quelque chose de si insignifiant.

— Elle est plus importante que tu ne le seras jamais, rétorqua Eric.

Il voulut faire un pas en avant, mais Ben le retint le bras.

— Allons, est-ce ainsi que tu salues ta reine ?

— Tu n'es pas ma putain de reine.

Lorsque la fée esquissa un sourire, elle lui rappela un reptile.

— Tu dois être son mari.

— En effet, gronda-t-il.

— Dis-moi, où est ta petite femme ?

— Je ne te dirai rien. Je ne te laisserai pas l'approcher.

Il serra les poings. Si cette salope voulait toucher Celeste, elle devrait d'abord lui passer sur le corps. La reine éclata d'un rire rauque.

— C'est ce que nous verrons.

Sur un signe rapide de sa part, six autres démons sortirent des bois. À la différence des êtres précédents, qui avaient des formes humaines, ceux-là possédaient des apparences chimériques. Ils avaient des corps de loups, anormalement gros, avec des sabots au lieu de pattes. Leurs visages ressemblaient à des faciès déformés de cochons et leurs dents mesuraient au moins dix centimètres.

Quatre d'entre eux levèrent un sabot. Une longue aiguille, comme une antenne, sortit de chacun de leurs corps. Ils visèrent Eric et les autres sans hésitation. Ces créatures semblaient voir dans l'obscurité sans le moindre mal.

— Ça ne fera pas mal. Enfin, pas beaucoup.

Le rire strident de la reine hérissa les poils dans la nuque d'Eric. Un flot de flammes jaillit des sabots des démons et les atteignit en pleine poitrine. Ils s'effondrèrent l'un après l'autre.

La souffrance déferla sur Eric et l'étouffa. Il voulut crier, mais en fut incapable. Il ne pouvait même pas ouvrir la bouche. Il était paralysé.

Il écouta attentivement, mais n'entendit pas les autres.

Une créature s'approcha d'Eric d'une démarche chaloupée en grondant. Il se pencha et enfonça ses dents dans son épaule jusqu'à l'os. Un éclair brûlant de douleur parcourut son bras. Son cœur accéléra à une vitesse folle. Il avait beau vouloir crier, hurler et pleurer, il ne pouvait pas.

Ses dents toujours plongées dans sa chair, l'être le tira vers les bois. À chaque secousse, son épaule le brûlait terriblement. Un démon saisit Donovan par la peau du cou tandis que deux autres traînaient Ben et Sarah.

— Apportez-moi la fille, aboya la reine.

Il tenta d'ouvrir la bouche pour avertir Celeste, mais ne pouvait toujours pas bouger. Il était impuissant.

Il ne lui restait plus qu'à prier. Ce qu'il fit, de tout son cœur, en espérant que cette fois, Dieu l'entendrait.

* * *

La créature qui s'était enfoncée dans la forêt en traînant Eric derrière elle s'arrêta et plaça son sabot sur une large souche d'arbre. Le bois commença immédiatement à s'étirer et se déforma, laissant apparaître un large portail.

Les démons le traversèrent en les emmenant à leur suite.

Ils furent entraînés de plus en plus profondément dans ce qui ressemblait à une grotte. La pierre inégale scintillait là où de l'eau coulait sur les parois, emplissant le lieu d'une odeur d'humidité et lui faisant perdre dix degrés.

Le monstre poussa Eric dans une cavité. Il atterrit sur son épaule blessée, et sa peau à vif frotta contre la terre et les cailloux. Impuissant, il vit le reste de sa famille se faire bousculer de la même manière. Les démons firent ensuite rouler un gros rocher devant l'entrée du renfoncement et les enfermèrent.

L'engourdissement dans ses membres s'atténua, et il put bientôt bouger. Il se redressa et se mit à genoux.

— Est-ce que tout le monde va bien ?

— Ouais. Leur poison devrait cesser de faire effet assez rapidement, répondit Donovan.

Le lutin s'assit et frotta ses jambes.

— Du poison ?

Il refusait d'imaginer qu'ils puissent administrer cette merde à Celeste.

— Ouais. Il est mortel pour les humains. Heureusement, il ne fait que paralyser les fées.

— On doit sortir de là. Ils cherchent Celeste, dit Eric d'un ton pressant.

Il foudroya ses beaux-parents du regard.

— Je croyais que les faes étaient dans la forêt.

— C'est le cas. Ils se dirigent probablement vers nous en ce moment.

— Ou alors, ils ont trouvé tante Agatha, dit Donovan avec inquiétude. Ils ont peut-être déjà été capturés.

— Ou peut-être qu'on ne peut pas leur faire confiance.

Ben s'écarta de Sarah pour regarder son gendre dans les yeux.

— On ne se trahit pas les uns les autres, Eric.

— Vraiment ? Dans ce cas, pourquoi la reine des fées essaie de tuer l'une de ses semblables ?

Il savait ce qui arriverait à Celeste s'ils la capturaient.

— La reine a choisi le camp du mal le jour où elle a décidé de faire couler le sang d'un innocent. Elle n'est plus l'une d'entre nous, dit Sarah en s'interposant entre eux. Ce n'est pas le moment de se disputer. On doit sortir d'ici et trouver Celeste.

Protéger sa famille était tout ce qui comptait dans l'immédiat. Il poussa le rocher aussi fort qu'il le put, mais il ne bougea pas d'un pouce.

— Tu ne pourras pas le déplacer. Il est trop lourd.

Donovan s'assit lourdement sur un rocher plus petit.

— Même si tu possèdes une force surhumaine, elle ne fonctionnera pas dans ce royaume. Tu es sur son territoire, maintenant.

— Ramène tes fesses et aide-moi. Je ne peux pas rester assis sans rien faire. Celeste est en danger.

— J'ai une idée, dit Ben avant de se tourner vers sa femme. Sarah, on aura besoin de ton aide.

— Ben, je peux manipuler les éléments, mais pas soulever un rocher pareil.

— Et si tu te servais du vent pour le balayer hors du chemin ?

— Je croyais que nos pouvoirs ne fonctionnaient pas dans son royaume, lâcha Eric.

— Les tiens, non. Tu viens d'accepter ta nature de fae. Mais Sarah, elle a vécu toute sa vie en tant que fée. Elle a perfectionné ses dons chaque jour. Les nôtres fonctionneront peut-être encore.

Elle leva les paumes vers le ciel.

— Je ne me suis jamais servie d'autant de force avec le vent, mais j'essaierai. Reculez tous.

Elle ferma les yeux et commença à parler. Eric reconnut du gaélique, la langue dans laquelle Celeste s'était exprimée dans son sommeil.

L'air commença tout à coup à virevolter autour d'elle comme une tornade. Lorsqu'elle tendit les bras, le tourbillon alla engloutir l'énorme rocher. Elle déplaça ses mains vers la droite. Le rocher trembla, puis commença à bouger. La pierre roula lentement en suivant les mouvements de ses bras. Quelques secondes plus tard, la voie était libre.

Eric voulut s'élancer vers la sortie, mais Donovan le retint.

— Tu ne peux pas foncer tête baissée. Il nous faut un plan.

— Je ne peux pas rester là pendant qu'ils s'apprêtent à l'enlever.

Il devait agir. Donovan leva le nez et renifla.

— Ils l'ont déjà.

Son cœur cessa de battre.

— Elle est blessée ?

— Je ne sais pas. Elle est dans le renfoncement au fond du passage, à gauche.

— Ça m'étonnerait qu'ils l'aient laissée sans surveillance. Il va nous falloir une diversion. Tu crois que tu peux t'en charger ? demanda Ben à son neveu.

— Bien sûr, répondit-il avec un large sourire. Les diversions, c'est ce que je fais de mieux.

— Bien. On va laisser Donovan partir en premier. Même si la reine ou ses sbires l'attrapent, on aura encore une chance de sauver Celeste. Sarah, suis Donovan à distance, au cas où ils le capturent. Eric, j'ai vu des épées à l'entrée de la grotte. On en aura besoin. Nos armes sont restées dans le garage.

Sarah enlaça le cou de Ben.

— Soyez prudents, murmura-t-elle. Et souvenez-vous que le bien triomphe toujours du mal.

Il l'espérait. Bon Dieu, qu'il l'espérait.

CHAPITRE QUARANTE-DEUX

Eric suivit Ben jusqu'à l'entrée de la caverne, où ils trouvèrent les armes.

Il choisit une claymore et une machette pendant que Ben se munissait d'une dague et de deux épées. L'adrénaline courait dans son corps. Il avait l'impression qu'il aurait pu soulever une foutue Mercedes.

Ils se renfoncèrent lentement dans les entrailles de la grotte. Chaque seconde, Celeste était un peu plus en danger. Le temps leur était compté.

Des voix graves résonnèrent contre la pierre. Ils s'adossèrent contre la paroi et retinrent leur respiration. Il reconnut les voix des démons.

— Putain, pourquoi on doit ressortir ? grommela l'un d'eux.

— La reine veut qu'on fouille les bois. Elle pense qu'il y a encore des fées qui essaient de protéger la fille. Si on en trouve, elle a dit qu'on devait les détruire.

Dès que les créatures les eurent dépassés, Ben lui lança un regard appuyé.

— Je t'avais dit qu'ils ne nous trahiraient pas.

Eric hocha la tête.

— Je suis désolé. J'ai peur pour elle, c'est tout. Je refuse qu'il lui arrive quelque chose.

— Je sais, dit Ben d'un ton bourru. Cessons de perdre du temps et allons trouver ma fille.

— Oui. Allons trouver ma femme.

Il rencontra le regard de son beau-père, qui acquiesça.

— Allons chercher ta femme.

Ils avancèrent en restant dans l'ombre et en faisant le moins de bruit possible. Ils n'eurent pas besoin d'aller bien loin.

Il vit Donovan à quelques mètres d'eux. Eric voulut le rejoindre, mais Ben l'arrêta.

— On doit s'assurer que personne ne le suit. Reste caché.

* * *

Donovan s'approcha lentement de là où Celeste était détenue. Dès qu'il fit un pas à l'intérieur de la chambre, il sentit qu'*elle* était derrière lui.

La reine.

— Qu'est-ce que tu fais là ?

Son haleine lui glaça la nuque. Merde, le mal qui émanait d'elle était comme une tornade de niveau cinq.

Donovan serra les mâchoires. Heureusement, il s'était métamorphosé. Il plaqua un sourire séducteur sur ses lèvres et se retourna, laissant la torche éclairer ses yeux désormais bleu glace et ses cheveux blonds. Il espérait que la ruse fonctionnerait.

* * *

Eric resta abasourdi.

— Ce connard s'est transformé en *moi*.

— Merde, il est fort. Il te ressemble à s'y méprendre, commenta Ben.

Eric plissa les yeux. Donovan avait intérêt à ne pas essayer ce genre de connerie avec Celeste. Sinon, il devrait le tuer.

* * *

— Ma reine. Je te cherchais, dit-il en souriant.

La méfiance brilla dans le regard de la souveraine.

— Je croyais que tu chercherais plutôt ta femme.

— Je ne peux pas te résister. Ta beauté m'a ensorcelé.

Donovan regarda sa bouche avec insistance avant de remonter vers ses yeux verts. Il espérait que son intérêt paraîtrait crédible. Plus il restait en sa présence, plus il avait envie de vomir.

— Suis-moi. On verra bien qui tu choisiras.

La lèvre supérieure de la fée se retroussa alors qu'elle l'entraînait plus loin dans la grotte.

Qu'avait-elle en tête ? Il regarda aux alentours et ses yeux se posèrent sur Celeste.

— Eric ?

Son premier réflexe fut de courir vers elle, mais il savait que la reine observait sa réaction. S'il essayait d'intervenir, elle tuerait Celeste. Il se força à détourner la tête et regarda la fée. Il ne manqua pas son expression ravie.

Il devait l'occuper pour qu'Eric et Ben puissent venir en aide à Celeste. Donovan pencha la tête et l'embrassa.

Le baiser n'était pas ce à quoi il s'attendait. Bien qu'elle soit belle, sa peau était aussi froide que de la glace. C'était comme embrasser un cadavre. Il se fit violence pour ne pas rendre ses tripes.

Fermant les yeux, il essaya d'imaginer qu'il embrassait

Celeste, mais ce fut le visage de tante Agatha qui apparut dans son esprit.

Il se remémora le jour où il avait espionné Celeste quand elle s'était baignée nue dans le lac.

Il était resté caché derrière un arbre pendant qu'elle se déshabillait, se croyant seule. Puis elle avait plongé dans l'eau. Mais alors qu'il se repassait la scène, ce ne fut pas Celeste qui sortit la tête de l'eau pour respirer.

Ce fut sa vieille et grosse tante Agatha.

La reine mit fin au baiser et fit un sourire mauvais à Celeste.

— Quelle ironie que tu rencontres la mort sur un autel en pierre de fée, pouffa-t-elle. Oh, j'oubliais, tu viens d'apprendre que tu es une fae. Tu ne sais pas ce que c'est.

Celeste pâlit.

— Vois-tu, la pierre de fée a été créée après que les faes ont appris la crucifixion du Christ. Les larmes qu'elles ont versées ont formé ce que l'on appelle des pierres de fée. C'est pour ça qu'une croix se trouve au centre de l'autel.

Le visage de la reine se déforma de colère.

— Ces sales fées n'ont jamais pleuré quand j'ai perdu ma sœur. Et je suis leur reine.

— Peut-être que si tu n'étais pas une connasse, elles n'auraient pas été indifférentes, siffla Celeste.

— Ton enfant me permettra de ramener ma sœur.

— Tu ne peux pas faire revenir quelqu'un d'entre les morts.

Elle joignit ses mains sur son ventre tandis que la reine esquissait un sourire.

— C'est possible, mais seulement en offrant en sacrifice le sang d'un innocent issu de la bonne lignée. Eric et toi m'avez fait un cadeau que vous étiez les seuls à pouvoir me donner. Le sang qu'il me fallait.

— Non. Tu ne peux pas. Je ne te laisserai pas faire.

Celeste regarda Donovan intensément, et il dut se retenir de courir la rejoindre.

— Je veux cet enfant maintenant ! cria la reine à un démon.

Celui-ci répondit sans quitter Celeste des yeux :

— Ses contractions sont de plus en plus fortes, mais l'accouchement peut encore prendre des heures.

— Alors, fais-le sortir plus vite.

La créature poussa un cri ravi. Le ventre de Donovan se retourna. Eric et Ben n'étaient pas loin. Ils avaient juste besoin d'encore un peu de temps.

La reine se tourna vers lui, cherchant manifestement à jauger sa réaction à son horrible demande.

Il ne flancha pas. Il la prit dans ses bras et lui donna un autre baiser, en priant pour que les pas qu'il entendait dans le couloir soient ceux d'Eric.

* * *

Celeste fut prise d'une violente quinte de toux. Chaque respiration lui brûlait la gorge.

Elle n'avait perdu connaissance que quelques secondes. Elle avait eu beau prier pour que la mort l'emporte, elle n'était pas venue.

Luxure coinça ses mains sous ses genoux poilus. Elle essaya de se tortiller sous son poids, mais ne parvint pas à se libérer.

Son regard fut attiré par le scintillement d'une lame au-dessus de son ventre. Il allait tuer son bébé pour ressusciter une morte. Elle se débattit de plus belle.

— Non ! Eric, aide-moi !

Tous ses sens étaient aiguisés, et elle enregistra chaque détail au cours de ce long instant. Le cri strident du démon.

Le sifflement de la dague qui fendit l'air. Le bruit écœurant quand la lame s'enfonça dans son ventre.

Elle ressentit une douleur intolérable alors que sa chair se déchirait. La dague glissa vers le bas et ouvrit son ventre en deux. Elle hurla.

Ses muscles et sa peau produisirent un bruit de déchirement mouillé. Son sang gargouilla, le son se mêlant à ses cris éraillés.

Comment pouvait-elle être encore vivante ? Pourquoi n'avait-elle pas perdu connaissance ?

Ses pleurs et ses supplications restèrent sans réponse.

Elle parvint à libérer l'une de ses mains et la tendit vers Eric, sans cesser de s'agiter sous le démon, mais il ne la voyait pas. Il était occupé à embrasser la reine.

Elle sentit une pression, puis une vague de souffrance encore plus vive lorsque le démon arracha son enfant de ses entrailles.

Le froid commença à s'infiltrer en elle. Elle tendit l'oreille, attendant les cris de son bébé, mais n'entendit rien.

Elle avait tout perdu. Son enfant. Ses parents avaient sans doute été tués. Quant à Eric, il était mort à ses yeux.

Plus rien ne la retenait sur terre. Elle n'avait plus aucune raison de rester.

Tu connaîtras la piqûre de la trahison et tu auras le cœur brisé. Ta solitude et ta souffrance ne connaîtront ni repos ni fin. Tu verras ton sang couler en un ruisseau pourpre sur l'autel jusqu'à ce que la mort réclame ton corps.

Elle prit une dernière inspiration étranglée et laissa les ténèbres l'engloutir.

* * *

Eric traversa le passage faiblement éclairé en trombe et entra dans la chambre sous les terribles hurlements de Celeste. Son cœur se brisa en découvrant la scène sanglante.

Il s'élança en avant, vaguement conscient que Donovan lui criait de se dépêcher.

* * *

La reine détacha ses lèvres des siennes dès qu'Eric entra dans la chambre. Elle fronça les sourcils, son regard faisant des allers-retours entre Eric et lui.

— Qu'est-ce que tu es ? Tu as l'odeur d'une fée, mais les faes ne peuvent pas se métamorphoser.

— Les fées ne peuvent pas, mais les lutins si, répondit Donovan en reprenant sa véritable forme.

Il referma ses bras autour de la reine.

Elle cria et voulut le repousser, puis fit apparaître un couteau dans sa main. Elle tenta de le frapper au cœur, mais il bloqua le coup mortel et la lame entra dans son bras. Il fit tomber la reine à terre et tira la dague de l'arrière de sa ceinture.

— Essaie encore, connasse.

Il se pencha pour l'attaquer, mais elle disparut.

Serrant son bras contre son ventre, Donovan se tourna vers le couloir en entendant des voix approcher.

CHAPTER QUARANTINE-TROIS

Eric tomba à genoux près de Celeste. Elle était allongée sur l'autel en pierre, son corps frêle était massacré et elle se vidait de son sang, comme un animal livré en sacrifice. Ses beaux yeux verts fixaient le vide, toute vie enfuie de son regard. Sa seule raison de vivre venait de lui être arrachée.

Le démon qui chevauchait Celeste tenait leur bébé par son pied minuscule, secoué par un rire de triomphe.

Le nouveau-né ne remuait pas et ne faisait pas un son.

Eric comprit que, comme sa mère, leur enfant était mort.

La souffrance s'abattit brutalement sur lui, telle une vague gigantesque. Il avait fait le serment de protéger sa famille.

Une fois de plus, il avait échoué.

Les échos des cris de détresse de Sarah et Ben parurent lui provenir à des milliers de kilomètres de là. Ils venaient de perdre leur fille unique et leur seul petit-enfant.

Il effleura l'arme à sa ceinture, puis serra les doigts autour du manche de l'épée jusqu'à ce qu'il ait l'impression qu'elle était devenue une extension de son bras. La rage et la souffrance l'emplirent, le faisant trembler.

Il se leva lentement. Il n'était animé que par une seule

volonté. Tuer. Tuer tous ceux qui avaient causé la mort de sa femme.

Un sourire maléfique flotta sur les lèvres du démon.

— Tu es arrivé trop tard, humain. Ta pute et ton bâtard sont morts.

— Qu'est-ce qui se passe quand on tue un démon ? demanda-t-il à Ben sans quitter la créature des yeux.

— Ils restent en enfer jusqu'au Jugement dernier.

— Alors, bon séjour en enfer, grogna Eric.

Les yeux du monstre se teintèrent un instant de surprise avant qu'Eric ne lève son épée. En un mouvement rapide, il la fit tournoyer et trancha le ventre du démon. Le corps de l'être resta figé quelques secondes, avant de se scinder en deux parties séparées.

Eric plongea en avant et attrapa son enfant sans vie avant qu'il ne touche le sol. Il le blottit dans ses bras, son cœur se serrant si douloureusement qu'il pensa qu'il allait exploser.

Il était magnifique. Il avait la bouche et le nez de Celeste, mais il reconnaissait également des parties de lui-même dans son petit garçon.

Il ravala sa souffrance alors que Sarah arrivait derrière lui. Il lui donna le bébé.

Il avait besoin voir Celeste. Il avait besoin de toucher sa femme.

Il s'agenouilla près d'elle et effleura son visage du bout des doigts, leva ses mains couvertes de sang vers ses lèvres et embrassa chaque doigt glacé. Son chagrin était si intense qu'il craignit que son cœur éclate.

Il aurait bien aimé qu'il le fasse. Il n'avait plus aucune raison de vivre.

Celeste était morte par sa faute.

Elle était morte parce qu'il n'avait pas su la protéger.

Il ne prit pas la peine d'essuyer les larmes qui ruisselaient sur ses joues. Tout ce qui le rattachait à la vie avait disparu.

Un rire diabolique se répercuta contre les parois de la grotte.

Il leva les yeux.

— Ne sois pas triste. Je compte te tuer aussi. Tu pourras rejoindre ta petite salope dans l'au-delà, dit la reine en souriant.

Un flot de démons se rassembla derrière elle, emplissant la caverne. Eric laissa échapper un long grondement de gorge et se releva.

— Je compte la rejoindre. Mais pas avant de t'avoir tuée.

Ben et Donovan l'entourèrent.

— On est avec toi, dit son beau-père à voix basse.

Eric leva son épée et ferma les yeux. Des images de Celeste passèrent dans son esprit : son rire, son sourire, son visage quand ils faisaient l'amour. Il laissa tous ces souvenirs le traverser, jusqu'à ce qu'il ne reste plus que sa fureur pour tout ce qui ne serait plus. La soif de sang et de vengeance l'emplit.

Lorsqu'il se tourna lentement vers la reine, sa bouche était tordue en un rictus haineux.

— Tu es prête à aller en enfer ? demanda-t-il.

La reine tressaillit et recula derrière la ligne de ses sbires.

— Tuez-les tous.

Il leva son épée et taillada les créatures en travers de son chemin. Il décapita deux démons avant de continuer sa progression. Brandissant sa lame, il avança vers sa cible suivante et l'atteignit avec une précision mortelle.

Des cris et des hurlements emplirent la grotte, se mélangeant aux tintements métalliques.

Quoi qu'il arrive désormais, Eric était sûr d'une chose : tout serait terminé très bientôt.

* * *

Les joues striées de larmes, Sarah se déplaça discrètement dans le coin de la caverne en serrant le nourrisson dans ses bras. Elle enveloppa le petit corps sans vie dans son manteau.

— Allons, mon petit. S'il te plaît, respire.

Elle lui massa la poitrine, puis secoua ses minuscules pieds bleus pour essayer d'obtenir une réaction. Elle le tourna sur le ventre et lui frotta le dos.

S'accrochant à un mince espoir, elle se pencha et couvrit sa bouche de la sienne avant de souffler rapidement deux fois.

La poitrine du bébé se souleva.

— Allez.

Elle souffla deux fois de plus.

Un faible vagissement s'échappa de la petite bouche. Elle sentit son cœur déborder de joie en entendant le son plaintif gagner en puissance jusqu'à devenir un cri.

La peau du nourrisson passa du bleu au rose en quelques secondes. Sarah le serra contre sa poitrine en sanglotant.

Si seulement Celeste était en vie pour entendre son enfant.

Elle essuya ses joues et leva les yeux vers la sanglante bataille qui faisait rage autour d'elle. Chaque fois qu'ils tuaient un démon, un autre semblait apparaître pour prendre sa place. Elle devait emmener le bébé loin d'ici avant que la reine se rende compte qu'il était vivant. Progressant lentement en se plaquant contre la paroi, elle approcha de la sortie.

La reine se matérialisa devant elle et lui bloqua le passage.

— Donne-moi l'enfant.

— Non. Je ne te laisserai pas l'avoir.

Elle serra le nourrisson contre son cœur et, de sa main libre, chercha la dague à sa ceinture. Ses doigts se refermèrent sur le vide. Elle avait dû lâcher son arme quand Eric lui avait tendu le bébé.

Les yeux maléfiques de la reine s'étrécirent en deux fentes.

— Alors, je te tuerai avant de prendre l'enfant.

Un couteau apparut dans sa main et elle le lança sur Sarah avant que celle-ci puisse esquiver. Une grande douleur explosa au milieu de son dos, lui coupant le souffle. Ses jambes s'engourdirent et elle s'effondra au sol. Elle tenta de se relever, mais son corps refusait d'obéir.

Sarah comprit que la lame avait sectionné sa moelle épinière. Elle n'avait plus le moindre contrôle sur le bas de son corps. Même ses bras commençaient à se paralyser.

Impuissante, elle ne put que regarder la reine lui arracher des mains le bébé qui hurlait à pleins poumons.

— Je te tuerai plus tard, quand tu auras vu mourir le reste de ta famille.

Les cris de l'enfant devinrent stridents. La reine grogna et lui couvrit la bouche de sa main, sans effet. Lorsque ses pleurs redoublèrent, la reine le fourra dans les bras du démon le plus proche.

L'être lui lança un regard dégoûté en grommelant.

Sarah chercha Ben des yeux et le vit à l'autre bout de la salle. Elle ouvrit la bouche pour l'appeler, puis se ravisa. Toute distraction pourrait lui coûter la vie. Elle ne pouvait laisser une telle chose se produire.

Il ne restait plus aucun espoir. Leur dernière chance avait été de sauver le bébé, mais il serait bientôt mort. Comme le reste d'entre eux.

Elle laissa sa tête retomber contre la pierre et posa les yeux sur l'autel où était étendue Celeste. Sa fille unique.

Elle n'aurait pas l'occasion de pleurer sa mort, sa si belle enfant qui ressemblait désormais à un personnage de film gore.

Un point de lumière, vive et blanche, flottait au-dessus du corps de Celeste et grandissait peu à peu. La lueur descendit jusqu'à toucher sa poitrine, puis enveloppa son corps entier. Il commença à briller.

Éblouie, Sarah fut forcée de baisser les yeux. De petits cailloux rebondirent comme des haricots sauteurs et elle sentit le sol gronder en dessous d'elle.

Était-ce un tremblement de terre ? Un éboulement ? Le sol était-il sur le point de s'ouvrir pour les engloutir et les précipiter en enfer ?

Quand la luminosité diminua, elle reporta son regard vers l'autel.

Celeste était debout sur la pierre. Elle portait une robe blanche scintillante et tenait une épée dans sa main.

CHAPTER QUARANTINE-QUATRE

Le cœur de Celeste fut transpercé par les pleurs de son enfant. Elle les avait entendus depuis l'au-delà. C'étaient ces cris qui l'avaient ramenée à la vie.

Son bébé s'était mis à l'appeler à l'instant où la reine l'avait touché. Le lien entre une mère et son enfant ne pouvait être rompu, même dans la mort.

Elle se leva sur l'autel sur lequel on l'avait massacrée. Une sensation d'extraordinaire puissance faisait battre son sang dans ses veines.

Elle parcourut des yeux la bataille dans la grotte jusqu'à ce qu'elle voie le démon avec son bébé dans les bras, qui restait en arrière. Elle serra les doigts autour de son épée. Elle brûlait d'envie de tuer tous ceux qui s'interposeraient entre son enfant et elle.

La colère l'embrasa comme un feu de forêt.

— Je. Veux. Mon. Bébé.

* * *

En entendant la voix de son épouse, Eric crut qu'il était mort.

Peut-être avait-il été tué si vite qu'il n'avait pas eu le temps de sentir la douleur ?

Il regarda aux alentours. Il était toujours dans cette foutue grotte ; il ne pouvait donc pas être mort.

Un silence inquiétant s'installa dans la caverne. Tous, y compris les démons, avaient cessé de se battre et fixaient un point derrière lui. Il suivit leurs regards.

Celeste se tenait sur l'autel, entièrement vêtue de blanc. Elle portait un plastron en cuir clair qui ne couvrait que sa poitrine, une jupe blanche s'arrêtant quelques centimètres au-dessus du genou et des bottes pâles. La tenue dévoilait sa peau veloutée. L'endroit où son ventre avait été si vicieusement découpé ne comportait plus la moindre trace, pas même une cicatrice.

Elle était absolument parfaite.

Et elle était vivante.

— Celeste !

Il l'appela, mais elle ne réagit pas. Toute son attention était focalisée vers le fond de la grotte. Lorsqu'il suivit son regard, il vit son enfant, qui pleurait éperdument dans les bras d'un démon. Il fallut quelques secondes à son cerveau pour réaliser que Celeste et son fils étaient vivants.

— Rendez-moi mon enfant et je vous tuerai rapidement.

La voix de Celeste résonna dans la caverne.

— Tu ne veux pas plutôt dire « rendez-moi mon enfant et je ne vous tuerai pas » ? s'enquit la reine avec un sourire en coin.

— Non. Vous allez mourir, quoi qu'il arrive, mais vous pouvez mourir vite ou lentement. C'est vous qui choisissez.

— Ah ouais ? Et avec quelle armée ?

— Celle-là.

Eric se retourna.

Tante Agatha entra, suivie d'un petit groupe de membres de sa famille, de Salomon et d'un énorme loup noir. Il remarqua que les fées étaient passées prendre les armes dans le garage.

— Pardon d'avoir mis autant de temps. J'ai essayé de communiquer avec Donovan par télépathie, mais je n'ai pas réussi à établir le contact. J'ai cru comprendre qu'il avait l'esprit ailleurs, dit tante Agatha avant de couler un regard à Donovan. Sérieusement ? Épier quelqu'un qui se baigne dans le plus simple appareil ?

Donovan parut à la fois horrifié et nauséeux.

Eric reporta son attention sur Celeste. Elle soutenait le regard de la reine sans ciller, l'intensité de sa fureur faisant briller ses yeux vert émeraude.

— Tuez cette salope, ordonna la reine.

— Non !

Eric se fraya un chemin entre les fées et les démons qui s'affrontaient. La peur menaçait de l'étouffer. Il devait rejoindre Celeste avant qu'il ne soit trop tard. Il ne la décevrait pas une nouvelle fois.

Elle sauta de l'autel, fit un salto arrière et atterrit sur ses pieds. Elle brandit son épée avec adresse et découpa les deux premiers démons qui tentèrent de l'arrêter. Leurs têtes roulèrent sur le sol comme deux boules de bowling.

Elle se plongea dans le combat, laissant des tas de cendres fumantes dans son sillage. Toute trace de douceur ou d'hésitation avait disparu de ses traits.

C'était comme si elle s'était battue toute sa vie. Une véritable pourfendeuse de démons.

— Attention ! lui cria Ben.

Eric s'accroupit. La lame d'une faucille manqua sa nuque d'un cheveu.

Il se tourna et rencontra le regard de la créature qui l'avait attaqué avant de plonger son épée dans son ventre. Le corps monstrueux se transforma immédiatement en poussières chaudes.

Il regarda autour de lui et prit conscience qu'il y avait désormais plus de fées que d'ennemis dans la grotte. Le vent tournait en leur faveur.

Ils pouvaient remporter cette bataille.

* * *

Il ne restait plus qu'une poignée de démons entre son enfant et elle.

Celeste continua d'avancer, mais s'arrêta en captant un mouvement du coin de l'œil.

Sa mère était ratatinée contre la paroi en pierre. Sa respiration était irrégulière, ses lèvres pâles.

Celeste leva la main vers elle. L'énergie jaillit de son corps et entra dans celui de sa mère.

— Marche, dit-elle d'une voix douce.

Sa mère cligna des yeux et se leva lentement. Son corps était indemne.

— Celeste ? demanda-t-elle avec stupéfaction.

Elle n'avait pas le temps de répondre. Elle devait rejoindre son bébé.

Sa lame taillada cinq autres démons qui se tenaient entre son enfant et elle.

Elle n'était plus qu'à quelques mètres de l'être qui portait son bébé dans ses bras. La rage fit bouillir toutes les cellules de son corps. Comment une créature aussi vile avait-elle l'audace de toucher ce qui lui appartenait ?

Plus jamais.

Elle leva son épée et la pointa vers la gorge du démon. Avant qu'il ne puisse réagir, elle lança son arme à la manière d'une lance. La pointe de la lame entra dans la gorge de l'être et ressortit dans sa nuque, séparant efficacement sa tête de son corps. Tandis que le cadavre du démon tombait par terre,

Celeste rattrapa son enfant d'une main. Elle récupéra son épée de l'autre, puis baissa les yeux vers son fils.

Il cessa de pleurer.

Il la regarda fixement avec des yeux d'un bleu familier, un léger sourire flottant sur ses petites lèvres. Il était la plus belle personne qu'elle ait jamais vue.

— J'aurais le sang de ce bâtard.

L'haleine glacée de la reine retomba sur sa nuque. Elle protégea son enfant de son corps et resserra sa prise sur son épée.

Sentant un couteau près de sa gorge, Celeste para le coup. La lame fendit l'air dans le vide.

Elle virevolta, prit son élan et plongea son épée dans la poitrine de la reine.

Celle-ci hurla.

— On ne touche pas ce qui est à moi, siffla Celeste.

Elle tourna la lame dans la chair de la reine, dont les cris firent presque trembler les parois de la grotte.

Tous les combattants, fées comme démons, interrompirent la bataille pour se couvrir les oreilles. Tous, sauf Eric.

Il approcha en poussant les autres, referma son poing autour de la chevelure de la reine et tira sa tête en arrière.

— J'espère que tu pourriras en enfer pour l'éternité.

Il tira sa dague et fit glisser la lame sur sa gorge, puis la décapita. Du sang noir jaillit en gros bouillons.

Celeste posa sa botte sur le buste de la reine pour retirer son épée de son corps. Quand ils prirent conscience que leur souveraine était morte, les démons prirent la fuite. Il ne resta bientôt plus que les faes dans la grotte.

* * *

Eric sentit son cœur s'emballer dans sa poitrine. Il n'arrivait toujours pas à y croire. Il fut incapable de détacher son regard de Celeste, qui serrait leur fils dans ses bras.

Leur fils. Ce simple mot lui donnait envie de hurler de joie.

Il avait besoin de la toucher pour s'assurer qu'elle était bien réelle, que ce n'était pas un rêve.

— Celeste.

Elle le regarda s'approcher. Alors qu'il tendait le bras vers elle, une voix tonnante secoua la grotte.

— Arrête.

Toutes les fées tombèrent à genoux et baissèrent la tête.

Eric fit de même. Il ne voulait pas s'agenouiller, pourtant son corps ne lui obéissait plus. Il avait l'impression qu'une force irrépressible poussait sur ses épaules.

Un homme se tenait sur l'autel en pierre. Il mesurait plus de deux mètres et était plus massif qu'un humain. De grosses ailes se déployaient dans son dos jusqu'au ciel. Ses cheveux étaient d'un noir d'encre, il était vêtu de blanc et une épée similaire à celle de Celeste était passée à sa taille.

Il comprit que ce n'était pas un homme, mais un ange.

— Vous ne devez pas toucher Celeste. Elle revient du paradis.

La caverne frémissait chaque fois que l'être parlait. Eric remarqua qu'il était le seul à oser le regarder. Tous les autres semblaient pétrifiés.

— Levez-vous, ordonna l'ange.

De nouveau, tout le monde obéit et se releva en même temps.

— Celeste, approche.

Elle avança sans manifester la moindre peur et s'arrêta à quelques centimètres de lui. Elle lui donna l'épée en souriant.

— Merci, Michael, dit-elle avant de serrer son enfant dans ses bras.

Michael ? L'archange Michael ?

— Essaie d'éviter les ennuis à l'avenir.

Michael inclina la tête et lui décocha un regard sévère. Le sourire de Celeste s'élargit. D'une voix encore plus forte, il demanda :

— Comment s'appellera l'enfant ?

— Je n'ai pas encore décidé.

— Père de l'enfant, approche.

Michael se tourna vers Eric. Ce dernier les rejoignit en soutenant le regard de l'ange.

— Tu es celui que l'on appelle Eric, c'est bien cela ?

— C'est ça. Je suis l'époux de Celeste.

Il comptait s'assurer que M. Papillon savait qui il était, merde. Ce n'était pas interdit de convoiter la femme d'un autre dans la Bible ?

Les yeux de Michael flamboyèrent.

Avait-il lu dans ses pensées ?

— Pourquoi pas Eric Christian ?

Son cœur se serra en entendant la voix de Celeste s'élever. Michael acquiesça de la tête.

— Un nom digne d'un guerrier.

— Vous avez dit que je ne devais pas la toucher. Pourquoi ? demanda Eric.

— Celeste était montée au ciel. Si elle touche quelque chose de terrestre, cela lui causera une grande souffrance.

— Mais Christian aussi a été au paradis.

Michael hocha la tête.

— Oui, mais il n'était pas encore né. Tu peux toucher l'enfant.

Il serra les poings. Il désirait tant étreindre Celeste qu'il avait du mal à respirer.

— Ne t'inquiète pas. Tu pourras la toucher dans quelques jours, ajouta Michael d'un air agacé.

D'accord, il lisait peut-être bel et bien dans ses pensées. L'ange se tourna vers les faes.

— Vous vous êtes bien battus aujourd'hui. Le bien a triomphé du mal au cours de cette bataille.

Des cris victorieux retentirent. Michael fut enveloppé par une lumière étincelante, puis une grande explosion fit trembler la caverne.

Aussi soudainement qu'il était apparu, l'archange n'était plus là.

Eric voulut parler à Celeste, mais elle se dirigeait déjà vers la sortie de la grotte.

CHAPTER QUARANTINE-CINQ

Celeste garda les yeux rivés sur son fils alors qu'elle marchait vers la sortie. Elle ne voulait parler à personne, ne voulait voir personne.

En levant la tête, elle remarqua que Donovan tenait son bras ensanglanté contre son corps. Elle leva la main et dirigea sa paume vers lui, faisant disparaître sa blessure en un instant.

Lorsque les autres se rendirent compte qu'elle pouvait les soigner, ils rapprochèrent les blessés d'elle. L'un après l'autre, elle s'occupa de leurs blessures jusqu'à ce qu'ils soient tous indemnes.

Eric les suivait de près. Elle pouvait le sentir, avec son odorat et ses autres sens. Elle n'arrivait pas à le regarder.

Il l'avait trahie, avait embrassé une autre femme et l'avait laissée mourir. Pas n'importe quelle femme : la reine qui voulait tuer leur enfant.

Elle ne pourrait jamais le lui pardonner.

Elle sourit à son bébé. Malgré son cœur brisé, une vague d'amour inconditionnel pour son enfant déferla sur elle. Elle fut stupéfaite de ressentir un amour si puissant pour un être qu'elle venait de rencontrer.

La grotte déboucha dans les bois. Elle poussa un soupir. Encore quelques mètres, et elle serait à la maison. Elle était sale, épuisée, et avait besoin de solitude.

— Je vais ouvrir, dit Eric derrière elle.

Elle se crispa alors qu'il la dépassait pour aller pousser la porte. C'était la première fois qu'il lui adressait la parole, preuve supplémentaire de son infidélité. Peut-être avait-il honte de ses actes ? Ou alors, il prenait ses distances.

Toutes ses paroles n'avaient été que des mensonges. Maintenant que le bébé était né, il n'avait plus besoin d'elle. Il pouvait retrouver sa vie d'avant.

La souffrance lui serra le cœur.

Elle monta les escaliers jusqu'à la chambre sans se retourner.

Tout lui parut différent en entrant dans la pièce. Au lieu d'être emplie de paix, de contentement et d'amour, elle ne contenait que tristesse, promesses brisées et mensonges.

Se tournant vers le miroir en pied, elle examina son reflet. Ses vêtements blancs étaient maculés du sang noir des démons, et son visage était taché d'éclaboussures sombres, récoltées quand elle avait abattu les créatures qui se dressaient sur sa route. Ses cheveux emmêlés semblaient avoir été lavés avec de la boue.

Elle regarda Christian.

— Et moi qui pensais que tu étais le seul à avoir besoin d'un bain.

— Je vais m'occuper de lui pendant que tu te douches.

Elle se retourna. Eric se tenait dans l'encadrement de la porte et la regardait d'un air étrange. Elle ne pouvait vraiment pas le lui reprocher. Comment une femme couverte de sang de démon pouvait-elle être attirante ?

Mais ça n'avait plus aucune importance.

— Non, je dois d'abord laver Christian.

— Et si je le nettoyais pendant qu'Eric et toi allez prendre une douche ? proposa sa mère en tendant les bras.

Celeste hésita.

— Je prendrai bien soin de lui, Celeste.

— Oui, je sais.

Elle lui donna délicatement le nourrisson sans la toucher. Sa mère sortit de la chambre en parlant à Christian à voix basse.

— J'ai fait couler l'eau, elle devrait être chaude, dit Eric.

Pour la première fois depuis qu'elle était revenue à la vie, elle le regarda. Il était tout aussi couvert de sang qu'elle, voire plus. Une profonde coupure lacérait son épaule. Elle leva la main pour le soigner, mais il secoua la tête.

— Si ça t'affaiblit, ne me soigne pas.

— Tu es gravement blessé.

— Ça guérira tout seul. Tu as soigné assez de monde pour ce soir.

— Quelle différence fera une personne de plus ?

Elle leva la main, et il serra les dents en sentant sa chair se ressouder.

— Merci.

— Et si tu te douchais en premier ? dit-elle en évitant son regard. Tu n'as pas encore eu l'occasion de tenir ton fils.

— Et si on la prenait ensemble ?

Elle releva brusquement la tête.

— Il y a quatre pommeaux de douche et assez de place pour nous deux.

Elle hésita. Plus vite elle serait douchée, plus vite elle pourrait retrouver son bébé.

— Je promets de ne pas te toucher, ajouta-t-il.

Sa gorge se serra.

Oui, c'était certain. Eric Nordstrom ne la toucherait plus jamais.

* * *

Eric se déshabilla et entra sous l'eau le premier. Il ne savait pas si Celeste restait distante parce qu'elle était encore désorientée ou si elle souffrait toujours.

Il se plaça dans un coin de la douche et lui tourna le dos.

L'eau chaude détendit ses muscles. Il avait envie de se retourner et de prendre Celeste dans ses bras, mais se souvenait de la mise en garde de l'ange.

Il contracta les mâchoires et essaya de se maîtriser à grand-peine.

— Tu as mal ? demanda-t-il en la regardant par-dessus son épaule.

Elle leva la tête. Son regard s'attarda sur son dos, puis elle baissa les yeux sur son ventre.

— Non.

Son corps n'avait plus une seule blessure. En fait, elle semblait même ne jamais avoir été enceinte. La seule différence notable était sa poitrine, visiblement plus pleine.

Son membre se raidit et tressauta. Il n'aurait pu cesser de regarder ses seins même si sa vie en avait dépendu.

— Tu es sublime.

Elle lui tourna le dos avec un regard assassin.

* * *

Elle s'attarda sous le jet d'eau après qu'Eric fut sorti de la douche. Une fois qu'elle ne l'entendit plus dans la salle de bains, elle coupa l'eau et passa son peignoir. Après s'être brossé les dents et rapidement séché les cheveux, elle retourna dans la chambre.

Eric tenait Christian dans ses bras et souriait. Elle sentit son cœur se briser en découvrant la tendre scène.

— Je l'ai baigné et je l'ai mis en pyjama. Il a déjà mouillé une couche, dit sa mère en souriant.

— Merci.

— Je vais aller voir Ben et Donovan. À mon retour, je te montrerai comment l'allaiter, si tu veux. Mais si tu es trop fatiguée, on peut lui donner un biberon pour cette nuit.

— Non, je veux essayer.

Elle sortit un pyjama en soie de l'armoire. Alors qu'elle finissait de boutonner la chemise, Christian poussa un cri déchirant.

— Je crois qu'il a faim, dit Eric.

Elle tourna la tête vers le couloir en se demandant dans combien de temps reviendrait sa mère. Les pleurs de Christian devinrent plus insistants.

— Et si tu t'asseyais? Je vais te le passer pour que tu puisses le nourrir.

Elle s'installa dans le fauteuil. Eric plaça Christian entre ses bras, en prenant soin de ne pas la toucher, puis il s'agenouilla près d'elle.

— Qu'est-ce qui ne va pas ?

— Je ne sais pas exactement comment faire.

— Eh bien, tu pourrais commencer par ouvrir ta chemise. Ouais. Ce serait un bon début.

Elle tint Christian tout en ouvrant les boutons de sa main libre. Le bébé tourna sa tête minuscule et se colla contre sa poitrine. Quand il s'accrocha à un téton, elle poussa un cri.

— Ça va ?

— Ouais. Je suis un peu irritée, et lui un peu enthousiaste.

Elle contempla son fils pendant qu'il se nourrissait. Son poing serré appuyait contre son sein et il la regardait avec de grands yeux en poussant de petits grognements.

— Il est si éveillé. Ses yeux sont même ouverts, murmura Eric avec émerveillement.

— Les humains naissent avec les yeux ouverts, en général. Ce ne sont pas des chiots.

Il éclata de rire.

— Je n'avais encore jamais passé de temps avec un bébé.

Son cœur se serra. Elle était également fille unique, mais elle avait grandi avec Donovan. Eric n'avait eu personne.

Elle repoussa une bouffée de culpabilité en pensant au passé de son mari et décida de se concentrer sur l'avenir. Ça ne changeait rien. Il l'avait trahie.

Eric approcha sa main. Son visage s'illumina quand la main du bébé se referma autour de son long doigt. Elle était heureuse de constater à quel point il adorait son fils. Même s'ils ne restaient pas ensemble, Christian aurait un père qui l'aimait.

— Il a mes yeux, dit-il en un murmure.

— Oui, c'est vrai.

Elle sourit. Christian s'était endormi sur son sein. Elle le posa contre son épaule et lui tapota le dos.

— Il a déjà mangé ? demanda sa mère en entrant dans la chambre.

— Il ne voulait pas attendre, répondit-elle.

— Tu n'as pas eu de problèmes ?

— Celeste a été fantastique. Elle savait exactement quoi faire, commenta Eric.

Elle secoua la tête.

— Je pense que le bébé le savait mieux que moi.

— Les nourrissons ont un instinct merveilleux, confirma sa mère en riant. C'est l'un des mystères de l'univers.

— Comment va papa ? Je ne l'ai pas vu quand on rentrait à la maison.

— Bien. Il boit un verre avec Donovan. J'espère que ça ne te dérange pas, Eric. Ils se sont servis dans ton bar.

— Pas du tout. Nous avons plus d'une raison de célébrer, ce soir.

Il chercha le regard de Celeste, mais elle détourna la tête.

— Tu veux que couche Christian dans sa chambre ou tu préfères garder le couffin ici ? Ça te permettra de dormir plus longtemps et de l'avoir auprès de toi toute la nuit.

— Je préfère qu'il soit avec moi.

Elle embrassa le crâne de Christian et respira sa douce odeur.

— Je vais m'en occuper pendant que vous vous préparez à vous coucher.

Après avoir donné un baiser à son fils dans le couffin, elle se mit au lit et s'endormit immédiatement.

* * *

Celeste ouvrit les yeux en entendant les pleurs affamés d'un bébé.

Son fils.

Il faisait toujours nuit lorsqu'elle sortit Christian du couffin. Elle lui chatouilla le cou avant de s'asseoir. Pendant qu'il tétait, elle examina ses orteils et ses doigts minuscules et les compta pour s'assurer qu'il y en avait le bon nombre.

La culpabilité la submergea. Normalement, une mère faisait ce genre de choses juste après la naissance de leur enfant, pas six heures plus tard.

Mais bon, la plupart des mères n'étaient pas mortes avant d'être ressuscitées. Et elles n'avaient pas dû affronter une armée de démons pour sauver leur nouveau-né.

Après l'avoir nourri et changé, elle regarda le réveil.

Cinq heures du matin.

— Encore quelques heures de repos...

Elle se recoucha dans le lit et se blottit sous la couverture.

* * *

— Est-ce qu'on devrait s'inquiéter que Celeste manque Noël ? demanda Eric à sa belle-mère.

Il s'ébouriffa les cheveux. Sarah sourit et lui tendit une tasse de café.

— Je pense qu'on ferait mieux de la laisser se reposer. Tu as vu combien elle était fatiguée après avoir soigné une seule personne. Hier, elle en a soigné une bonne trentaine.

— Sans parler du fait qu'elle est revenue d'entre les morts, ajouta Donovan.

Celeste avait attendu cette fête avec tant d'impatience qu'il trouvait injuste qu'elle la manque. Surtout le premier Noël qu'ils célèbreraient avec leur enfant.

— Je propose qu'on reporte Noël jusqu'à ce qu'elle puisse y assister.

— C'est une idée merveilleuse, dit Sarah avant de l'étreindre. Donne-lui un peu de temps pour se remettre et tout reviendra à la normale. Tu verras.

C'était ce qu'il espérait.

CHAPITRE QUARANTE-SIX

Celeste ouvrit lentement les yeux et étira ses bras au-dessus de sa tête. Son corps n'avait jamais été aussi endolori. Elle se leva et s'approcha du couffin.

Deux yeux bleu vif la regardaient, sur le plus beau visage qu'elle ait vu de sa vie. Un élan d'amour lui transperça le cœur quand elle prit son fils dans ses bras.

Elle s'installa dans le fauteuil alors qu'il commençait à s'agiter. Après avoir déboutonné son haut, elle approcha le bébé affamé de son sein. Pendant qu'elle l'allaitait, elle fut stupéfaite de constater combien elle aimait déjà ce petit être.

Christian serait sa vie, désormais. Il était tout ce dont elle avait besoin.

Eric entra dans la chambre, son visage maussade. Elle essuya une larme qui avait roulé sur sa joue.

— Comment te sens-tu ?

— Bien.

— Tu pleures.

— Je suis juste impressionnée de voir à quelle vitesse on peut tomber amoureuse de quelqu'un que l'on vient de rencontrer.

Elle effleura la joue de son fils. Christian grognait tout bas en se nourrissant.

— Je me suis dit exactement la même chose.

Elle leva les yeux. Chaque fois qu'elle regardait Eric, son cœur se brisait un peu plus. Elle était heureuse qu'il aime leur bébé, mais elle savait également qu'il ne l'aimait pas, elle. Il l'avait prouvé.

Elle ne pouvait plus vivre ainsi.

Elle avait besoin de quelque chose de plus.

Cette fois, elle ne reculerait devant rien pour l'obtenir.

* * *

Tandis que Celeste réfléchissait à son avenir, sa famille s'inquiétait de ses habitudes alimentaires. Son appétit n'était pas revenu et elle touchait à peine aux plats que Mme Gambil faisait monter dans la chambre.

Ses parents essayaient de la convaincre de manger davantage, mais ça n'avait pour résultat que de l'agacer. Eric lui avait apporté des cookies aux flocons d'avoine pour la tenter, mais ça n'avait pas marché non plus. Elle disait à tout le monde qu'elle mangerait quand elle aurait faim. Et c'était vrai.

Puisque le bébé recevait tout le lait dont il avait besoin, ils n'insistaient pas.

Une semaine s'écoula sans qu'elle quitte la chambre. Elle gardait les rideaux fermés et ne voulait voir personne. Elle expliqua à sa famille qu'elle avait besoin de temps pour se remettre de son épreuve.

Elle sentait l'inquiétude de ses parents. Même Eric n'était pas retourné travailler. Elle était trop fatiguée pour s'en soucier ou pour essayer de leur faire comprendre qu'elle n'avait aucune envie de manger. Malgré les émotions qui bataillaient sans relâche en elle, elle prenait soin de son enfant, se levait pour le nourrir, le baigner et le bercer.

Elle allait bien. Elle aurait simplement aimé que les autres s'en rendent compte.

* * *

— Je m'inquiète pour Celeste.

Eric avait coincé Sarah dans la cuisine alors qu'elle préparait un sandwich pour Ben.

— Elle ne mange presque rien et elle n'a pas quitté la chambre depuis la naissance du bébé. Vous croyez qu'on devrait appeler le Dr Sevalus ?

— Pour lui dire quoi ? Que Celeste a été enlevée par des démons, que son bébé a été arraché de son ventre et qu'elle est morte pendant une vingtaine de minutes… puis qu'elle a été miraculeusement ressuscitée ? lâcha Donovan avant de mordre dans un cookie tout juste sorti du four.

Eric lui fit un doigt d'honneur.

— Donovan a raison. On ne peut rien dire au médecin. Il se demande toujours pourquoi on ne l'a pas appelé pour l'accouchement de Celeste, et il est contrarié qu'on ne l'ait prévenu que quelques jours plus tard. Quand il l'a examinée, il a dit qu'il n'avait jamais vu une femme retrouver la ligne si vite.

— Vous savez quand je pourrai la toucher ? J'ai l'impression de marcher sur des œufs à force d'essayer de ne pas l'effleurer par mégarde. Merde, je ne peux même pas dormir dans le même lit qu'elle, grommela-t-il en se passant la main dans les cheveux. Dites-moi ce que je peux faire pour l'aider.

— Je ne le sais pas avec certitude. Je n'avais jamais vu personne revenir à la vie.

— Pourtant le bébé est revenu aussi. Il ne ressent aucune douleur quand on le touche, rétorqua-t-il du tac au tac.

— C'est différent. Il ne respirait pas à sa naissance. Contrairement à Celeste, qui a quitté ce monde pour aller au paradis et a été ramenée à la vie. Il faut que tu comprennes... le paradis est parfait, la souffrance n'y existe pas. Elle est revenue dans ce monde, où la douleur et le chagrin sont partout. Son corps doit se réadapter.

— Vous pensez qu'elle regrette d'être revenue ?

Il retint son souffle jusqu'à ce que Sarah secoue la tête.

— Non. Si c'était le cas, rien n'aurait d'importance pour elle, et tu vois bien comment elle est avec Christian. C'est une mère fantastique. Je pense qu'elle a besoin d'encore un peu de temps.

Elle lui serra le bras en souriant, mais ça ne fit rien pour le rassurer.

Ne pas toucher Celeste au début de leur mariage avait été difficile ; désormais, il était officiellement en enfer.

Chaque fois qu'elle entrait dans leur chambre en revenant de celle du bébé, il devait aller à l'encontre de tous ses instincts pour ne pas la prendre dans ses bras et l'embrasser sauvagement. Son désir pour Celeste le rendait fou. Mais ce n'était rien à côté de ce qu'il endurait la nuit.

Lorsqu'il dormait, ce qui ne durait jamais très longtemps depuis qu'il s'était exilé sur le canapé de leur chambre, il rêvait de Celeste dans les contextes les plus sensuels. Et quand il se réveillait, il devait prendre une douche froide pour soulager un tant soit peu la tension dans son corps.

Elle venait d'avoir leur fils. C'était parfaitement normal pour une femme de devoir attendre entre six et huit semaines avant de pouvoir refaire l'amour.

Mais la plupart des hommes n'avaient pas pour épouse une fée sexy en diable.

* * *

Au cours de la semaine, Celeste remarqua qu'Eric se comportait de façon étrange. Dès qu'elle faisait quelque chose, par exemple changer une couche, il était là, à lui souffler dans la nuque. Et chaque fois qu'elle se levait la nuit pour nourrir le bébé, il se levait également.

C'était comme s'il ne lui faisait pas confiance et la pensait incapable de s'occuper de son propre enfant. Ses soupçons se confirmèrent lorsqu'elle entra dans la chambre de Christian et le surprit en pleine conversation avec sa mère. Ils s'interrompirent de parler en la voyant.

Bien qu'il supervise ses moindres faits et gestes, il déployait d'énormes efforts pour ne pas la toucher. Il dormait même sur le canapé au lieu de partager leur lit.

C'est peut-être ainsi que sera ma vie, désormais.

Il reprendrait l'existence qu'il avait avant de la rencontrer et elle resterait sagement dans son coin, sauf quand il aurait besoin que son épouse fasse une apparition à un dîner d'affaires.

Elle frissonna et serra ses bras autour de son corps. Alors qu'elle parcourait du regard sa chambre à la décoration soignée, elle eut l'impression que les murs se rapprochaient. Elle étouffait.

Elle avait besoin de changer d'air et de réfléchir sans qu'Eric lui tourne constamment autour.

Elle prit son téléphone et appela la seule personne qui pourrait peut-être la comprendre.

* * *

Andrea Leigh passa chercher Christian et elle dans l'après-midi. En versant des torrents de larmes, Celeste expliqua à son amie qu'elle avait vu Eric embrasser une autre femme. Elle omit de lui raconter qu'elle était morte et avait été ramenée sur terre.

Celeste ne pensait pas qu'Andrea Leigh était prête à entendre cette partie.

Andrea Leigh parvint à convaincre Sarah de laisser Celeste l'accompagner à Boston, où elle devait se rendre pour l'essayage de sa robe de mariée. Sloan étant bloqué au travail, le bébé et elle pourraient ainsi lui tenir compagnie.

Celeste avait prétendu qu'Eric était au courant et qu'ils seraient de retour dans quelques jours.

Elle avait menti.

Elle avait été obligée de le faire.

Il n'y avait aucune chance pour qu'Eric la laisse emmener leur fils, à la façon dont il surveillait tout ce qu'elle faisait.

En moins d'une heure, le groupe était sur l'autoroute, en direction de Boston.

— Nous sommes chez Sloan ?

Celeste passa la porte de la maison en bord de plage, la poussette dans une main et un sac de voyage dans l'autre. Elle admira les parquets et la décoration chaleureuse.

— Non. Chez moi, répondit Andrea Leigh en souriant.

Celeste haussa un sourcil.

— N'aie pas l'air si surprise. J'ai acheté cette maison peu après avoir emménagé dans le nord avec Sloan. Les plages autour de Charleston me manquaient. J'ai hérité d'une somme coquette à la mort de ma grand-mère, alors j'ai investi.

— Ouah.

Celeste aurait aimé être propriétaire, elle aussi.

— Monte installer le bébé à l'étage pendant que je décharge la voiture.

— Merci.

Elle choisit la chambre la plus petite et s'assit sur le lit pour allaiter Christian. Elle n'aurait su dire depuis combien de temps elle se trouvait dans la pièce quand Andrea Leigh toqua à la porte.

— J'arrive tout de suite.

Elle coucha son fils dans le couffin et descendit au salon après avoir mis son pyjama.

Elle découvrit avec surprise plusieurs sacs de plats chinois posés sur la table basse.

— Je suis allée nous chercher à manger pendant que tu t'occupais du bébé.

— Ça sent bon.

Pour la première fois depuis des semaines, elle se sentit affamée.

— Tant mieux. Assieds-toi et mange. Tu deviens trop maigre. J'ai du mal à croire que tu n'as accouché qu'il y a quelques semaines. Regarde-toi. Tu as vraiment besoin de prendre du poids, pas d'en perdre. Si tu n'étais pas mon amie, je te détesterais.

Andrea Leigh lui tendit un plat contenant du riz, du poulet aigre-doux et des raviolis chinois.

— Je n'avais pas beaucoup d'appétit, ces derniers temps.

Elle fourra un morceau de poulet dans sa bouche et en savoura le goût.

— À cause d'Eric ?

Elle hocha la tête, son appétit soudain envolé. Penser à Eric lui faisait mal au ventre. Elle replia ses pieds sous ses jambes et tripota la nourriture dans son assiette de la pointe sa fourchette d'un air absent.

— Merci de faire ça.

— De faire quoi ? D'être ton amie ? demanda Andrea Leigh.

— Ouais. Je sais que je t'empêche d'être avec Sloan et que je t'arrache à de nombreuses obligations. Tu dois encore avoir un million de choses à faire avant le mariage.

— Heureusement, mon organisatrice s'est occupée de tout. Il ne me reste plus rien à faire. Et puis, je n'ai pas vraiment menti à ta mère. Je devais vraiment venir essayer ma robe à Boston. Quant à Sloan, ça lui fera du bien d'être un peu séparé de moi. Quel est l'adage, déjà ? « L'éloignement renforce l'affection » ?

Une vague de jalousie lui fit l'effet d'un coup dans le ventre. Elle n'était peut-être pas destinée à connaître ce genre d'amour. Andrea Leigh eut l'air peinée.

— Oh, Celeste. Je suis vraiment désolée. J'ai parlé sans réfléchir.

— Je t'interdis de t'excuser parce que tu as quelqu'un qui t'aime autant que Sloan. Tu mérites tout le bonheur du monde.

Elle grignota un ravioli en espérant qu'Andrea Leigh changerait de sujet.

— Tu sais, quand tu m'as raconté ce qu'Eric a fait, je n'arrivais pas à le croire. J'ai vu comment il te regarde. Depuis le temps que je le connais, il n'avait encore jamais regardé une femme ainsi.

Celeste soupira et repoussa son assiette.

— Andrea Leigh, Eric m'a épousée parce que j'étais enceinte, pas parce qu'il m'aimait. Nous n'avions passé qu'une seule nuit ensemble, et j'ai appris peu de temps après que j'étais tombée enceinte.

Voilà : la vérité était sortie, elle flottait dans la pièce. Elle aurait dû en rester là, mais elle ne put retenir les mots qui s'échappèrent de sa bouche :

— Quand j'ai emménagé dans le Vermont, je pensais qu'on pourrait au moins être amis. À mesure que les mois ont passé, j'ai commencé à tomber amoureuse de lui. Il était attentionné et gentil. Un jour, il m'a dit qu'il m'aimait. Et je l'ai cru. Jusqu'à ce que je le voie avec une autre femme.

— Tu es sûre que c'était lui ?

Celeste plissa les yeux.

— D'accord, d'accord. Bon, est-ce qu'il avait bu ?

— Je sais ce que j'ai vu. N'essaie pas de lui trouver des excuses.

Andrea Leigh posa ses couverts et étreignit Celeste.

— Pardon, ma chérie. Tu sais que je suis totalement de ton côté, hein ? Je pourrais le tuer pour ce qu'il a fait.

— Merci.

Elle s'écarta et regarda son amie dans les yeux.

— Andrea Leigh ?

— Ouais ?

— Qu'est-ce que tu as fait quand ton ex t'a trompée ?

Au cours d'une conversation téléphonique, Andrea Leigh lui avait dit qu'un ancien petit ami avait été infidèle. Elle lui avait même raconté en détail comment elle l'avait appris. Mais ce que Celeste avait besoin de savoir, c'était comment s'en remettre.

— J'étais furieuse. J'ai acheté une bombe de peinture rouge et j'ai tagué « Je suis un connard infidèle » sur le côté de sa BMW blanche. Ce trouduc m'a dénoncée aux flics, dit Andrea Leigh en faisant la moue.

— Tu as été arrêtée ?

— Ouais. Mais ça ne s'est pas si mal terminé.

— Comment ça ?

— La petite amie de l'agent qui m'a arrêtée et la femme avec qui couchait mon copain étaient une seule et même personne.

Celeste resta bouche bée.

— Le flic m'a invitée au resto et on a fini la nuit chez lui.

Elle haussa ses sourcils de manière évocatrice, un sourire aux lèvres.

— Sa copine, ou plutôt son ex, nous a surpris.

Pour la première fois depuis longtemps, Celeste éclata de rire.

CHAPTER QUARANTINE-SEPT

En découvrant que Celeste n'était plus là, Eric avait été fou d'inquiétude. Sa peur s'était rapidement muée en colère lorsque Sarah lui avait dit qu'elle était partie avec Andrea Leigh. Elle avait affirmé qu'il était au courant de ce voyage.

Il avait essayé de l'appeler sur son portable, mais tous ses appels étaient envoyés sur messagerie. Par la suite, il trouva le téléphone dans la chambre. Elle ne voulait manifestement pas être retrouvée. Après avoir obtenu l'adresse à Boston auprès de Sloan, il avait sauté dans sa voiture et roulé à tombeau ouvert.

Elle se fourrait le doigt dans l'œil si elle pensait pouvoir lui enlever son fils.

Il arriva peu après minuit. Trouver la maison près de la plage n'avait pas été difficile. Alors qu'il était assis dans sa voiture devant la maison plongée dans le noir, il réfléchit à ce qu'il ferait ensuite. S'il sonnait à la porte à cette heure-ci, il réveillerait le bébé.

Il redémarra la voiture. Il devrait attendre le matin.

* * *

Il faisait encore nuit quand Celeste se pencha sur le couffin. Christian était profondément endormi. Son petit poing posé sous son menton lui donnait des airs du *Penseur* de Rodin, en plus mignon.

Elle mit une paire de chaussettes épaisses et se rendit dans la cuisine, où elle fit couler du café en s'enveloppant dans un plaid. Elle ouvrit la porte donnant sur le porche arrière et s'installa sur un fauteuil à bascule en osier patiné.

Le vent était mordant contre sa peau. Elle resserra la couverture autour de son corps.

Malgré la bise hivernale, elle n'avait jamais vu plus beau paysage. Le soleil se levait juste au-dessus de l'océan et l'odeur de l'air était teintée de sel.

Elle n'avait pas rêvé pendant son sommeil et, pour la première fois depuis des semaines, elle se sentait reposée. Elle laissa ses pensées glisser sur elle, à la manière des vagues qui léchaient le sable.

Elle ne voulait pas être prisonnière d'un mariage sans amour avec un homme qui se fichait bien qu'elle vive ou meure. Elle avait cru Eric quand il lui avait dit qu'il l'aimait.

Elle avait vécu un mensonge, mais elle refusait de continuer plus longtemps.

Elle ne pouvait plus rester avec Eric.

Elle déménagerait en ville, trouverait un emploi et élèverait Christian seule. Eric aurait un droit de visite, bien sûr. Elle n'essaierait jamais de l'empêcher de voir son fils.

Elle avait respecté leur accord. À présent, il était temps qu'il honore sa part du marché.

Elle savait qu'un poste était vacant dans l'une des divisions de Cryptic, à Burlington. Elle avait déjà de l'expérience après avoir travaillé dans les bureaux d'Atlanta ; Eric aurait peut-être la générosité de lui donner le poste. S'il refusait, elle chercherait autre chose. Elle ne devrait pas avoir trop de difficultés pour trouver un travail.

Celeste décida de s'accorder une journée, afin de réfléchir à la meilleure manière de présenter les choses à Eric, puis de l'appeler pour lui annoncer sa décision.

* * *

Eric avait été incapable de trouver le sommeil. Ses pensées tournaient en boucle dans son esprit. Il ne cessait de se demander pourquoi Celeste l'avait quitté. Était-ce parce qu'elle ne lui pardonnait pas de ne pas être arrivé à temps pour la sauver ?

Il soupira et abandonna l'idée de fermer l'œil. Il sortit du lit et alla sous la douche. Il était encore trop tôt pour que Celeste soit réveillée, mais il voulait être sûr de ne pas la manquer si elle s'en allait.

Moins d'une heure plus tard, il se gara devant la maison d'Andrea Leigh et éteignit les phares. Il s'installa pour attendre le premier signe de mouvement à l'intérieur de la demeure.

L'air froid pénétra rapidement dans l'habitacle de la voiture. Il se blottit dans son manteau, regrettant d'avoir coupé le moteur. S'il redémarrait la voiture, il risquait de réveiller Celeste. Elle pourrait refuser de lui parler si elle le voyait à la porte. Il comptait sur l'élément de surprise pour obtenir des réponses sincères.

La charmante maisonnette était bâtie au milieu d'un terrain de quelques hectares. Ses parois étaient recouvertes de bardeaux en cèdre, avec des lanternes à gaz suspendues de chaque côté de la porte. Bien que petite, elle paraissait accueillante et confortable, surtout par un tel matin d'hiver.

De l'autre côté de la route, un voisin promenait son chien et le priait de faire son affaire au plus vite. L'homme en robe de chambre sautilla d'un pied sur l'autre pour essayer de se réchauffer pendant que le petit caniche reniflait chaque brin d'herbe avant de choisir un endroit où s'accroupir.

Eric reporta son attention sur la maison. Une lumière était allumée à l'intérieur. Quelqu'un était levé. Sans perdre de temps, il sortit de la voiture et alla toquer à la porte.

Celle-ci s'ouvrit après quelques secondes.

— Qu'est-ce que tu fais ici ?

Celeste paraissait stupéfaite de le voir, ce qui le blessa et l'énerva à la fois.

— Tu comptes m'inviter à entrer ?

Elle se déplaça sur le côté pour le laisser passer. Il fronça les sourcils en remarquant qu'elle était pieds nus.

— Tu vas attraper froid.

— Si ça arrive, je me soignerai, marmonna-t-elle.

— C'est vrai, j'oubliais. Tu es invincible.

Elle lui décocha un regard noir.

— Je ne me suis pas ramenée à la vie.

— Mais tu...

La voix d'Andrea Leigh retentit dans l'entrée :

— Tu es dingue ? Il n'est même pas encore sept heures. Eric, quand est-ce que tu es arrivé ?

Vêtue d'une robe de chambre aux couleurs vives, elle se frotta les yeux et les regarda tour à tour.

— Je suis venu voir mon fils. Ça fait deux heures que j'attends dans ma voiture.

— Pourquoi tu n'as pas sonné ?

— Je ne voulais pas réveiller Christian.

— Il est à l'étage, dans la chambre de Celeste. On n'entend rien là-haut, dit Andrea Leigh en étouffant un bâillement.

Avant qu'il puisse répondre, le bébé commença à pleurer.

Celeste et lui se tournèrent vers l'escalier en même temps, puis se figèrent. Il lui fit signe de passer en premier et la suivit jusqu'à une chambre, où elle prit leur fils dans ses bras puis sortit une couche.

— Je vais le tenir, dit-il.

Elle plissa les yeux et serra le bébé contre sa poitrine. Elle semblait avoir peur de lui. Ignorait-elle donc qu'il ne leur ferait jamais de mal ?

— Je vais le changer avant que tu le nourrisses.

Elle lui donna Christian et ne le quitta pas des yeux pendant qu'il changeait sa couche.

— Salut, mon copain. Tu as bien dormi cette nuit ?

Il retira la couche sale et en plaça une nouvelle. Une fois le bébé changé, Eric referma sa grenouillère et le reprit dans ses bras.

— Tu es prête ?

— Oui.

Elle s'installa dans la chaise à bascule près du lit avec Christian. Elle parut un peu mal à l'aise alors qu'elle ouvrait son haut et approchait le bébé de son sein.

* * *

Elle sentit les yeux d'Eric sur elle pendant qu'elle allaitait leur enfant. Sa peau chauffa, et elle sut qu'elle rougissait. Elle inspira profondément et s'éclaircit la gorge. Une conversation apaiserait peut-être un peu la tension entre eux. Sans cesser de regarder Christian, elle demanda :

— Tu es arrivé ce matin ?

— Non. Hier soir.

Elle leva la tête avec un air interrogateur.

— Il était tard, alors j'ai dormi à l'hôtel, expliqua-t-il avant de croiser les bras. Ta mère croyait que j'étais au courant de ton séjour.

— J'avais besoin d'un peu de distance.

— On dirait que tu passes ton temps à prendre la fuite, Celeste. Dis-moi, qu'est-ce que tu essaies de fuir cette fois ? Moi ?

Des points lumineux dansèrent devant ses yeux. Sachant qu'elle se mettrait à pleurer si elle ouvrait la bouche, elle garda le silence.

— Je prendrai ça pour un oui.

Elle posa Christian contre son épaule pour lui tapoter doucement le dos.

— Il est presque endormi. Tu veux le bercer ?

— Oui.

Il prit délicatement le bébé dans ses bras et lui embrassa le sommet du crâne.

Celeste prit une couverture et sortit s'asseoir sur la terrasse sans dire un mot.

Elle avait beau adorer Andrea Leigh, elle n'avait aucune envie de répondre à ses questions pour l'instant.

* * *

— Où est-elle ? demanda Eric en entrant dans la cuisine.

— Un café ?

Andrea Leigh lui montra la cafetière pleine. Il se servit une tasse et regarda par la fenêtre. La voiture d'Andrea Leigh était toujours dans l'allée, ce qui signifiait que Celeste n'était pas partie.

— Elle est sur la terrasse.

Il se tourna vers la porte.

— Si ce n'est pas pour t'excuser, je ne me fatiguerais pas à lui parler, ajouta-t-elle en arquant un sourcil.

— De quoi est-ce que tu parles ?

— Elle m'a tout raconté, ne joue pas l'innocent.

— Qu'est-ce qu'elle t'a dit ?

Il pencha la tête. Celeste n'avait certainement pas parlé à Andrea Leigh de démons ni de fées. Encore moins d'être revenue d'entre les morts.

— Elle m'a dit qu'elle t'avait vu fourrer ta langue au fond

de la gorge d'une pouffiasse pendant qu'elle accouchait. Comment tu as pu lui faire ça ? C'est déjà assez grave de l'avoir trompée, mais le faire sous ses yeux...

Andrea Leigh se leva et montra les talons pour sortir de la pièce, mais il lui attrapa le bras.

— Attends. Andrea Leigh, attends. Elle croit m'avoir vu embrasser quelqu'un ?

Alors, elle n'était pas partie parce qu'il n'avait pas réussi à la sauver ? Mais putain, pourquoi pensait-elle qu'il avait été infidèle ?

— Ne fais pas comme si tu n'avais rien fait. Et si tu crois que je te laisserai emmener Celeste et le bébé, tu vas être surpris, dit Andrea Leigh en enfonçant son index dans son torse.

Un pli barra son front alors qu'il essayait de comprendre.

Il réalisa soudain ce qui s'était passé. Dans la grotte, Donovan avait pris son apparence pour détourner l'attention de la reine. C'était Donovan qu'elle avait vu l'embrasser.

— Celeste est partie parce qu'elle croit que je l'ai trompée ?

— Bien sûr. Pourquoi, sinon ? lança Andrea Leigh avec méfiance. Est-ce que j'ignore quelque chose ?

— Bien sûr que non.

— Parce que parfois, j'ai l'impression que vous me laissez hors du coup, tous les deux. Et tu sais que je déteste ça.

Il aboya un rire.

— Je sais, dit-il avant de secouer la tête. Je pensais que Celeste m'avait quitté parce qu'elle ne...

— Parce qu'elle ne t'aimait pas ?

Elle leva les yeux au ciel.

— Mais oui, bien sûr. Cette fille est tellement amoureuse que c'en est absurde.

Un poids écrasant se souleva de son cœur. Il y avait de l'espoir. Un avenir était possible pour eux.

— Je dois parler à Celeste.

Il atteignit la porte menant sur la terrasse et sortit avant qu'Andrea Leigh puisse l'arrêter.

Celeste se leva en le voyant, ce qui fit glisser la couverture drapée sur ses épaules. Elle en resserra les pans et leva le menton. Elle semblait prête à en découdre.

— Je crois qu'il faut qu'on parle.

Elle hocha la tête.

— Et si on discutait autour d'un dîner au restaurant ce soir ? Andrea Leigh peut garder Christian. Je passerai te chercher.

— Non. Je te retrouverai là-bas.

En voyant son expression ferme, il se retint de protester. Il n'allait pas se chamailler pour un détail sans importance alors qu'ils avaient de plus gros problèmes à résoudre.

— D'accord. Je t'appellerai pour te donner l'heure et l'adresse.

— Très bien.

Elle serrait le plaid autour d'elle comme une armure. Il comprit qu'il avait intérêt à ne pas insister davantage, sinon elle prendrait ses jambes à son cou sans avoir entendu la vérité. Il se tourna vers la porte et dit par-dessus son épaule :

— Je vais aller embrasser Christian avant de partir. À ce soir.

CHAPITRE QUARANTE-HUIT

Celeste n'avait rien à se mettre pour dîner dans un restaurant élégant avec Eric. Heureusement, Andrea Leigh savait exactement où aller faire les magasins. Quand elles sortirent de la boutique, elle avait acheté une robe rouge hors de prix et des escarpins assortis. Le tout payé avec la carte bancaire d'Eric, bien sûr.

Elle insista pour prendre un taxi plutôt que la voiture d'Andrea Leigh. Elle avait expliqué à son amie qu'elle serait moins anxieuse de laisser Christian en sachant qu'elle avait un véhicule si jamais il se passait quoi que ce soit.

L'air froid lui piqua la peau et les poumons tandis que le taxi s'éloignait. Elle ne pouvait plus faire demi-tour.

Cette fois, elle ne fuirait pas.

Elle respira profondément et ouvrit la porte du restaurant.

Elle repéra Eric dans la salle alors que l'hôtesse la guidait jusqu'à leur table. Sa gorge se noua. Il n'était pas seul.

Leslie Andrews poussa un verre devant lui, puis sourit et lui toucha le bras avec tendresse.

Celeste serra les dents jusqu'à ce qu'elle craigne de les

briser. Ils n'essayaient même pas de cacher leur liaison. Était-ce pour ça qu'Eric l'avait invitée à dîner ? Pour parader Leslie sous son nez ?

* * *

Eric n'avait jamais été si furieux contre quelqu'un. Il avait à peine fait un pas dans le restaurant, et avait vu Leslie se diriger droit sur lui. Merde, que faisait-elle ici ? Il avait la guigne, ou quoi ?

Il avait essayé de prétendre qu'il ne l'avait pas vue, mais elle s'était approchée de sa table dès qu'il s'était assis et avait entrepris de le soûler de paroles. Elle lui avait même apporté à boire.

Il n'y avait pas touché. Il ne voulait rien venant de Leslie.

S'il s'excusait pour aller aux toilettes, elle aurait peut-être disparu lorsqu'il en ressortirait ?

Il leva la tête et cessa de respirer, hypnotisé par la bombe qui venait d'entrer dans la salle.

Sa femme.

Elle portait une robe longue fendue jusqu'à la cuisse. Chaque fois qu'elle faisait un pas, ses longues jambes fines apparaissaient pour le tenter, ainsi que tous les hommes à la ronde. La robe moulait sensuellement ses courbes et le décolleté vertigineux laissait deviner ses seins rebondis.

Il se trémoussa sur sa chaise pour essayer de soulager la tension croissante dans son pantalon. Ses yeux remontèrent de sa poitrine à son visage et il rencontra son regard. Alors qu'il plongeait dans ces lacs émeraude, il s'imagina la posséder ici, sur la table.

— Bonsoir.

Son ton était froid. Bien qu'elle tente de garder une façade d'indifférence, elle paraissait furibonde. Elle jeta un regard en coin vers Leslie.

Celle-ci parut sincèrement surprise de voir son épouse.

— Celeste ?

— C'est une coïncidence. Elle m'a vu entrer et m'a offert un verre, dit-il.

Il ne voulait pas que Leslie insinue un quelconque mensonge. Celeste haussa un sourcil.

— Oh, je ne voudrais pas vous interrompre.

— Je lui ai payé à boire pour la naissance de son fils, c'est tout, se défendit Leslie.

Son choix de mots agaça Eric. Elle essayait de provoquer Celeste, mais il ne la laisserait pas faire.

— De notre fils, rectifia-t-il sans quitter sa femme des yeux.

— Quelle bonne idée ! Fêtons la naissance du fils d'Eric.

Avec un grand sourire, Celeste s'empara de son verre.

— Attends !

Leslie tendit le bras, mais c'était trop tard. Celeste le vida d'un trait, sans ciller, et le reposa sur la table.

— Dis-moi, Leslie, tu es ici pour essayer de baiser mon mari, comme tu as tenté de le faire à Atlanta ?

— Je viens de me rappeler que je dois être ailleurs, marmonna-t-elle en ramassant son sac.

— Inutile de t'en aller. Ce qu'Eric et moi avons à nous dire ne prendra pas longtemps.

Leslie s'éloigna en hâte vers la porte sans se retourner.

— Je me demande pourquoi elle est partie si vite.

— Je m'en fous, dit-il en se levant. Je suis juste content qu'elle soit partie. Il faut qu'on parle.

Il tira une chaise pour Celeste, et son parfum l'enveloppa alors qu'elle s'asseyait gracieusement. Il ferma les yeux pour tenter de réprimer le désir accablant qu'elle était la seule à éveiller en lui. Quand il les rouvrit, il commit l'erreur de baisser la tête, ce qui lui donna une vue plongeante sur sa poitrine. Celeste se retourna pour le regarder.

— Tu comptes passer la soirée debout, ou on peut en venir au fait ?

— Je préfère rester debout. La vue est spectaculaire, dit-il à voix basse.

Elle frissonna.

— Eh bien, je n'ai pas envie de me tordre le cou pour te parler.

Il prit place à la table et un serveur s'approcha pour prendre leur commande avant de repartir. Celeste évitait son regard et tapotait rapidement la nappe du bout des doigts. Il lui prit la main et la leva à ses lèvres pour l'embrasser.

— Tu es nerveuse ?

— Non. Juste pressée d'en finir avec cette conversation. Plus vite je partirai, plus vite tu pourras aller retrouver Leslie, ajouta-t-elle en souriant.

— Je te l'ai dit, elle m'a vu entrer et elle est venue m'apporter un verre. J'ai essayé de l'ignorer, mais elle n'a pas eu l'air de comprendre le message.

Elle voulut libérer sa main, mais il la tenait fermement. Elle se toucha la tempe de sa main libre et ferma les yeux.

— Est-ce que ça va ? demanda-t-il en se penchant en avant.

— Oui, ça va.

Elle battit des cils et repoussa sa main.

— C'est dans les habitudes de Leslie, j'imagine.

— Quoi donc ?

— De te faire boire.

Elle sentit sa respiration s'accélérer. Ses paupières papillonnèrent et se fermèrent.

— De quoi est-ce que tu parles ?

— C'est elle qui t'avait fait apporter le verre de scotch à la fête de Cryptic. Elle avait mis quelque chose dedans.

Sans savoir pourquoi, elle éclata de rire.

— Je ne rappelle pas l'avoir vue chez mon oncle. Comment est-ce que tu le sais ?

— Le démon me l'a dit. Il ne connaissait pas son nom, mais j'ai compris qu'il parlait d'elle. Elle conduit une Audi rouge, c'est bien ça ?

— Ouais. Pourquoi ?

— En arrivant à la fête de Cryptic, j'ai vu une Audi garée devant la maison. Et j'ai remarqué la même voiture quand tu as mis Leslie à la porte le soir de notre cocktail. Elle a essayé de te droguer pour que tu couches avec elle.

Elle rouvrit les yeux.

— Au lieu de ça, tu as couché avec moi.

— Tes pupilles sont dilatées, dit-il en lui caressant le poignet. Tu as bu avant de venir ?

— Bien sûr que non. Je n'ai bu que ton verre de scotch.

Elle aurait dû s'offusquer de sa question, mais elle ne ressentait pas de colère. Non, c'était autre chose.

Tout son corps brûlait comme si elle était fiévreuse, mais la sensation n'avait rien de commun avec ce qu'elle connaissait. Le plaisir se rassembla entre ses cuisses, et elle eut soudain terriblement envie de se déshabiller et de chevaucher Eric au milieu du restaurant.

Elle se força à calmer sa respiration. On l'avait droguée.

CHAPTER QUARANTINE-NEUF

Eric souleva le verre vide vers la lumière et vit une fine couche de cristaux au fond.

— Merde.

— Quoi ?

Elle avait les yeux fermés et s'accrochait aux bords de sa chaise. Il prit son visage entre ses mains.

— Celeste, regarde-moi.

Elle ouvrit lentement les yeux. Le vert de ses iris s'était assombri et un sourire crispé étirait ses lèvres.

Il déglutit.

— Je crois que Leslie a mis quelque chose dans mon verre. Sans doute la même substance que le soir de la fête.

Celeste se pencha jusqu'à ce que ses lèvres ne soient qu'à quelques centimètres de son oreille.

— Est-ce que ça t'avait donné envie de sexe ?

Il ne put retenir un petit grognement.

— Celeste, je pense qu'on a besoin de partir, dit-il en jetant sa serviette sur la table.

— Je vais te dire ce dont j'ai besoin. J'ai besoin de te sentir en moi.

Elle fit remonter sa main sur sa cuisse et la referma autour de son membre.

— On s'en va. Tout de suite

Elle l'immobilisa en passant sa jambe autour des siennes et plaça sa serviette sur ses genoux. Il gémit lorsqu'elle posa sa main sur son entrejambe. Elle sourit et demanda :

— Tu crois que tu es prêt pour tout ce que je vais te faire ?

Il vit sa langue rose apparaître et suivre la courbe charnue de sa lèvre supérieure. Sous la serviette, sa main se rapprocha de sa braguette. Il lui saisit le poignet.

— On ne peut rien faire ici.

— Pourquoi pas ?

Elle se pencha et lui lécha le cou. Il ne pensait pas avoir déjà ressenti une sensation plus agréable. Peu lui importait qu'ils se trouvent dans un lieu public, il avait besoin de la toucher. Ça faisait trop longtemps.

Il attira son visage et l'embrassa, goûta sa saveur sucrée. Elle lui rendit son baiser. Manifestement, elle en avait autant envie que lui.

Il détacha sa bouche de la sienne quand le serveur se racla la gorge près de leur table.

— Monsieur, voici le champagne que vous avez commandé. Souhaitez-vous que j'ouvre la bouteille ?

L'homme regarda fixement Celeste, qui lui mordillait le cou, avec un mélange de fascination et de désir. Soit elle le ne remarqua pas, soit ça lui était égal.

— Nous allons l'emporter, répondit Eric.

Il tendit une liasse de billets au serveur troublé et se leva. Le mouvement entraîna la jupe de Celeste, et sa jambe se dénuda davantage. Ignorant l'homme qui paraissait avoir été frappé par la foudre, il la prit par la main et l'entraîna hors du restaurant.

Il lui ouvrit la portière passager de sa voiture, mais elle le plaqua au véhicule et se colla contre lui.

Elle enlaça son cou avant de l'embrasser. Sa bouche était exigeante, avide.

Eric fit courir ses mains sur son visage, dans son dos, sur ses fesses. Il la serra dans ses bras et lui transmit tout son amour et son désir à travers son baiser. Sans prévenir, elle passa la main entre eux et la glissa dans son pantalon. Ses doigts frais se refermèrent autour de son sexe.

Elle allait le faire jouir s'il ne l'arrêtait pas. Il lui prit les mains et la fit reculer. S'ils restaient là, il allait finir par la posséder devant le restaurant.

— Monte dans la voiture.

Dès qu'il s'installa derrière le volant, Celeste grimpa sur lui. Il la souleva, la rassit sur le siège passager et lui attacha sa ceinture.

Elle le regarda, ses paupières mi-closes. Quand elle parla, ce fut à voix basse, d'un ton sensuel et sauvage.

— Tu crois vraiment que tu m'empêcheras de te baiser ?

Sa question as, sécha sa gorge. Il sortit son téléphone et composa le numéro d'Andrea Leigh tout en démarrant la voiture.

Il se tourna vers Celeste après avoir raccroché.

— Andrea Leigh va garder Christian cette nuit. Il ne manquera de rien jusqu'à demain matin, elle est allée acheter du lait maternisé. Je lui ai dit que tu étais avec moi et qu'on avait encore besoin de discuter.

Elle détacha sa ceinture et commença à déboutonner la chemise d'Eric d'une main. Elle enfouit son visage dans son cou et lécha sa peau, ce qui contracta douloureusement ses testicules.

Il était tellement distrait qu'il faillit emboutir une voiture dans le parking de l'hôtel.

Dès qu'il fut garé, il coupa le moteur et prit Celeste sur ses genoux pour l'embrasser. Il caressa ses courbes par-dessus le fin tissu de sa robe. Elle se cambra contre son érection. Il posa une main sur sa hanche et l'autre sur sa cuisse, là où la robe était fendue.

— Touche-moi, dit-elle contre son cou.

Elle lui prit le poignet et guida sa main sous sa robe. Il poussa un grognement de frustration lorsque ses doigts rencontrèrent son string en dentelle.

Ils furent interrompus par des tapotements continus contre la vitre. Aveuglé par la lampe-torche que brandissait le gardien de l'hôtel, il baissa la vitre pour gratifier l'homme d'un regard glacé.

— Monsieur, c'est un parking privé.

— Je loge dans cet hôtel, répondit-il avec impatience.

Celeste prêta à peine attention au gardien avant de glisser sa main dans la chemise d'Eric.

— Dans ce cas, il vaudrait peut-être mieux regagner votre chambre.

Il remonta la vitre et s'extirpa de la voiture, Celeste agrippée à lui. En découvrant sa femme, l'homme lui fit un clin d'œil. Eric partit vers l'entrée de l'hôtel à grands pas en la portant dans ses bras.

Ignorant les regards choqués des autres clients dans le hall, Eric alla droit vers l'ascenseur. Après avoir monté les étages le plus lentement du monde, l'appareil s'immobilisa et les portes s'ouvrirent. Eric sortit la clé de sa poche et essaya de déverrouiller sa chambre, tandis que Celeste finissait de déboutonner sa chemise et collait sa bouche sur son torse. Il dut s'y reprendre à trois fois avant de parvenir à ouvrir.

Il referma la porte après avoir placé le signe « ne pas déranger » sur la poignée. Quand il se retourna, Celeste était presque nue. Elle ne portait plus qu'un string rouge et un soutien-gorge assorti.

Elle était sublime.

Elle lui prit la main et le guida vers le lit, sur lequel elle le poussa en arrière.

Ébahi, il la regarda alors qu'elle le rejoignait sur le matelas et chevauchait ses jambes. Elle approcha son visage de son ventre et le lécha lentement, de son nombril à son cou. Avant qu'il comprenne ce qu'elle faisait, elle baissa brusquement la fermeture éclair de son pantalon et serra les doigts autour de son membre. Elle commença à faire de lents va-et-vient. Elle passa son pouce sur son gland, puis approcha sa bouche et le suçota.

— Bébé, il faut que tu arrêtes. Sinon je ne pourrai pas me retenir longtemps.

— Je n'ai pas envie que tu te retiennes.

Elle donna un nouveau coup de langue, en une lente et délicieuse torture.

— Moi si.

Eric la fit remonter le long de son corps pour l'embrasser. Il tira sur son soutien-gorge. Il la voulait nue entre ses bras. Pendant qu'il faisait glisser les bretelles sur ses épaules fines, il laissa un chemin de baisers brûlants et sur sa peau, jusqu'à sa poitrine. Sa bouche se referma sur un mamelon durci, et Celeste plongea les doigts dans ses cheveux pour le maintenir contre elle.

— N'arrête pas, gémit-elle.

— Ce n'était pas prévu.

Il suça, mordilla et lécha son téton jusqu'à ce qu'elle se tortille en dessous de lui, avant de s'occuper de son autre sein. Il se redressa et l'allongea sur le lit avant de vénérer sa peau nue.

Il descendit vers son ventre plat, et elle poussa un gémissement alors que sa langue trouvait l'intérieur de sa cuisse. En un clin d'œil, il déchira sa culotte et pressa son visage entre ses jambes.

Elle se cambra et lui tira les cheveux lorsqu'il lécha sa peau douce. Il donna des coups de langue à son clitoris, puis referma sa bouche autour du bouton de chair. Elle ne tarda pas à jouir. Elle donna des ruades en dessous de lui, mais il garda sa bouche collée contre elle pendant qu'une succession de vagues de plaisir la traversait.

Son cœur résonnant dans ses oreilles, il remonta vers son visage et l'embrassa sans ménagement. Il se positionna entre ses cuisses, mais elle le repoussa. Confus, il rencontra son regard.

— Je veux être au-dessus, dit-elle d'une voix rauque.

Il passa un bras autour de sa taille et les retourna pour la laisser le chevaucher. Elle l'embrassa avec passion et descendit lentement sur son membre. Ils gémirent en chœur. Il saisit son menton entre ses doigts et la regarda droit dans les yeux.

— Tu es à moi, tu comprends ? Tu n'appartiens qu'à moi.

Elle était trempée, et si serrée qu'il ne pensait pas réussir à tenir plus de dix secondes. C'était beaucoup trop agréable. Agrippant ses hanches, il l'immobilisa contre lui et plongea ses yeux dans les siens. Un désir torride y brûlait, faisant écho au sien. Il la fit lentement monter et descendre sur de sa queue.

Elle haleta de plus en plus fort à chaque va-et-vient. Il leva la tête et captura un mamelon entre ses lèvres.

Avec un grognement d'impatience, elle accéléra le rythme en le repoussant contre le lit. Il vit le plaisir étinceler dans ses yeux, et sentit ses ongles s'enfoncer dans son torse. Quand un nouvel orgasme la submergea, elle poussa un cri et rejeta la tête en arrière. Ses gémissements mirent le feu aux poudres de son propre plaisir. Il agrippa ses hanches et s'enfonça profondément en elle avant de jouir.

* * *

Eric la regardait dormir. Ils avaient fait l'amour quatre fois de plus, puis elle s'était écroulée sur son torse, lessivée. Elle était à présent blottie entre ses bras. Il ne la laisserait plus jamais s'éloigner d'elle.

Il sourit lorsqu'elle frissonna dans son sommeil, et la couvrit avec le drap. Son corps était éreinté, mais il n'arrivait pas à s'endormir. Il poussa un soupir. Il ne voyait pas d'inconvénient à étreindre Celeste jusqu'au matin sans fermer l'œil.

CHAPITRE CINQUANTE

Celeste se tourna dans le lit et ouvrit les yeux. Ses seins étaient douloureux, son corps endolori. Elle regarda Eric, profondément endormi à ses côtés. Son bras passé autour de sa taille se crispa, comme s'il avait senti qu'elle était réveillée.

Elle sentit le rouge lui monter aux joues alors qu'elle se remémorait les évènements de la nuit passée.

Merde, qu'avait-elle fait ? Elle avait prévu de vider son sac et de s'en aller, pas de lui sauter dessus dans la salle du restaurant.

Lorsque le drap glissa sur sa poitrine sensible, elle grimaça et prit conscience qu'elle avait besoin d'allaiter. Elle n'avait pas l'habitude que ses seins soient si lourds.

Elle se redressa en faisant de son mieux pour ne pas réveiller Eric. Quand elle s'assit, il l'attira contre son torse dur.

— Où est-ce que tu vas ?

Sa bouche remua contre son cou, la faisant frissonner.

— J'allais m'habiller. Je dois rentrer.

Elle essaya de conserver une voix calme et d'ignorer les sensations qu'il faisait naître au creux de ses reins.

Il lâcha sa taille pour prendre son visage entre ses mains.

— Pourquoi est-ce que tu m'as quitté ?

— Je ne t'ai pas quitté. Andrea Leigh devait aller à Boston et elle m'a demandé de l'accompagner.

— Dis-moi la vérité, Celeste.

Très bien, il voulait la vérité ? Il l'aurait.

— Je suis partie parce que ça me faisait trop mal d'être près de toi.

— Andrea Leigh m'a répété ce que tu lui as dit.

— Dans ce cas, pourquoi on a cette conversation ? demanda-t-elle en essayant de se dégager.

— Parce qu'il y a une chose que tu ne sais pas.

— Écoute, je sais que tu aimes Christian. Je peux le voir. Mais je refuse de rester mariée à un homme qui ne m'aime pas. On peut se mettre d'accord pour une garde partagée.

— Quand je suis venu ici, je pensais que tu m'avais quitté parce que tu ne m'aimais plus. Tu sembles différente depuis... tu sais... cette nuit-là. Je croyais que tu regrettais d'être avec moi et que tu comptais m'annoncer ta décision de partir pour de bon. J'étais persuadé que tu me détestais parce que je n'ai pas su te protéger.

— Je ne te déteste pas, Eric.

— Je le sais maintenant. J'ai discuté avec Andrea Leigh hier et elle m'a expliqué pourquoi tu es partie. Celeste, il y a quelque chose que tu ignores à propos de cette nuit.

Elle battit des cils pour se retenir de pleurer.

— Tu as dit que tu m'as vu embrasser la reine, cette nuit-là.

— Parce que c'est la vérité, lâcha-t-elle avec colère.

— Non, pas du tout.

— N'essaie pas de me dire ce que j'ai vu. Je ne suis pas folle.

Elle essaya de se libérer, mais Eric la tenait fermement. Des larmes roulèrent sur sa joue.

— Non. Tu as vu Donovan, qui avait pris mon apparence. C'est Donovan qui a embrassé la reine.

— Donovan ?

Elle fronça les sourcils.

— Mais... je croyais qu'il ne pouvait pas prendre l'apparence d'êtres humains.

— Il n'a pas dit qu'il ne pouvait pas. Seulement qu'il n'aimait pas le faire.

— Ce n'était pas toi ?

Il secoua la tête en souriant.

— Non, mon cœur, ce n'était pas moi. Je ne te ferais jamais une chose pareille.

Elle ne se laisserait pas amadouer si facilement. Ça n'expliquait pas tout.

— Mais pourquoi est-ce que Leslie était au restaurant hier soir ?

— Je n'en ai aucune idée. Quelqu'un lui a peut-être dit que je me rendais à Boston. Le restaurant où je t'ai invitée est l'un de mes préférés. Elle a dû les appeler pour savoir si j'avais réservé, parce qu'elle est venue à ma table dès que je me suis assis.

— Et elle a de nouveau essayé de te droguer pour te mettre dans son lit.

Il rit doucement et caressa sa joue.

— Oui, mais ça ne s'est pas passé comme elle l'avait prévu. C'est toi qui m'as mis dans ton lit. Celeste, je n'ai couché avec aucune autre femme depuis que je t'ai rencontrée.

— Aucune ?

Elle écarquilla les yeux.

— Non. Je n'ai envie que de toi. Depuis cette première nuit ensemble, je n'ai été attiré par personne d'autre.

— Et notre mariage ? Est-ce que tu m'as épousée parce que tu avais peur qu'un nouveau scandale te coûte ton entreprise ?

Il garda le silence, surpris.

— Leslie était ravie de partager cette information avec moi.

Eric inspira profondément et soutint son regard.

— Sincèrement ?

— Sincèrement.

— Oui.

Même si elle s'attendait à cette réponse, elle eut le souffle coupé.

— J'ai essayé de me convaincre que c'était ma seule raison pour te demander en mariage. Je me le répétais tous les jours pour parvenir à garder mes distances avec toi. Mais mon cœur n'a rien voulu savoir.

Elle sentit le sien s'emballer.

— Je t'ai demandé de devenir ma femme parce que je n'ai jamais aimé quelqu'un comme je t'aime. Quand tu n'es pas avec moi, j'arrive à peine à respirer. Je t'appartiens. Je ne peux pas vivre sans toi. Celeste, je t'aime.

C'étaient les mots les plus beaux et les plus bouleversants qu'elle ait jamais entendus. Des larmes brouillèrent sa vue, mais ça lui était égal. Elle tendit la main et effleura ses lèvres.

— Tu m'aimes.

Il embrassa ses joues mouillées pour effacer ses larmes.

— *J'entre dans ce mariage librement et de mon plein gré. Je promets de t'être fidèle, de n'appartenir qu'à toi et nulle autre. Je promets de ne partager mon corps qu'avec toi et nulle autre. Je promets de ne donner mon amour qu'à toi et nulle autre. Je promets de te protéger des dangers, visibles comme invisibles, et d'être ton bouclier dans les moments difficiles. Je serai ton compagnon, à tes côtés aussi longtemps que je respire.*

Elle se pendit à son cou, pleurant et riant à la fois.

— Tu as mémorisé nos vœux ?

— Je les ai trouvés fascinants. J'en ai demandé une copie à ton père. Ils me sont restés en tête.

Il s'écarta pour la regarder dans les yeux.

— Alors, tu ne me quittes pas ?

— Non, je ne te quitte pas. Je crains que tu ne sois coincé avec moi pour très longtemps.

— Promets-le-moi, dit-il d'une voix étranglée. Promets-moi que tu ne me quitteras jamais.

— Je promets de ne jamais te quitter. Et je promets de t'aimer. Je crois que je t'ai aimé dès l'instant où je t'ai vu.

Le désir assombrit ses yeux d'Eric. Personne ne l'avait jamais regardée comme Eric Nordstrom le faisait.

— Je ne compte pas te quitter de sitôt, ne serait-ce que des yeux. D'ailleurs, je vais te garder au lit encore un peu. On a encore du temps avant d'aller voir le bébé.

Elle se colla contre lui.

— Nous avons tout le temps du monde.

Fin

Merci d'avoir lu ce livre ! J'espère que vous avez pris autant de plaisir à le lire que moi à l'écrire. Si *Secrets voilés* vous a plu, je vous invite à laisser un commentaire ; ils sont très importants pour tout auteur indépendant.

Découvrez bientôt la suite et fin de la série : *Sortilège voilé !*